COLLECTION POLYGRAPHE
créée et dirigée par
Éric de Larochellière et Alain Farah

Le Quartanier Éditeur
4418, rue Messier
Montréal (Québec) H2H 2H9
www.lequartanier.com

Arvida

Le Quartanier remercie de leur soutien financier
le Conseil des Arts du Canada
et la Société de développement des entreprises
culturelles du Québec (SODEC).

Gouvernement du Québec – Programme de crédit d'impôt
pour l'édition de livres – Gestion SODEC.

Le Quartanier reconnaît l'aide financière
du gouvernement du Canada
par l'entremise du Fonds du livre du Canada
pour ses activités d'édition.

Diffusion au Canada : Dimedia
Diffusion en Europe : La librairie du Québec (DNM)

Dépôt légal, 2011
Bibliothèque et Archives nationales du Québec
Bibliothèque et Archives Canada

ISBN : 978-2-89698-000-0

SAMUEL ARCHIBALD

Arvida

histoires

COLLECTION POLYGRAPHE

Le Quartanier

histoires

Mon père et Proust

ARVIDA I

MA GRAND-MÈRE la mère de mon père disait souvent :

— Y a pas de voleurs à Arvida.

Pendant longtemps, c'est vrai, il n'y a eu que de bonnes gens à Arvida. Des catholiques honnêtes et travaillants, et les cadres et les patrons protestants de l'usine d'aluminium, qui sont fondamentalement, aux dires de mon père, de bonnes personnes. On pouvait laisser traîner ses outils dans le garage. On pouvait laisser les portes des autos débarrées et les portes des maisons ouvertes.

Il y avait une très belle photo, datant de l'après-guerre, qui était comme toutes les belles photos une image vide, avec presque rien dessus et tout au-dehors. Dessus, une dizaine de bicyclettes jonchaient la pelouse devant le dispensaire. En dehors de la photo, dans le sous-sol de la bâtisse, des enfants faisaient la queue devant un grand rideau blanc pour être vaccinés contre la polio. En dehors de la photo, les quelques fois où je l'ai vue, ma grand-mère mettait le doigt dessus en disant :

— Tu vois bien. Y a pas de voleurs à Arvida.

Elle a dit ça toute sa vie, ma grand-mère la mère de mon père. Sauf pendant une vingtaine d'années durant lesquelles, parfois, elle a regardé mon père en disant :

— Y avait pas de voleurs à Arvida, maintenant y a toi.

Faut dire qu'à peu près toutes les histoires de famille mettant mon père en vedette étaient le récit d'un larcin. Y compris la toute première. À trois ans, mon père a éprouvé son premier vrai désir devant les May West géants qui ornaient le cageot du boulanger. Ça s'écrivait *Mae West,* à l'époque, comme l'actrice. Vachon a gardé cette orthographe-là jusqu'à ce que la succession de Mae West leur envoie une mise en demeure en 1980. Les May West coûtaient cinq cennes et le budget serré de la famille n'autorisait pas ce genre de fantaisie. Après s'être fait dire non par sa mère une bonne douzaine de fois, mon père a décidé de changer de stratégie.

Un peu plus tard dans l'année, Monique la marraine de ma tante Lise lui a offert quinze sous pour sa fête. Mon père s'est introduit dans la chambre des filles et a volé la somme dans la commode, un matin, pendant que sa mère accueillait le boulanger. Il a descendu les marches sur la pointe des pieds, s'est faufilé dehors sans que sa mère le voie et s'est caché derrière un arbre. Quand le boulanger est sorti pour retourner dans son camion, mon père est sorti de sa cachette et l'a intercepté en l'accrochant par les jambes.

Il a ouvert la main, a tendu les quinze cennes.

— Ma mère a oublié de vous donner ça.

— C'est pour quoi?

— Des May West.

— Ça fait trois gros May West, ça.

— C'était ma fête cette semaine.

— T'as eu quel âge?

— Dix ans.

Le boulanger savait très bien que mon père mentait, sur son âge comme sur le reste. Mais il regardait le petit bonhomme saliver au-dessus de son cageot depuis trop longtemps pour avoir envie de jouer les polices. Il lui a vendu les gâteaux. Mon père est allé se tapir dans l'ombre sous la galerie, il s'est accroupi au milieu des feuilles sèches et des planches pourries avec les araignées et les scutigères. Sans attendre, il a dévoré les May West à grandes bouchées, comme une créature affamée de n'avoir pas mangé de l'hiver.

Quand sa mère a commencé à l'appeler, plus tard, il est rentré dans la maison, convaincu d'avoir réalisé le crime parfait, jusqu'à ce qu'elle lui demande pourquoi il avait du chocolat partout sur la figure et jusque dans les cheveux. Elle l'a placé en garde à vue tout l'après-midi et ne l'a laissé sortir de la chambre qu'une seule fois, pour donner libre cours à une diarrhée fulgurante. Ainsi s'amorça la longue série de semaines que mon père passerait dans sa chambre en pénitence.

Une autre fois, ma grand-mère avait acheté pour le souper du dimanche une boîte de gâteaux usinés. Ça paraît un peu grossier aujourd'hui, de servir ce genre de dessert à toute la famille plus deux ou trois curés. Mais ça ne l'était pas à l'époque, au milieu des années soixante, où sévissait, même chez des familles aussi traditionnelles que celle de mes grands-parents, une fascination pour tout ce qui était moderne. C'était une boîte en carton, avec un losange de plastique transparent dans la partie inférieure droite qui laissait voir en dessous la garniture de crème fouettée et le petit coulis de caramel d'un gâteau Saint-Joseph prédécoupé en portions individuelles. Rouge de fierté, ma grand-mère a posé la chose sur la table et a ôté le couvercle pour découvrir avec stupeur, en même temps que les invités, que tout le gâteau avait été mangé, hormis la portion ridicule visible en dessous du plastique. Elle aurait bien étripé mon père, mais il s'était déjà enfui, arpentant les rues d'Arvida à bicyclette. Comme d'habitude quand il savait qu'il ne sortirait pas de sa chambre avant un bout de temps, il a roulé bien lentement dans la ville, pour faire le plein de ses paysages préférés, le parc de baseball de la rue Castner, les deux coulées où il allait avec ses frères pour lancer des roches sur les mouffettes et les grands terrains vagues à côté de l'usine Alcan où il pratiquait ses coups de golf. Il les regardait et les touchait avec ses mains d'enfant assez longtemps pour pouvoir les habiter en imagination pendant les semaines que durerait sa sentence.

Il y avait des dizaines d'histoires comme celles-là, que mon père racontait souvent. J'ai pensé longtemps que cette litanie de mets volés et de desserts confisqués avait quelque chose de proustien.

J'ai compris mon erreur plus tard.

Quand j'étais adolescent moi-même, mon père s'asseyait au bout de la table et s'amusait à faire passer une cigarette éteinte de sa bouche à un cendrier propre. Il buvait un peu de vin en se resservant à tout bout de champ dans sa coupe à moitié vide. Il ne mangeait pas. Il restait là, les jambes croisées et les épaules voûtées, à nous regarder avec un air pensif.

— Tu manges pas? lui demandait Nadia.

— Mangez, je vais manger après.

Quand tout le monde avait fini, il allumait sa cigarette. Souvent, il ne mangeait même pas. On s'est demandé longtemps, Nadia, mon frère et moi, pourquoi il faisait ça. On se l'expliquait mal parce que Nadia fait sacrément bien à manger. Il est le diable s'il l'a fait exprès, mais mon père a réussi à faire habiter Nadia dans les chaudrons d'une vingtaine d'aïeules. On pense souvent que les hommes qui choisissent des femmes plus jeunes qu'eux le font pour ne pas avoir à affronter des femmes faites. C'est peut-être vrai, mais la réalité rappelle ces hommes-là à l'ordre comme tous les autres. À bien des égards, les jeunes femmes sont le fléau que

Dieu a inventé afin de punir les hommes qui préfèrent les femmes jeunes*.

Nadia était peut-être à peine sortie de l'adolescence quand elle est entrée dans la vie de mon père, lui-même ado attardé de trente ans et des poussières, mais elle est devenue au fil des ans une femme, sa propre femme, bien différente et souvent le contraire de celle que mon père aurait voulu qu'elle soit. Pourtant, dans la cuisine, elle est l'amalgame de toutes les femmes que mon père a connues. Il est le diable s'il l'a fait exprès, mais les preuves sont contre lui. Depuis tout petit mon père s'est comporté comme s'il avait un projet derrière la tête. Partout où il a mangé quelque chose de bon, il a travaillé son hôtesse à coups de compliments pour obtenir la recette. Mon père sait que les femmes font et deviennent bien ce qu'elles veulent, mais il sait aussi qu'à certains moments les femmes ne s'appartiennent pas et que la flatterie est le meilleur moyen de les mettre dans cet état-là.

---

* Laganière, un vieil ami de mon frère, cite d'ailleurs mon père en exemple depuis qu'il a jeté son dévolu, à vingt-quatre ans, sur une beauté saguenéenne de cinq ans sa cadette. Il aime à nous répéter (jamais devant les femmes évidemment) « Moi, j'ai vu Doug aller pis je me suis dit "Ça, c'est un gars qui a tout compris." Pourquoi s'embarrasser d'une femme inendurable pis de tous ses défauts quand on peut en prendre une toute jeune, pis la mettre à son goût avant qu'elle ait le temps de se faire une maudite personnalité détestable ? » Mon père fait toujours semblant d'accepter le compliment, puis il nous glisse à l'oreille, à mon frère ou à moi, « Pauvre imbécile. Il ne sait pas ce qui l'attend. »

Le diable seul sait comment il a fait, mais dix ans après avoir rencontré mon père, Nadia était devenue une cuisinière formidable, hantée par le fantôme de dizaines de femmes qu'elle n'avait jamais connues. Elle fait extraordinairement bien à manger et on le lui dit souvent, David et moi, mais aussi à mon père, après le repas, en marchant dans les rues d'Arvida.

— C'était délicieux, l'entrée.

— Ça, c'était une recette de madame Whitney. C'était nos voisins, quand j'étais petit, avant que la Reynolds engage monsieur Whitney et qu'ils déménagent à Pittsburgh.

— Et le plat principal ?

— Une recette de ta grand-mère.

— Ta mère ?

— Non. La mère de ta mère. Éliane.

Et pourtant, après que le monde lui avait donné la somme de toutes les cuisinières de sa vie, il lui arrivait de ne pas toucher à son assiette et même de ne pas se servir. On a compris pendant les fêtes, pendant que j'étais en visite. Je ne revenais pas souvent à Arvida depuis mon départ six ans plus tôt et je n'avais pas vu mon père faire la grève de la faim depuis des années. C'était peut-être les retrouvailles, mais mon père nous a regardés manger en silence, au bout de la table, en sirotant deux doigts de vin dans un verre à eau.

— Pa, tu manges pas ? a demandé mon frère.

Et c'est là que mon père s'est échappé. Il a dit :

— Non, mangez. Je vais manger ce qui reste.

Nadia, David et moi, on s'est regardés. En souriant. Les recettes de Nadia dataient pour la plupart d'un temps où les gens travaillaient fort et où les familles étaient nombreuses. Elle ne savait pas cuisiner léger et elle ne savait pas cuisiner pour quatre. On trouvait toujours dans la cuisine, sur l'îlot de boucher et les comptoirs, assez pour nourrir les amis de mon père, les amis de mon frère et les miens, les pique-assiettes et les chiens perdus qui débarquaient à tout moment chez nous, le plus souvent juste avant souper.

On avait finalement compris. Au milieu de toute cette abondance, de ces lasagnes, de ces rôtis et de ces plats en sauce au tiers entamés, mon père se jouait depuis dix ans une grande comédie de la misère, avec lui dans le rôle du père se sacrifiant pour les siens. Une comédie de l'abnégation dans la cantine d'un régiment.

Quand j'y pense maintenant, la comédie s'assombrit. Quelque chose de tragique se dessine en elle à mesure que je vieillis. Il y a là-dedans la trace d'une nostalgie amère inscrite au cœur des choses. Il y a là-dedans l'idée de vouloir faire quelque chose de grand pour des gens qui ne demandent rien et qui n'ont besoin de rien ; l'idée d'un sacrifice réduit à un simulacre ridicule et secret ; l'idée que l'objet du désir n'a jamais rien à voir avec le désir lui-même ; l'idée que la satisfaction du désir ne le comble pas plus qu'il ne le fait disparaître, qu'au milieu de toutes les choses voulues le désir demeure en nous et se dessèche en remords et en regrets.

Mon père ne manque plus de rien, mais il s'ennuie du goût qu'avait la nourriture quand il n'y en avait pas assez.

C'est en pensant à ça que j'ai compris que les récits d'enfance de mon père n'ont rien à voir avec Proust. Ils en sont même à l'opposé. Chez lui, les mauvais coups, les gaffes, les petits méfaits et les péchés véniels, les émois amoureux et les exploits sportifs, tout, vraiment, finit par s'étioler et disparaître.

Il nous racontait comment il avait vu des gens sortir de leur auto pour vomir pendant *Les dents de la mer* au cinéparc à Chicoutimi, et le récit glissait, se perdait dans l'évocation des odeurs de graisse de la cantine et des hot-dogs steamés.

Il nous racontait comment Ghislaine la mère des frères Devaux avait été la première femme d'Arvida à se faire poser des implants mammaires au début des années soixante-dix. Après avoir vu un reportage sur la nouvelle chirurgie à la télévision, elle avait vidé son compte épargne et pris toute seule l'avion pour la Floride en disant à son mari Marcel :

— Moi, j'ai toujours aimé ça, les grosses boules.

On voulait savoir comment les gens avaient réagi en voyant sa silhouette gracile déformée par deux obus, affront spectaculaire aux lois de la gravité et du bon goût, qu'elle arbore encore l'été, à l'air dans ses chandails, à presque quatre-vingts balais. Avant d'en arriver là, mon père s'égarait plus souvent qu'autrement dans un aparté sur le fait que c'est aussi madame Devaux qui lui avait servi ses premiers spaghettis à la sauce bolognaise, mets dont il avait jugé le goût comme la texture d'une parfaite dégueulasserie.

Il racontait souvent la fois où il avait failli mourir en revenant du Foyer des loisirs. Après un match, la poche de hockey sur l'épaule, affamé, il avait engouffré d'une seule bouchée une Cherry Blossom, croquant le chocolat et suçant le sirop en oubliant la cerise au marasquin, qui était venue lui obstruer la trachée. Il avait essayé de respirer autant comme autant, sentant ses forces baisser et son esprit s'obscurcir, avant d'abandonner la partie et de se laisser tomber dans le banc de neige. L'impact de la neige bien tapée avait expulsé la cerise et l'avait fait voler dans le ciel gris devant ses yeux embrouillés. Mon père était resté là longtemps, transi, à reprendre son souffle. On voulait savoir quelles conséquences avait eues l'incident sur sa façon de voir les choses de la vie mais lui préférait spéculer sur l'effet qu'avait eu le rachat de Lowney's par Hershey Canada en 1952 sur la qualité de ces délicieux chocolats, désormais immangeables selon lui.

Si mon père est un conteur aguerri, la nourriture est son talon d'Achille. Chez lui, l'enfance ne jaillit pas intacte d'une madeleine. Au contraire, c'est l'intégralité d'un souvenir de jeunesse qui s'abîme chaque fois dans l'évocation d'une pâtisserie perdue et de sa saveur indescriptible.

Pour vraiment comprendre ce que mon père raconte, il faudrait pouvoir goûter un gâteau Sophie, un Saint-Joseph ou un gros May West à l'ancienne, transformer une suite de métaphores approximatives en stimuli corporels. Il faudrait que des phrases comme « un chocolat qui goûtait à la fois le café brûlé, la cassonade et la crème fraîche » ou « une garniture de crème fouettée aux accents de noisettes et de pelures d'orange » veuillent dire quelque chose, pas juste pour nos esprits, mais pour nos papilles gustatives. Mais les mots ne goûtent rien. Ils s'accumulent en une longue liste de desserts perdus, brossant par petits traits nerveux le portrait d'une enfance pauvre.

Dans l'expérience des choses n'habite aucune mémoire. Les pâtisseries anciennes évoquent notre enfance pour nous seuls, et encore, si on prend le temps de les mastiquer comme il faut, on doit bien avouer qu'elles ne goûtent plus la même chose.

Antigonish

L'AMÉRIQUE est une mauvaise idée qui a fait du chemin. C'est ce que j'ai toujours pensé et ce n'est même pas une image.

J'aurais dû dire : l'Amérique est une mauvaise idée qui a fait beaucoup de chemins. Une idée qui a produit des routes interminables qui ne mènent nulle part, des routes coulées en asphalte ou tapées sur la terre, dessinées avec du gravier et du sable, et tu peux rouler dessus pendant des heures pour trouver à l'autre bout à peu près rien, un tas de bois, de tôle et de briques, et un vieux bonhomme planté debout en travers du chemin qui te demande :

— Veux-tu bin me dire qu'est-ce que tu viens faire par icitte ?

L'Amérique est pleine de routes perdues et d'endroits qui ne veulent pas vraiment qu'on s'y rende. Ça prenait des fous pour tracer ces routes et des fous pour habiter au bout et des fous il y en a eu en masse, mais moi j'ai été un fou d'une autre espèce, de celle qui essaye de refaire l'histoire, en poussant à rebours jusqu'à la dernière route et jusqu'au dernier trou perdu.

Je suis sûr qu'ils en ont fait une route tout ce qu'il y a de plus fréquentable aujourd'hui, avec des sentiers scéniques et des belvédères et tout le tralala, mais dans ce temps-là, rouler sur la Cabot Trail, la nuit, en pleine tourmente, c'était une idée de fou. Le gars au gaz bar de Cape North avait été assez gentil pour ne rien dire. Il avait seulement dit « Roule à quinze, vingt milles à l'heure pas plus et si Dieu le veut vous allez vous rendre à l'autre bout. »

J'avais une Ford Galaxie 500, 1966, avec un v8 de Thunderbird de quatre cent vingt-huit pouces cubes sous le capot. Elle buvait de la gazoline en masse, ça c'est sûr, et mangeait beaucoup d'asphalte, mais cette nuit-là, elle avait roulé bien lentement et grugé par petites bouchées la route et la noirceur et la brume qui nous enveloppait, et enveloppait les arbres, les falaises, l'océan Atlantique et la terre entière, pour ce que j'en savais.

Antigonish.

Menaud dormait à côté alors je ne pouvais pas lui dire que le nom me faisait penser à Antigone, la fille du roi de Thèbes, et surtout à *antagoniste,* ce qui était particulièrement approprié, vu que je me battais avec la Cabot Trail à grands coups de volant et de roues. Je ne le lui aurais probablement pas dit, de toute façon. Menaud avait un tronc de lutteur perché sur des pattes d'oiseaux, des avant-bras comme Popeye le marin avec dessus des grands poils noirs qui faisaient des zigzags, et entre les palettes un trou assez large pour qu'on y mette un doigt. Une barbe forte lui bleuissait le cou et les joues, et un seul sourcil broussailleux figurait toutes sortes de simagrées au-dessus de ses yeux méchants, lovés dans leurs orbites comme des quiscales dans un nid volé. Il aimait se soûler et se battre dans les tavernes, raconter des histoires inventées et il n'avait jamais lu un livre de sa vie. On s'était mis d'accord, en 65, sur notre étrange façon de voyager, en faisant le plus de millage possible sur le temps qu'on avait et, jusqu'à ce que Johnny Cash sorte en 68 son disque enregistré à la prison de Folsom, je pense qu'on n'avait plus jamais été d'accord sur rien.

C'est lui, Menaud, qui traçait les itinéraires. À quinze ans, travaillant sur la ferme de son père, il avait décidé qu'il verrait le monde entier. À dix-huit, il avait découvert qu'il avait le mal de mer et peur de l'avion. Il ne lui restait que l'Amérique pour satisfaire son besoin de voir le monde, au-delà de l'horizon immense mais limité des terres agricoles. Le pire, c'est qu'il n'aimait même pas conduire. C'est lui qui avait décidé qu'on passerait par la Cabot Trail, c'est lui qui avait décidé qu'on ferait le trajet de nuit et maintenant il ronflait à côté de moi avec une bouteille de Dow entre les jambes. Il avait dit :

— Ç'a l'air qu'il faut voir ça.

Je me demande bien ce qu'il pouvait voir, éjarré sur son siège avec un bras en travers du visage. Même les yeux ouverts, je ne voyais à peu près rien. Quelques pieds de chaussée mouillée devant les phares et la pluie qui tombait à plein ciel. La route était toute en montées et en descentes, en courbes et en lacets, toujours à deux doigts du précipice. Pendant une grosse partie du trajet, j'ai conduit à l'instinct, comme les créatures aveugles qui vivent dans les grottes et les greniers, en devinant plus qu'en ne voyant la forme que les choses traçaient dans la pluie.

J'étais à moitié hypnotisé, quand je l'ai vue. Elle se tenait sur le côté de la route et portait un manteau rouge court, déboutonné, au-dessus d'une grande robe blanche. J'ai à peine vu son visage, voilé par ses cheveux noirs, très longs, qui battaient au vent. J'étais tellement engourdi que j'ai roulé encore un bon cent pieds avant de peser sur les freins. J'ai dû freiner brusque, parce que Menaud s'est réveillé. Il a pris une gorgée de bière.

— Qu'est-ce qu'y a ?

— Y a une fille, là-bas, sur le bord de la route.

Il s'est retourné vers l'arrière, sans regarder vraiment.

— Es-tu fou ?

J'ai reniflé, allumé une cigarette et ouvert ma porte. J'ai dit à Menaud :

— Attends-moi ici.

— Je t'attendrai pas dehors, ça c'est certain.

Je n'avais pas fait trois pas que mes vêtements étaient trempés et ma cigarette éteinte. Je l'ai jetée sur l'accotement. La pente était assez abrupte pour que je sois obligé de me raidir les jambes. J'ai marché et j'ai marché, bien plus loin que l'endroit où j'avais vu la fille, sans jamais la trouver. Je suis remonté ensuite, tout au bord de la falaise, en regardant vers les rochers et la mer, deux cents pieds plus bas. Je ne voyais pas grand-chose et j'avais froid dans mes vêtements maintenant trempés de bord en bord. À un moment, je me suis arrêté, et j'ai regardé comme il faut, en essayant de discerner une forme dans l'eau ou sur les rochers. Il n'y avait rien, mais je suis resté là longtemps. Les nuages étaient gorgés d'eau comme les bâches en plastique qu'on tend au-dessus du bois à sécher, pleins d'électricité aussi. Je voyais mal. J'étais ébloui par les éclairs et aveuglé par leur absence. J'ai entendu un vacarme qui ressemblait plus au tonnerre qu'au ressac, j'ai vu les vagues s'entrechoquer entre elles et exploser contre les rochers dans un mouvement qui n'avait rien de doux ni d'harmonieux, j'ai vu l'océan comme une immense masse noire striée d'écume et j'ai compris que toutes les fois où j'avais vu la mer avant cette nuit-là, sur le pont d'un traversier, au phare de Pointe-au-Père ou sur la plage, à Cape Cod, j'avais vu une carte postale, j'avais vu un mensonge.

Je suis revenu vers l'auto en courant dans la pluie drue. Menaud n'a pas posé de question et ça adonnait bien parce je n'aurais pas su quoi répondre. Le temps que je me calme et qu'on reprenne la route, il s'était rendormi.

Vers quatre heures du matin, j'ai quitté la Cabot Trail pour la 105, traversé du Cap-Breton à la Nouvelle-Écosse par le canal de Canso et roulé ensuite un bout de temps sur la 104.

Un peu après quatre heures et demie, j'ai secoué l'enclume à côté de moi en disant :

— Menaud, on est arrivés.

Il s'est étiré sur la banquette.

— C'est ça, Antigonish ?

— On dirait.

La ville scintillait dans le noir comme n'importe quelle autre. On ne distinguait pas l'hôtel de ville sur Main Street, ni l'hôpital St. Martha's, ni le campus de l'Université St. Francis Xavier. Seulement des toitures, les hautes silhouettes de quelques bâtiments et une bonne centaine de lumières blafardes sous le ciel gris pâle. Menaud a sorti son calepin et a fait une croix dedans.

— La Cabot Trail, c'est beau, c'est faitte.

— T'as dormi tout du long, Menaud.

Il a pris une gorgée de bière, qui, rendue là, devait être aussi fraîche que de la pisse dans un seau en fer.

— Ça change quoi ?

— Techniquement, tu l'as pas vue, la Cabot Trail.

— Je viens de faire trois cents milles dessus.

Je ne me suis pas obstiné. La semaine d'avant, on était passés devant le site d'une des plus anciennes mines désaffectées de l'est du Canada. Je n'ai jamais travaillé dans une mine, mais mon père était mineur et déjà en 1969 j'avais vu dans ses yeux, sur ses vêtements et dans ses gestes, son dos courbé et sa nuque raide assez de mines pour toute une vie. Bûcher du bois, ce n'était pas moins dur, mais au moins on était dehors. J'avais profité de ce que Menaud dormait pour passer tout droit. Quand il s'était réveillé, il avait dit :

— Est-ce qu'on approche de la mine ?

— La mine ? On l'a dépassée v'là une heure. Tu dormais comme une bûche. De toute façon, ça nous aurait mis en retard sur la cédule.

— On retourne.

— Quoi ?

— On retourne.

— Je viens de te dire que ça fait une heure qu'on l'a passée.

— On retourne.

— Bon Dieu, Menaud. On va arriver là à la noirceur.

— On retourne.

Ça ne donnait rien de raisonner avec lui. On était retournés. La mine ressemblait à une série d'escaliers grossiers taillés dans un cratère de météorite. Il l'a regardée à peu près dix secondes avant de faire une croix dans son calepin. C'est comme ça qu'il voyageait, Menaud.

On s'est trouvé un hôtel, mais je n'ai pas dormi bien longtemps. Le matin, on a visité la ville, à pied. Après, on s'est arrêtés pour manger. De ma vie, je n'ai jamais rien vu d'aussi dégueulasse que les déjeuners de Menaud. Il mettait du ketchup sur ses œufs et de la moutarde sur ses rôties. Il arrosait son bacon avec du sirop de table et, quand il trouvait une serveuse docile, il faisait rajouter un oignon frit par-dessus tout ça.

J'allais repartir dans l'après-midi vers Cap-Breton, mais sur l'autre côté de l'île, pour aller à Louisbourg. En 61, des archéologues, des historiens et des architectes y avaient entrepris la reconstruction d'une vieille forteresse française, détruite par les Anglais en 1759. Je tenais mordicus à voir ça, mais Menaud ne voulait rien savoir. Il avait décidé de rester à Antigonish pendant que j'irais là-bas. Il faudrait que je revienne le prendre pour qu'on retourne au Québec par le Nouveau-Brunswick. Ça ne représentait pas un gros détour de repasser par Antigonish, sauf si Menaud échouait soûl dans les draps d'un laideron et me forçait à le chercher partout dans la ville. J'aurais préféré le garder avec moi.

— T'es sûr que tu veux pas venir ?

— Oublie ça. Pas question que je roule encore cent milles pour voir des pousseux de crayon déterrer une ville de la bouette.

C'était toujours comme ça qu'on se parlait. Je bûchais pour payer mes études, il bûchait parce que la bière ne sort pas du robinet. Voyager à la fois dans le temps et l'espace, c'était juste un peu trop pour lui. Il n'y avait pas grand-chose à ajouter.

— Tu devrais pas dire ça, Menaud. J'ai comme dans l'idée que tu es né toi aussi dans la bouette, d'un têtard de grenouille ou d'une écosse de chiendent, et que tu as rampé jusqu'à la ferme de tes parents. Ta mère t'a adopté parce qu'elle trouvait que tu faisais pitié avec tes jambes de fille et tes oreilles de singe. Elle a jamais été bien regardante avec les hommes de toute façon.

J'en connais plusieurs qui m'auraient pété la gueule pour moins que ça, mais pas Menaud. Il aimait jouer au dur, il aimait raconter qu'il avait été en prison et c'est le seul homme que j'aie jamais rencontré qu'on pouvait complimenter en lui disant que son père avait été un voleur et sa mère une putain.

Il m'a fait un grand sourire, avec ses dents cariées.

— C'est peut-être bien comme ça que ça s'est passé.

Je suis reparti, tout seul. Je n'avais pas peur. Dans ce temps-là, on racontait beaucoup d'histoires, à propos de chauffeurs embarquant des autostoppeurs blêmes qui disparaissaient tout d'un coup pendant le trajet. Personne ne m'avait jamais parlé d'une femme en manteau rouge qui hantait la Cabot Trail, et de toute façon la mienne ne faisait même pas de pouce. Elle restait là, à regarder vers les grands larges avec les cheveux secs, comme si nos nuits étaient ses journées, comme si elle voyait, au beau milieu de la tempête, un grand soleil briller au-dessus du détroit. Bien sûr, je sais que je n'ai pas vu de fantôme sur la route ce soir-là. Je suis peut-être vieux aujourd'hui, mais je ne suis pas fou. Sauf qu'il est resté comme un mystère pour moi, à savoir qui avait mis cette femme-là dans ma tête, qui lui avait donné cette silhouette-là et cette figure-là, que je n'avais jamais vues nulle part. Il y a quelque chose d'inconnaissable là-dedans, comme on ne peut jamais vraiment savoir si c'est l'eau, le vent ou bien le sel suspendu dans le vent qui grave sur les fjords des formes de bêtes et des visages de femmes.

Le Montagnais qui coupait du bois avec nous autres au camp, je lui demandais tout le temps de me dire le nom indien des endroits qu'on croisait. Un jour qu'on était rendus vraiment loin dans le Nord, je lui avais demandé comment s'appelait le lac devant lequel on venait de s'arrêter pour le lunch. Il avait haussé les épaules.

— Tu sais pas ?

— Non, c'est pas ça. Ton lac, il a pas de nom.

— Comment ça, il a pas de nom ?

— Personne vient jamais par ici.

Les Indiens ne s'éloignaient pas sans raison des sentiers de portage millénaires et des voies navigables, et ils n'éprouvaient aucun besoin de donner des noms aux lieux qu'ils ne visitaient jamais. C'était une manie d'Européens d'aller partout et c'était devenu une manie d'Américains de construire des routes pour aller nulle part. Ces routes-là, Menaud et moi, on en a fait au moins la moitié. On ne pouvait pas les compter dans ce temps-là, on ne pouvait pas savoir où elles mèneraient.

L'Amérique était une sorte de grande carte en asphalte tracée à même les terres, un continent à redécouvrir. Ils peuvent sûrement les étiqueter, aujourd'hui, les routes, les cartographier et les suivre du doigt avec leurs GPS. Mon gendre s'est même acheté une auto qui parle. Elle lui dit à tout bout de champ qu'il s'est trompé de chemin et je veux bien être pendu si je laisse un jour une machine me parler sur ce ton-là.

Après 1971, je n'ai plus jamais eu de nouvelles de Menaud, je ne savais pas s'il était vivant ou mort, et je me suis dit qu'un matin il avait dû retourner à la boue du fort de Louisbourg ou là-bas, d'où il venait. On a longtemps roulé ensemble, lui et moi, et on roulerait probablement encore si je n'avais pas rencontré Louise, à ma dernière année d'université. On ne s'est jamais beaucoup appelés ma belle ou mon amour, ni plus tard ma femme ou mon mari, mais un jour elle m'a dit « Si tu veux, on pourrait se marier. » Ce n'est pas une grande histoire d'amour, c'est sûr, mais c'est la nôtre. Je n'avais jamais pensé au mariage avant, mais j'ai dit oui tout de suite et après je me suis rendu compte que c'était exactement ça que je voulais. On a eu quatre filles plus belles que leur mère et plus intelligentes que moi. Elles sont grandes maintenant et pourtant elles sont incapables de lâcher leur mère à qui elles téléphonent trois fois par jour. Elles ont le monde entier pour elles et on dirait qu'elles ont peur de tout. C'est une chose que je ne peux pas comprendre.

Louise est médecin et j'étais ingénieur forestier. Elle a passé sa vie à soigner des gens et j'ai passé la mienne à abattre des arbres. C'est comme ça. Dans quelques mois, elle va prendre sa retraite elle aussi. Et on voyagera. On voyage déjà pas mal depuis des années. Louise aime beaucoup ça, mais pas moi. On nous tient toujours par la main dans ces forfaits-là et j'ai comme dans l'idée qu'on ne peut pas voyager pour vrai cordés avec d'autres petits vieux dans un autobus, avec des guides qui nous expliquent tout ce qu'on voit par la vitre comme à des enfants de six ans. J'aimerais lui montrer comment on roulait, Menaud et moi, dans le temps.

En attendant, je jardine, je lis et je fais les commissions. Vers quatre heures, je vais acheter ce qu'il faut pour les repas du soir et du lendemain midi. Ils ont construit un gros supermarché, juste à côté du Canadian Tire, de l'autre bord du viaduc. Il faut tourner à droite pour l'épicerie et à gauche pour l'autoroute. Je tourne souvent à gauche. Louise le sait, comme elle sait que je reviens toujours le soir avec le souper.

Cryptozoologie

FIN JUIN.

Dans son demi-sommeil, Jim entend la pluie qui tombe sans discontinuer sur le camion, les deux remises à bois et les tas de bois à sécher, de bois à couper et de bois à fendre. Il imagine des rigoles qui tombent en cascade le long du petit chemin de terre battue qui serpente jusqu'à la route sur des kilomètres à travers angiospermes et gymnospermes, grande théorie de toutes les essences présentes sous cette latitude, épargnées par la compagnie forestière parce que ça ne valait pas la peine de bûcher la langue de terre en creux qui s'étirait de leur camp à la route entre deux montagnes. Dans son demi-sommeil, Jim connaît son territoire et sait que la pluie irrigue les érables à sucre, les merisiers, les bouleaux à papier, les frênes noirs, les peupliers faux-trembles, les chênes boréaux, les tilleuls, deux pins blancs hauts comme la tour du CN, le tronc pourri d'un orme d'Amérique trois fois centenaire qu'ils avaient abattu parce qu'il était malade des scolytes, les sapins baumiers, les prusses blancs et les épinettes à bière, les thuyas du Canada, le sumac à fruits rouges dont Doris fait l'été une sorte de limonade acide et le sorbier des montagnes avec ses gros fruits orange qui rendent les oiseaux déments. Jim entend un grand vent fou qui souffle sur les arbres et siffle entre les murs et sous le toit de la bécosse.

Dans son demi-sommeil, il est à égalité avec toutes les autres créatures de la forêt, qui attendent que la tourmente se calme couchées sur des lits de branches, de feuilles et de mousse moins confortables que le sien. Il a beau avoir vu mille fois le mauvais temps se réparer, une part de lui-même croit que l'orage va durer pour toujours.

Dans son demi-sommeil, Jim se dit que la pluie va cesser et que, comme chaque fois après une bourrasque, les animaux vont quitter leurs abris pour aller quérir les rayons du soleil. Aux premières éclaircies après l'orage, les perdrix laissent gambader leurs poussins à découvert sur les chemins de gravier et les lièvres grouillent comme vermine le long des routes et détalent très tard, parfois trop tard, en entendant les pneus du camion crisser dans la gravelle. C'est aux éclaircies qu'il a vu les animaux les plus rares. L'ours noir sur la route du camp de bûcherons. L'orignal qui avait traversé la rivière Joe Roth pendant qu'il taquinait les truites massées à l'ombre dans une fosse avec de grands lancés roulés. Le lynx, au bord du lac, tapi dans les herbages en dessous des branches. Dans son demi-sommeil, Jim mesure à la pesanteur et à la senteur de l'air que la pluie ne va pas s'arrêter avant un moment et qu'il devra se munir de la patience de ces autres bêtes, celles qui chassent, celles qui obéissent aux mouvements de la lune et ne sortent que la nuit.

Il se lève et met de l'eau à chauffer dans une vieille bouilloire en fer sur la cuisinière au gaz et sort sur la véranda pour ramasser des bûches et de l'écorce de bouleau dans la boîte à bois. L'air est frais, humide dedans comme dehors, et le plancher du camp est aussi froid que l'acier d'une cuiller avant que tu ne la plonges dans la soupe. Son père se retourne dans son lit et ouvre les yeux. L'eau commence à gronder dans la bouilloire. Son père pousse un soupir qui devient un râle puis une quinte de toux et demande :

— Quoi de neuf ?

— Pas grand-chose, papa. Toi ?

Son père s'assoit dans le lit.

— On voulait aller à la pêche avec Luce. On a pris les perches pis les gréements pis Luce attendait dans la chaloupe pendant qu'on embarquait la glacière pis les vers. Elle portait le chapeau de ta mère avec une belle vareuse d'armée.

Jim allume les boules de papier journal qu'il a enfoncées dans le poêle en dessous des bûches en croix.

— Est-ce qu'on en a pris de la belle ?

— Non. À la dernière minute Réjean est arrivé pis il a dit qu'il voulait pas qu'elle parte avec nous autres. Ça fait qu'on est pas allés.

— Après?

— Après rien. J'étais dans le noir. Il éclairait pis il tonnait pis il mouillait comme icitte. Peut-être que je dormais plus pis que je faisais juste virer dans mon lit.

Il se racle la gorge.

— Toi, t'as-tu revu ton animal?

La veille, ils sont allés chez Armand Guay au lac de la Belette. Ils lui ramenaient de la bière achetée en bas. Quand ils sont arrivés, Armand a tendu une bière à son père et a demandé à Jimmy s'il voulait aller à la pêche. Jimmy savait que c'était une façon de l'éloigner du chalet pour se soûler en paix avec son père, mais ils étaient en ville depuis une semaine et Jim avait sacrément envie de mettre une ligne à l'eau. Il a dit oui et la chienne d'Armand l'a suivi jusqu'au quai et a bondi dans la chaloupe sans qu'il ait besoin de dire un mot. Il a parti le moteur en tirant trois grands coups sur la corde et a mis le cap sur les îles au nord qui bloquent l'accès à la baie. Le lac de la Belette est plein de fosses et d'affluents et il a pêché longtemps avec Sunny assise à la poupe. Jim a eu peur un peu à la nuit noire, mais il y a eu tout de suite un picotement électrique dans l'air. Armand a allumé le groupe électrogène et les lumières au-dessus du hangar ont brillé comme un phare enclavé dans la montagne.

Dans le camp, son père et Armand étaient soûls. Murielle la femme d'Armand était soûle aussi, mais moins que Réjean et Luce qui étaient arrivés sur les entrefaites. Les adultes jouaient au crib, buvaient, criaient et parlaient de sexe à demi-mot en pensant que Jim ne comprendrait pas. Jim s'est fait un grilled cheese, il a préparé des cafés au Chemineaud et à la crème fouettée pour les femmes puis, quand il a été vraiment tanné, il s'est couché sur le divan, derrière la table, avec Sunny étendue contre lui. Vers trois heures du matin, son père l'a réveillé et a dit « On s'en va. »

C'est Jim qui conduit sur les chemins de bois quand son père est soûl. Il a aidé son père à monter dans le camion puis il a roulé lentement sur la route de la compagnie forestière. Son père ronflait à côté de lui quand c'est arrivé, juste avant la côte défoncée qui le rend toujours nerveux, la côte pleine de roulières où les camionneurs cassent souvent leur transmission et qu'ils appellent la côte du différentiel. Un animal marchait loin devant le camion pour traverser la route de biais. Jamais il n'a pu dire ce que c'était. Ce n'était pas un ours ni un orignal. C'était trop gros pour être un renard et trop haut sur pattes pour être un lynx. Son père s'était réveillé et il n'était pas sûr non plus. Sous l'éclairage éclatant des phares, son pelage avait l'air fauve ou blanc. Argenté, presque.

Dans le lit, son père se retourne vers le mur et étouffe une quinte de toux.

— Oui, dit Jim, je l'ai revu.

— C'était-tu ton chat ?

— Non.

Dans son sommeil, Jim a refait dix fois le trajet sur la côte du différentiel, ralenti puis accéléré, ouvert les phares d'urgence et klaxonné pour essayer d'immobiliser l'animal. Il ne l'a pas mieux vu que la veille, mais il a décortiqué la scène assez souvent pour la comprendre mieux.

— C'était un loup, papa.

— T'es sûr ?

— Pas mal sûr.

— C'est de valeur.

Ils parlent toujours de cette manière-là, comme si leurs rêves n'en étaient pas, comme si chacun vivait la nuit puis le jour deux vies emboîtées dont l'une, mais jamais la même, semblait parfois plus étrange que l'autre. La bouilloire se met à siffler. Jim va jusqu'au comptoir, jette trois cuillerées de café au fond du pot et verse l'eau dans la cafetière. Il abaisse le piston très lentement, millimètre par millimètre. Le camp sent bon le bois brûlé et le café fumant.

— Je t'ai fait du café. Veux-tu des aspirines aussi ?

— S'il te plaît.

Il lui en donne quatre sans rechigner et lui apporte un verre d'eau. En rentrant de chez Armand, la veille, son père est allé jusqu'à la bécosse pendant que Jimmy allumait le gaz et ouvrait le chalet en promenant dans la noirceur le rayon terne de sa lampe de poche. Son père est sorti de la toilette en tanguant, les pantalons aux chevilles et la queue au vent qui balançait de gauche à droite. En montant les marches pour rentrer dans le chalet, il s'est enfargé dans une planche à ours. Jim a dû arracher la planche pleine de clous de la semelle de sa botte et le soutenir jusqu'à son lit, après l'avoir aidé à se déshabiller et mis dans un sac de vidanges ses sous-vêtements et ses culottes tachés de pisse, de sang et de merde.

En temps ordinaire, Jim n'est pas aux petits soins avec son père le lendemain d'une soirée de beuverie, mais hier, au lac de la Belette, juste avant que son père ne le réveille, Jim l'a vu, entre ses paupières mi-closes et au-delà de la nuque hirsute de la chienne couchée sur lui. Il était en train d'embrasser Luce. Ils se sont embrassés longtemps, puis Luce lui a murmuré quelque chose à l'oreille et ils se sont séparés. Jim ne sait pas où se trouvaient les autres. Tombés au combat probablement. Jim a peut-être juste treize ans, mais il est assez vieux pour comprendre comment se sent au réveil un homme qui a reçu la veille des baisers d'une femme soûle, qu'elle ne lui aurait pas donnés à jeun.

— Si t'as plus trop mal à la tête tantôt, on pourrait s'habiller pour aller à la pêche. Ça peut être bon à la pluie.

— Oui, on pourrait. Si le temps se répare un peu. Laisse-moi boire mon café pis manger quelque chose avant. Veux-tu des œufs?

L'homme de qui son père a acheté le chalet huit ans plus tôt ne pêchait pas et ne venait là que pour la grosse chasse à l'automne et pour se soûler l'hiver en ski-doo. Le camp est trop loin du chemin principal pour recevoir des visiteurs. Le lac, leur lac, qui enferme le chalet sur sa presqu'île comme un fer à cheval, n'a subi pratiquement aucune pression de pêche pendant dix ans. Ça aurait dû en faire un vrai bassin de pisciculture, mais ce n'est pas ce qui s'était passé. Tranquilles, les truites ont prospéré et grossi dans le lac, avant de se raréfier sous sa surface immobile.

À un moment, elles ont commencé à s'entredévorer.

Il faut s'armer de patience pour pêcher sur le lac. Jim et son père n'en sortent pas vingt truites par année, mais toutes celles qu'ils prennent sont grosses comme des avant-bras avec le front bossu d'un saumon de rivière. Sur leur dos moucheté de points rouges, bleus et noirs, sur leur peau qui a la couleur de l'acier vieilli, des entrelacs sombres courent entre la tête et la queue, autour de leur nageoire dorsale qu'elles ont dressée dans l'eau froide comme un aileron de requin. Leurs mordées n'ont rien de comparable avec les secousses électriques que les petites truites de ruisseau impriment sur la ligne. Au début, tu jurerais qu'un plongeur caché dans le lac a enroulé la ligne autour de son poing avant de tirer un bon coup dessus. Après, une fois bien accrochées, elles tirent de tout leur poids vers le fond en te prenant de la ligne et en pliant la canne jusqu'à en faire grincer les joints. Au dernier moment, il n'est pas rare qu'elles viennent se cogner contre le flanc de la chaloupe pour péter l'hameçon ou se l'arracher de la gueule d'un grand coup sec. À la fin mai, juste après que les lacs ont calé, quand tu trempes ta main dans l'eau glaciale pour rincer le sang et le limon, on dirait que tout le lac plonge ses dents dans ta chair comme une créature plus vorace encore.

*

Début novembre.

Faut avoir du temps à perdre en maudit, Doris a dit, pour courir après un lièvre dans le bois sale, en plein mois de novembre, mais c'est exactement ce que Jim fait, penché en avant pour essayer de voir la silhouette du lièvre sous les sapins fermés comme des cloches par le poids de la neige sur leurs branches, les muscles des bras tendus à force de porter le fusil, les vêtements trempés par la sueur et par l'eau qui dégouline des sapins et des épinettes. Il est en train de remonter vers le chemin, les poumons en feu, il entend ses propres pas qui font craquer les branches mortes sous la neige et sa propre respiration et les eaux du ruisseau au fond de la coulée qui ronronnent sous une mince pellicule de glace.

Doris et lui ont vu le lièvre passer en travers du chemin en faisant les sentiers de trappe sur leur quatre-roues, un gros Grizzly de Yamaha. Ils étaient débarqués du Grizzly pour le suivre. Le lièvre était tout petit mais, en le cherchant, ils en ont levé un autre, un beau lièvre bien gras, préparé pour toutes les peines qu'allait apporter l'hiver. Jim a réussi à le suivre à vue un bout de temps, au milieu d'un petit boisé de bouleaux qui avaient perdu leurs dernières feuilles deux semaines avant, mais le lièvre s'arrête toujours de dos, dans une position où ça ne donne rien de lui tirer dessus. Jim le farcirait de plombs de l'anus jusqu'aux oreilles. Doris a renoncé à la traque assez vite.

— Continue à le suivre, elle a dit. Je retourne prendre le quatre-roues. Je vais être là quand tu vas ressortir dans le chemin.

Elle l'a embrassé comme elle l'embrassait tout le temps, qu'il parte pour la bécosse ou pour prendre de l'eau au quai, sans ménagement, comme s'il partait pour la guerre, comme s'il partait pour tout le temps.

Le bois sale est tellement sombre qu'il est ébloui en débouchant sur le chemin. Il habitue ses yeux, scrute aux alentours et voit, à droite, Doris qui s'en vient juchée sur le Grizzly et, à gauche, quinze mètres devant lui, le lièvre, un peu en retrait sous les branches au bord du sentier, qui présente encore son derrière. Il commence à avancer tranquillement, en faisant de grands pas de funambule pour ne pas l'effaroucher. Il entend Doris qui s'amène avec le Grizzly derrière lui et il sait que le lièvre va détaler dans quelques secondes. Le lièvre tourne la tête vers lui. Jim épaule en visant un peu à côté et tire. Le fusil rugit dans ses mains. Le lièvre s'ébroue et tombe dans le chemin, le corps agité par des petites secousses. Doris arrive. Jim fait quelques pas vers le lièvre puis s'arrête tout d'un coup.

À une dizaine de mètres devant lui, à un endroit où le chemin devient moins bien défini, à moitié fermé par les saules, un animal pas mal plus gros qu'un lièvre est assis, dos à lui, au milieu des bosquets. Le cœur de

Jim fait des bonds. Derrière son épaule, il fait signe à Doris sur le Grizzly de s'arrêter. Il éjecte la cartouche vide de son fusil, la fourre dans sa poche de veste puis fouille en dessous dans sa poche de chemise. Son fusil est un Remington 870, un .12 avec un canon court pour la chasse au chevreuil. Jim s'en sert pour le lièvre et la perdrix, parce qu'il est facile à manipuler dans le bois sale où il chasse tout le temps. Son canon sans étranglement fait un beau patron de petits plombs clairsemés qui l'aide à abattre les perdrix au vol et lui permet de couper la tête des proies au sol sans abîmer le reste de la carcasse. Le canon peut tirer des slugs à chevreuil et son père lui en donne toujours deux ou trois, à bien séparer des dizaines de cartouches qui traînent dans ses poches de pantalon et de vareuse, avant qu'il ne parte en expédition. C'est sa police d'assurance au cas où il rencontrerait les loups, un ours ou un orignal malin.

Il charge une slug dans la chambre et ferme tout doucement le mécanisme en poussant la pompe vers l'avant. En décrivant un large demi-cercle dans le chemin, il contourne l'animal jusqu'à se retrouver en face de lui, toujours à l'affût d'un mouvement, la respiration haletante. C'est un gros chat, un félin jaune brun, avec de grandes oreilles, noires au bout, qui ne bouge toujours pas en voyant approcher Jim le fusil braqué sur sa tête. Jim passe devant un sapin encore enneigé et comprend. Le chat a la tête un peu baissée, comme s'il réfléchissait, les yeux rivés au sol. Sur le fond blanc, on peut voir un trait noir qui relie la tête du chat au tronc d'une pousse de frêne noir arquée. C'est un lynx qui s'est pris dans un collet. Jim voit Doris approcher, avec un grand sourire.

— Je me compte bien chanceuse d'avoir un chevalier pour me protéger des lynx morts.

— Niaise-moi pas, Doris.

— Bin non.

Ils marchent chacun de leur côté jusqu'au lynx, qui a dû se prendre là en suivant un lièvre, tapis contre le sol. Agenouillé devant lui, Jim voit qu'il tire une langue rose et que son regard jaune est brouillé, comme du thé au lait ou comme le pastis que boit son père l'été après qu'on a mis quelques gouttes d'eau dedans.

— C'est même pas le bon temps pour le lynx en plus. Je dis toujours à Bernard de pas faire les collets à renard trop grands.

— On est sur le territoire de Bernard?

Bernard est un autre trappeur qui partage des territoires avec Doris et son mari Jacques Plante le trappeur.

Jim fronce les sourcils. Doris rougit.

— Oui. J'ai pris ce sentier-là parce que je sais qu'il est toujours plein de poules pis de lièvres.

— Je t'avais dit que je voulais pas te faire faire de détour dans tes runs.

— Pis moi je t'ai dit que je te vois pas souvent, que j'aime ça aller à la chasse avec toi pis que j'aurai toujours le temps de les faire toute seule, mes runs de pièges.

Ils se sourient.

Après, ils ramassent le lièvre, détachent le lynx, le chargent sur le support à l'avant du quatre-roues et se dépêchent de l'amener chez Bernard pour pouvoir rentrer avant le soir. Sur les monts, à ce temps-ci de l'année, la noirceur te tombe dessus comme une trahison, entre deux battements de paupières.

Doris le laisse conduire et grimpe derrière lui. Avant de partir, il se soulève pour regarder comme il faut, de cet angle, le lynx mort tenu en place par deux courroies élastiques. Doris dit derrière son dos :

— Un beau chat, hein?

— Oui.

— Mais pas *ton* chat.

— Non.

Elle l'embrasse sur la joue, serre ses bras autour de lui et dit :

— Il doit pas être loin.

À l'automne, le temps que durait la chasse à l'orignal, Jim n'avait plus le droit de tirer avec son .12 ou la .410 de son père. Les chasseurs embusqués n'aimaient pas qu'on tire du fusil alentour à qui mieux mieux.

Pour la perdrix, son père lui avait acheté une carabine à plombs à canon casseux avec un petit télescope. On pouvait abattre un oiseau d'assez près avec, en autant qu'on évite le renfort de l'aile et qu'on vise la tête ou la base du cou. C'était une autre chasse que de lever les oiseaux et de les abattre au vol. Il fallait repérer les perdrix de loin, masse camouflée dans la forêt, s'en approcher sans leur faire peur et faire un beau tir. Dans les boisés de feuillus le long du chemin, on tuait des gélinottes huppées, dont le mâle avait l'air d'un coq brun roux très haut sur pattes. Au milieu des épinettes et des sapins, on tuait des tétras des savanes, dont le mâle n'avait pas de huppe mais le poitrail et la tête noirs tachetés de blanc avec au-dessus des yeux de grosses caroncules rouges. Les femelles des deux espèces avaient le même plumage cryptique gris-brun et il était presque impossible de les distinguer avant de leur ouvrir la poitrine au couteau. Les gélinottes avaient la chair blanche et délicate d'un coquelet, les tétras la chair d'un rouge colombin qui ressemblait à du bœuf très maigre à la cuisson et goûtait fort le sapinage et le genévrier.

Souvent, l'oiseau perché sur une branche ou tapi au sol dans les feuilles et la mousse ne mourait pas tout de suite. Il tombait en syncope et faisait comme une danse de Saint-Guy dans le contre-jour, âme affolée devant le soleil au milieu des plumes en suspension arrachées à son propre pennage. Son père lui avait montré comment faire dans ce temps-là. Il fallait te saisir de l'oiseau voletant d'un geste vif, l'immobiliser, puis lui écraser la trachée avec le pouce et l'index. Si tu plaçais en même temps la main sur son poitrail, tu pouvais sentir le cœur de poule frémir sous la peau et les plumes, s'emballer, s'affoler, puis finalement battre trois ou quatre grands coups sourds avant de s'arrêter sec. Son père disait «C'est ça, tuer quelque chose, Jim. On tue mieux quand on a compris ça. Si t'es pas capable de faire ça, tu devrais pas aller à la chasse. Tu devrais pas tirer sur rien.»

Jim l'avait fait une fois ce jour-là. Il en avait eu l'estomac tout retourné et il s'était retenu de tirer sur les perdrix qu'il débusquait pendant une saison entière pour ne pas avoir à le refaire.

Après, il avait surmonté l'horreur.

C'était devenu une chose terrible et belle qui revenait chaque automne, le premier oiseau abattu dont il étouffait entre ses mains le cœur minuscule. Chaque fois, il posait la main sur le ventre de l'oiseau et mettait son propre souffle au diapason du muscle palpitant. Quand les battements cessaient enfin, il rouvrait les yeux sur l'oiseau mort et découvrait avec surprise que son cœur à lui n'avait pas manqué un seul bond.

*

On l'appelait toujours Jacques Plante le trappeur pour le différencier de Jacques Plante le gardien de but. C'est lui qui lui avait parlé pour la première fois du chat.

L'année après l'accident, Jim avait passé presque tout l'été dans le bois. Son père le laissait chez Doris et Jacques quand il descendait en ville. Cet été-là, un médecin de Chicoutimi avait installé une roulotte près de chez eux pour pêcher sur les lacs alentour en canot. Il avait probablement l'intention de chasser l'orignal là à l'automne. Doris et Jacques n'aimaient pas trop ça, mais ils avaient pris le parti d'être gentils avec le docteur Duguay comme ils étaient gentils avec tout le monde. Le docteur avait un chien, Spencer, un beau boxer à poil ras qui n'avait pas l'air à sa place au milieu de la forêt décharnée.

Doris et Jacques aussi avaient un vieux chien qui devait mourir l'année d'après. Il s'appelait Boss. Il avait été le meilleur ami de Jim depuis sa naissance et lui était parfaitement à sa place dans le bois. C'était un très gros chien, un bâtard de berger allemand et de malamute. Le docteur était venu les voir un soir à l'heure du feu, quand les gens se retrouvaient nombreux au camp des trappeurs. Il était resté là, debout, avait refusé de s'asseoir et de prendre une bière et leur avait conseillé d'attacher Boss durant la journée. « Ça serait plus sûr, il avait dit, parce que Spencer est un mâle dominant. »

Doris et Jacques avaient opiné. Il était reparti tranquillement vers sa roulotte. Les trappeurs n'attachèrent jamais Boss et, un bel après-midi, le gros chien-loup était sorti du bois en trottant, à la brunante. Son père était là. Ils étaient tous assis autour de la table de pique-nique, pour manger du blé d'Inde et des hot-dogs. Boss tenait Spencer dans sa gueule, par le cou. Le boxer ne ressemblait plus à rien. Boss déposa à leurs pieds son cadavre comme celui d'un gros lièvre tout disloqué.

Jacques attacha Boss à un poteau et ils partirent, avec son père, vers la roulotte du docteur. À pied. Comme s'il y avait eu quelque chose de sacrilège à transporter le cadavre en camion ou en quatre-roues. Son père et Jacques avaient marché en procession le long du chemin en s'échangeant de temps en temps Spencer qu'ils portaient dans leurs bras comme un tas de bûches. Le docteur Duguay était tout seul dans sa roulotte à faire des patiences dans le halo d'une lampe à gaz. Il n'était pas hystérique ni rien. Il prit Spencer des bras du trappeur et demanda :

— Qu'est-ce qui s'est passé ?

— Je le sais pas, docteur. Je l'ai trouvé comme ça en relevant mes collets.

— Votre chien ?

— Pensez bien qu'il était attaché, docteur. Pis c'est pas Boss qui serait capable de faire ça.

— Quoi d'abord ? Un ours ? Les loups ?

— Oh, contre un ours il se serait défendu mieux que ça. En plus, les loups, ça mord pas à la gorge de même. Scusez l'expression, docteur, mais ils l'auraient mis en mille morceaux. Moi je vas vous dire ce qui a pu faire ça. Vous pouvez me croire ou pas me croire, ça fait pas de différence pour moi. Y a longtemps on tuait de temps en temps des chats bien malins par icitte.

— Des lynx ?

— Pas mal plus gros qu'un lynx. Moi je parle de quelque chose de quasiment aussi gros qu'un tigre, qui pouvait jomper de là-bas jusqu'à l'arbre icitte sans prendre d'élan. Une bête qui faisait son souper avec n'importe quoi. Du lièvre jusqu'à l'orignal.

— Il y avait un grand fauve sur les monts ?

— Je vous l'ai dit, docteur, vous êtes pas obligé de me croire. Moi je peux juste raconter ce que je sais. On a pas tué de gros chat dans le boutte depuis cent ans, mais je connais des gars, des gars qui sont tout le temps dans le bois comme moi, qui disent qu'il est encore là.

Le docteur demeura un instant pensif. Le père de Jim en profita pour ajouter :

— Si ça se trouve, votre chien, il a dérangé ce fauve-là pendant qu'il était sur une piste. On peut pas savoir laquelle, celle d'un animal, ça se peut bien, mais peut-être la vôtre aussi, ou celle de mon fils.

— Si ça trouve, dit Jacques en prenant le relais, Spencer a sauvé la vie à Jim.

Le docteur décida d'enterrer Spencer immédiatement, derrière la roulotte. Il sortit une bouteille de scotch que les trois hommes tétèrent au goulot en creusant le trou et il donna un Saguenay Dry à Jim. Quand ils reprirent le chemin, il faisait noir et ils étaient soûls et c'est Jim qui éclairait le chemin avec sa lampe de poche. Quand son père et Jacques furent rendus très loin de la roulotte du docteur, son père dit :

— Tu parles d'une méchante menterie.

Dans le chalet des trappeurs, un peu plus tard, Jim s'approcha de Jacques et demanda :

— Le trappeur, elle a-tu déjà existé la bibitte que tu parlais tantôt ?

— Quelle bibitte ?

— Le gros chat.

Le trappeur pointa la tablette fixée à environ deux mètres du sol sur les quatre murs du chalet. Sur cette tablette-là étaient posés les crânes blanchis de dizaines d'animaux, par ordre décroissant de taille. Ça commençait par deux grosses têtes d'ours et cinq têtes de loup et ça descendait jusqu'aux crânes minuscules et nombreux de martres et de visons, de siffleux et d'écureuils.

Entre les deux, il y avait les têtes de coyotes, de lynx, de renards, de pékans, de porcs-épics et même d'un carcajou. Il manquait juste l'orignal, mais un grand panache était fixé à une poutre horizontale et se dressait au-dessus de leur tête en projetant sur le plafond des ombres épeurantes.

— Je vas te dire une affaire, Jim. Si c'est pas sur la tablette, ça existe pas.

— Oui mais Jacques, y a pas de tête d'homme sur ta tablette pis on est là pareil.

Le vieil homme sourit et posa ses vieilles mains en serres d'aigle sur sa tête.

— Si tu fais trop le fin finaud, ça se peut bien qu'on mette la tienne.

Le docteur avait décidé de déménager et d'installer sa roulotte un peu moins loin dans la ZEC, là où toutes les espèces étaient répertoriées. Il était quand même revenu les voir deux ou trois fois dans les semaines suivantes et il s'était renseigné. Il y avait bel et bien eu jadis, il disait, un grand fauve sur les monts. Un animal féroce, long de deux mètres et capable de bonds prodigieux. Peut-être bien qu'il était encore là, oui, c'était bien possible et ça expliquait tout. Le docteur Duguay aimait saupoudrer du latin un peu partout dans ses phrases et Jim avait gardé de ses grands discours un nom, qui lui trottait dans la tête depuis.

Felis concolor couguar.

*

Fin janvier.

Les hommes sont regroupés autour du piège brisé, à distance pour ne pas effacer les empreintes dans la neige qui partent d'un petit boisé de résineux, de l'autre côté du vallon, où ils ont laissé les ski-doos, traversent la lande enneigée, font de grands à-plats autour de la cage fracassée et s'enfoncent encore plus loin dans le bois sale. Jim avait pu les suivre sur une trentaine de mètres avant de les perdre pour de bon entre deux grands sapins baumiers, dont la chaleur avait creusé des trous moelleux dans la neige.

— Tu dis que personne a vu cette bibitte-là depuis les années quarante ? demande Bernard.

— 1938, dit Jim. Ils en ont tué un à la frontière du Maine.

— Pis là ils seraient revenus ?

— Peut-être qu'ils sont jamais partis. C'est dur à savoir.

Bernard regarde Jacques Plante le trappeur.

— Pis toi tu cré ça ?

— C'est pas une question de croire ou de pas croire. Y a des biologistes de l'Université de Montréal qui ont fait un site d'appâtage. À peu près cinquante milles par là-bas. Ils doivent savoir ce qu'ils font, ce monde-là.

Jacques Plante le trappeur se penche sur ses raquettes au-dessus de deux traces de pas, grosses comme des soucoupes à thé. Entre les traces il y a des traits qu'on dirait fouettés dans la neige à coups de bâton. Jacques se racle la gorge, envoie devant lui un gros crachat et regarde un après l'autre Bernard, son beau-frère Roland et Jim.

— Ça ressemble mauditement à ton chat. Pour faire des lignes de même dans la neige, ça prend une grand' queue.

Doris, assise quelques pas derrière eux contre le tronc d'un bouleau, dit :

— Ça pourrait être un loup.

— Ouais, mais ils se tiennent pas par icitte à ce temps-ci de l'année. Pis c'est pas un loup que j'ai vu.

Très tôt cette année-là, novembre a ouvert tout grand l'hiver pour y laisser s'installer le vent du nordet et un petit froid sec qui mordait les joues jusqu'au sang. Tout le monde est habillé avec des grosses canadiennes ou des parkas. Doris et Jim portent en plus un foulard autour de leur capuchon doublé de fourrure pour se protéger la figure. Le soleil fait une tache opaline au milieu du ciel blanc qui scintille sur les verres fumés de Bernard et de son beau-frère. Le trappeur demande :

— As-tu trouvé des poils ?

— Nan.

— Pis les photos, Jim ?

— Les photos ? Pas fort.

Jim tient entre ses mains le kodak numérique qui est bien pratique parce qu'il n'a pas besoin de film et qu'on peut voir les photos dessus tout de suite. Mais ces machines-là n'aiment pas trop les grands froids. L'écran n'arrête pas d'afficher le message « Battery error. » Jim est obligé d'éteindre le kodak et de le réchauffer dans la poche intérieure de son manteau avant de le rallumer.

Deux fois déjà il a détaillé le moins flou des trois clichés pris par Bernard sur l'écran un peu plus gros qu'un timbre-poste. Il a vu des lignes et des taches noires zébrer le fond blanc, il a reconnu des arbres décharnés et des conifères qui s'extirpaient de l'épaisse couche de neige au sol. En arrière-plan, derrière une épinette famélique et les troncs épais de deux bouleaux, il y a une tache indistincte d'un beige assez foncé. En la détaillant, en plissant les yeux devant le soleil et l'éclat du soleil sur la neige, il avait vu se détacher le torse musclé d'un animal, deux pattes puissantes et une queue dressée en l'air comme une apostrophe. Il a suivi la forme vers l'avant jusqu'à discerner la tête presque complètement dissimulée par un tronc d'arbre et apercevoir une partie du visage, la courbe de l'arcade sourcilière, la pointe dressée d'une oreille, le museau piqué d'une tache sombre et la silhouette embrouillée d'une petite bête enfoncée dans la gueule comme un bâillon. Le kodak fige encore et maintenant Jim n'est plus capable de reconstituer l'image avec autant de détails. Chaque fois qu'il rallume le kodak le cliché apparaît plus flou, comme si quelqu'un avait voulu prendre une photo à travers une fenêtre pour capter seulement son propre reflet sur la vitre.

Bernard a brisé son ski-doo plus tôt dans la journée en faisant la tournée des pièges avec Roland. Comme il avait ses raquettes et qu'il se savait tout près de deux pièges, il a envoyé son beau-frère chercher les pièces de rechange et les outils au camp. Ils étaient sur une grande plaine et Bernard s'est mis à avancer, sans entendre un son à part le crissement de ses raquettes dans la neige, le bourdonnement de l'autre ski-doo qui s'en allait et, de temps en temps, le cri d'un écureuil. Après dix minutes de marche, il s'est enfoncé dans la forêt noire et s'est arrêté net en entendant un gros vacarme. Il s'est rapproché doucement, sans faire de bruit. Il a vu une grosse bête en train de mettre son piège en morceaux pour attraper l'animal pris dedans. Il n'a jamais pu dire si c'était une martre ou un vison, parce que la grosse bête est partie en l'emportant entre ses mâchoires. Bernard a eu le temps de prendre quelques photos avant de s'éloigner. Il avait le souffle court et le cœur affolé et, en atteignant la motoneige, il était au bord de la syncope. Il a pris son radioamateur portable et a appelé le père de Jim sur leur fréquence habituelle. « Je pense que je viens de voir le chat à Jim », il a dit.

Après, il leur a donné ses coordonnées avec le GPS. Jim et son père se sont habillés à toute vitesse, et son père a rempli d'essence le réservoir du ski-doo pendant que Jim appelait Jacques Plante le trappeur et Doris sur la radio.

Maintenant ils sont tous là, à examiner des traces qui auront à moitié disparu quand les agents du ministère de la Faune viendront demain, et une photo qui ne montre rien. Jim devrait être déçu, mais il ne l'est pas tant que ça. Son père et lui repartent en motoneige et sillonnent les sous-bois jusqu'à la nuit noire, s'échangeant le guidon et projetant leur regard le plus loin possible entre les branches des arbres. Son père parle toujours de son chat au singulier et Jim aime ça beaucoup.

«Tu vas voir, on va le trouver, il dit. Une bonne fois il va nous sortir dans la face.»

Bien sûr, s'il y a encore des couguars par ici, il faut logiquement qu'ils soient plusieurs, mais Jim aussi aime à y penser comme à une bête unique, immortelle, comme le yéti ou le monstre du loch Ness, un animal qui se cache pour le plaisir d'être traqué et se montre de temps en temps pour raviver sa propre légende.

Dans ces vallées où il neigeait parfois à plein ciel pendant des jours d'affilée, et où les redoux et les gels violents se succédaient sans transition ni logique, l'hiver était plus qu'une saison, c'était un paysage superposé à un autre dans lequel il fallait se repérer sur les rares signes immuables dans la neige et les grands froids.

Gaétan Fournier, un ami du père de Jim, avait son chalet au creux d'une vallée. Là-bas, les accumulations de neige étaient telles qu'une année, à Noël, il leur avait fallu, à Gaétan, sa femme, ses filles et ses gendres, déterrer le chalet à la pelle de onze heures du matin jusqu'à la brunante. Il s'était arrêté au beau milieu de nulle part sur la lande immaculée, avait descendu de sur son ski-doo et commencé à sortir de la sleigh ses raquettes et sa pelle ronde. Un de ses gendres avait dit :

— Qu'est-ce vous faites là, le beau-père? Le camp est encore loin me semble.

Gaétan avait répondu :

— Le camp, il est en dessous de mes pieds.

Ils avaient pelleté jusqu'au chalet, allumé un feu pour les femmes avec le bois qu'ils avaient apporté puis recreusé jusqu'à la remise à bois. Ils avaient sorti des bûches puis allumé un grand brasier dans la neige en recouvrant le bois d'huile à moteur usée. Le lendemain, leur camp et ses alentours faisaient un grand cratère dans le val enneigé.

La neige s'accumulait sur les épinettes et les sapins, s'accumulait par grandes couches que les grands froids pétrifiaient sur leurs branches. Dès la mi-décembre, des hectares entiers de forêt étaient transformés en dolmens de glace blanche qui flamboyaient sous le soleil boréal et t'abîmaient les yeux aussi sûrement que des radiations de soudure. Les gens venaient de l'autre bout du monde déambuler dans ce panorama lunaire et monotone.

Quand un étranger demandait à des gens du coin s'ils avaient un nom pour ce phénomène, il se faisait répondre «On appelle ça des fantômes.»

*

Début mai.

Dans son demi-sommeil, il court à quatre pattes, éprouve la force de ses propres muscles en mouvement et sent les branches qui frottent sur son pelage. Il franchit par grands bonds les torrents et les arbres morts que la forêt dresse sur son chemin. Dans son demi-sommeil, il entend son père, Doris et Jacques Plante le trappeur qui parlent, assis autour de la table, à quelques mètres de son lit. Il sait que la bête traque quelque chose, il respire à travers ses naseaux une odeur capiteuse, aperçoit à travers ses pupilles dilatées la silhouette de la proie qui se détache très loin au milieu du vert des arbres à qui il n'a jamais vu pareil éclat. Dans son demi-sommeil, il fond sur la proie et la reconnaît. C'est lui. C'est lui que le couguar attaque et c'est lui l'objet des bribes de conversation qu'il perçoit à l'autre bout de son rêve.

— Ça faisait combien de temps qu'il avait pas été pris du mal?

— Quatre ans.

Il y a un silence. La bête plonge ses crocs dans sa gorge et il goûte le sang salé et chaud qui coule dans la bouche de la bête.

— Ç'a pas dû te rappeler des bons souvenirs.

— Pas vraiment, non.

Deux semaines avant, Jim est rentré tout seul de l'école en sachant que c'était revenu. Ça le suivait depuis plusieurs jours déjà comme une ombre malveillante. Il a réussi à ouvrir la porte malgré ses tremblements et les battements désordonnés de son cœur.

Son père, assis au comptoir, l'a vu entrer et s'est levé d'un bond.

— Jim, qu'est-ce que t'as?

Il a voulu parler, il a voulu crier, mais à ce moment-là ça habitait déjà son corps tout seul. Lui était ailleurs.

Son père a regardé pendant de longues secondes le corps de son fils secoué de convulsions, arc-bouté par terre, les yeux révulsés, avant de le prendre par les épaules, de le tourner sur le flanc et de fredonner une berceuse en caressant ses cheveux trempés de sueur.

Quelques jours après la crise, il est tombé malade. Une grippe, qui est allée en empirant pendant une semaine. Il ne mangeait plus et avait une toux de consomption. Son père l'a amené chez le docteur qui a diagnostiqué une grosse bronchite et lui a prescrit des antibiotiques et beaucoup de repos. Le lendemain, Jim a surpris depuis sa chambre, en ville, une conversation de son père sur le radioamateur qu'il garde dans le sous-sol pour parler avec les gens d'en haut.

— Je pense qu'il va pas bien, Doris.

— Pourquoi vous montez pas dans le bois?

— Je peux pas avant la fin de la semaine.

— Bin on va aller le chercher, d'abord. Les antibiotiques, c'est correct, mais moi, j'ai deux ou trois trucs en plus.

Maintenant il est dans son lit au camp et c'est le soir. Son père est arrivé un peu plus tôt, s'est assis à côté de lui sur les couvertures et a posé la main sur sa poitrine. Derrière eux, Jacques Plante le trappeur était assis à table devant une bière et mangeait des bouts de concombres. Doris s'agitait aux fourneaux.

— Ça va-tu mieux, mon gars?

— Oui, papa.

— Bin oui, il va mieux. Il mange bien depuis à matin. Mais il dort, le petit maudit. Là on va te faire une mouche de moutarde pis tu vas faire dodo. Le bonhomme aussi, tu vas manger un bol de soupe pis une assiettée de tourtière pis tu vas te coucher. T'as l'air fatigué, toi avec.

Doris a mélangé dans un bol deux cuillers à thé de moutarde sèche avec de la fécule de maïs et de l'eau froide. Elle a étendu l'emplâtre sur une vieille guenille qu'elle a déposée sur la poitrine de Jim. Ça chauffait et ça étourdissait. Aux cinq minutes, elle venait soulever quelques secondes le cataplasme de sur sa poitrine et l'embrasser sur le front. Après une demi-heure, elle l'a enlevé.

Maintenant Jim rêve et écoute. Il entend ce qu'ils disent de lui tous les trois. Il voudrait les rassurer, leur expliquer. Il fait souvent un rêve sans dehors ni dedans où la bête lutte avec lui et le dévore. C'est un songe de manducation et de violence mais pas de mort. Il ne s'éteint pas pendant que le couguar détruit son corps, il se fossilise en lui comme un souvenir de chair. Dans son ventre, il se rêve fils rêvé, enfant mort-né d'une créature de légende, songe de couleur et de bruit comme font les chiens endormis à côté du poêle.

— Jim dort, dit Doris.

*

Souvent, Jim s'endormait ainsi et écoutait de loin en loin les adultes parler à côté de lui. En se retournant dans son lit, il emportait une heure. Il manquait des pans entiers de conversation. À un moment, il se rendait compte que son père était couché dans le lit en face de lui et qu'il n'y avait plus que Doris et Jacques Plante le trappeur qui étaient debout. Comme des anges besogneux ils veillaient sur leur sommeil et rangeaient le camp très doucement en parlant tout bas.

Ils ramassaient les cendriers pleins et les mettaient à reposer sur le comptoir avec un peu d'eau dedans avant de les vider dans la poubelle. Jacques Plante éteignait ses dernières cigarettes dans une bouteille de bière. Dans une des deux grosses bouilloires cabossées que Jim allait remplir le matin et le soir au lac, ils mettaient l'eau à bouillir sur le gros rond du poêle Vernois, dont les grandes flammes folles léchaient le métal presque jusqu'en dessous de la poignée. Jacques Plante vidait l'eau bouillante dans le bac à vaisselle dans l'évier et ça faisait dans la pénombre des longues volutes de vapeur qui sentaient le savon au citron. Doris lavait et Jacques essuyait. Entre ses paupières mi-closes, Jim les regardait de loin en loin et se demandait toujours comment Doris faisait pour laisser ses vieilles mains dans l'eau aussi chaude. Des fois elle-même surestimait sa résistance et laissait sa main là un peu trop longtemps et la sortait d'un geste brusque et la secouait en disant «Ça brûle maudit calique.» Quand ils avaient fini les ustensiles et les assiettes, ils mettaient l'autre bouilloire à chauffer pour faire une eau pour les verres, qu'ils laissaient tremper jusqu'au matin. Ils vidaient les cendriers et cordaient toutes les bouteilles vides au bout du comptoir. Après Jacques Plante nettoyait la vieille nappe en plastique jaune sur la table avec du Windex et une guenille. Dans son demi-sommeil, Jim entendait des fois Jacques Plante demander à Doris s'ils avaient oublié quelque chose, mais le temps que Doris fasse sa ronde et vienne murmurer à l'oreille de Jim des mots sur les temps à venir et les choses qui iraient mieux, il n'entendait plus rien.

Jim dormait. Ils étaient partis quand il se réveillait au milieu de la nuit pour déposer une bûche dans le poêle au-dessus des braises et il dormait quand son père se réveillait au petit matin, enfilait sa veste et sortait du chalet sans faire de bruit pour voir le jour se lever plein de rosée et de brume.

Au milieu des araignées

IL VOYAGEAIT des semaines entières mais c'était toujours, quelles que soient les villes, le même aéroport, le même espace vide, peuplé d'un brouhaha lointain et de voyageurs en décalage. Il patientait depuis vingt minutes en avalant un gin tonic à petites gorgées en compagnie d'un quinquagénaire rougeaud qui prenait le même vol que lui. L'homme lui avait dit son nom, mais il l'avait oublié. Ça ne lui ressemblait pas d'oublier les noms. C'était son travail, les poignées de mains et les tapes dans le dos, les clins d'œil. Il pouvait – il devait – se rappeler le nom du moindre quidam rencontré dans un aéroport ou dans une foire de commerce. Quand il arrivait à se souvenir des prénoms de la femme et des enfants, c'était encore mieux. Il avait eu un professeur d'administration publique, dans le temps, qui se plaisait à dire que la mémoire était un muscle et qu'on pouvait l'entraîner. Le professeur connaissait par cœur à peu près tous les pays du monde et leur capitale. Ça l'avait impressionné. Aujourd'hui, il avait mémorisé le nom de plusieurs centaines de clients, leur date d'anniversaire, leur adresse et toujours deux ou trois détails personnels. Il distinguait le collectionneur de disques du pêcheur à la mouche, se rappelait qu'un tel avait un mariage heureux ou était en train de divorcer, qu'un autre avait une fille enceinte ou un fils en désintoxication. Il se souvenait aussi de ce que chacun buvait. Les gens se sentent toujours proches de quelqu'un qui est capable de commander à leur place.

Le truc, c'était de ne jamais rien écrire. Il avait lu quelque part qu'à la fin du dix-neuvième siècle, certaines personnes refusaient d'être prises en photo, craignant que l'appareil ne vole leur âme. C'était probablement une superstition, mais ceci, pour lui, était un fait avéré : on n'arrivait à se souvenir de rien tant qu'on ne s'était pas débarrassé de cette manie de noter tout, partout, à tout bout de champ.

Derrière les grandes parois vitrées de l'aéroport, il pleuvait à boire debout. On se serait cru dans un lave-auto. Les avions, au loin sur la piste, étaient flous et ils avaient l'air recroquevillés, perchés sur l'asphalte de la piste, comme de grandes corneilles détrempées. Il prit une autre gorgée. Il était totalement incapable de se rappeler ce maudit nom. Il fallait vraiment qu'il ne soit pas dans son assiette. En plus, le gars était prêt à lui manger dans la main, à lui prêter pour un mois sa résidence d'été et, poussé un peu, à lui payer dix cents le litre l'eau qui coulait de son robinet. Mais ça aussi, c'était son métier. Vendre. Et, même s'il avait été très bon là-dedans, il n'était pas venu pour ça.

Michel arriva vers 16 h 30. Ça lui laissait environ trois quarts d'heure avant d'attraper son vol de retour. Il s'excusa auprès de son ami anonyme, quitta le bar et s'assit à une table avec Michel, quelques mètres plus loin. Il alluma une cigarette. Ça faisait dix ans qu'il avait arrêté et deux semaines qu'il avait recommencé.

Michel sentait mauvais de la bouche et portait un costume bon marché qui semblait avoir passé la semaine dans un sac de poubelle. Il le détesta intensément pour ça. Il avait passé toute la durée du vol à cataloguer tout ce qui, chez Michel, l'agaçait. Michel avait une hygiène discutable. Michel avait vécu à Montréal et passait son temps à essayer de le rappeler, en évoquant des noms de rues, de restos et de bars dont tout le monde (lui en tout cas) se foutait éperdument. Michel traînait dans son portefeuille des dizaines de photos de ses trois filles laides et tout était prétexte à les montrer. Michel était aussi un spectaculaire lèche-cul, qui avait développé une façon bien à lui de vous titiller l'ego de manière obscène en n'ayant l'air de rien. C'était dur d'aller plus loin, parce qu'au fond c'était un bon gars et que tout le monde l'aimait bien. Mais il fallait passer par là. Au début, il s'était présenté à ce genre d'entretien plein d'empathie et de compassion, et ça avait bien failli le démolir.

Ils parlèrent de la pluie et du beau temps pendant quelques minutes, et il réussit à éviter trois fois que Michel se lance dans son diaporama de filles moches.

Un serveur amena un autre gin tonic et une tasse d'eau chaude. Autre raison de détester Michel : il avait arrêté de boire depuis des années. Écluser dans un bar d'aéroport lui semblait encore plus sinistre quand il avait à le faire en compagnie d'un imbécile abstinent, qui errait de par le monde avec des sachets de tisane plein les poches.

Il court-circuita la conversation jusqu'à ce que s'installe un silence pesant. Il dévisagea longtemps Michel, en tirant sur sa cigarette et en lui soufflant la fumée dessus, jusqu'à ce qu'il sue, se torde sur sa chaise et soit étranglé par son nœud de cravate. Bientôt, Michel ne fut plus capable de soutenir son regard, il fixa longuement les vitres lézardées d'eau, se racla la gorge et demanda :

— Tu es venu pour ce que je pense ?

Sans dire un mot, sans hocher la tête, des yeux seulement, il fit «Oui.»

Michel donna un petit coup de poing, sec, sur la table.

— Est-ce qu'elle sait combien je lui ai rapporté dans la dernière année ?

— Pas loin de sept cent mille dollars. Elle a moi et deux comptables pour le lui rappeler, mais tu la connais : elle est pas mal convaincue que, sans elle, on ne serait pas capables de trouver de la merde dans le cul d'un chien.

— Pendant ce temps-là, tu fais ses jobs sales.

— Je suis exécuteur en chef maintenant. Ça fait des

mois que je ne fais rien d'autre. Pas un contrat, pas une vente.

Michel explosa :

— Faudrait peut-être que je pleure pour toi ? J'ai cinquante-deux ans, Jésus-Christ. Cinquante-deux ans, une femme malade et trois filles à l'université. Qu'est-ce que je suis supposé faire, moi, peux-tu me le dire ? Qu'est-ce qu'elle pense qu'on va tous faire, elle, la maudite vache ? La maudite maudite maudite vache...

— Ça suffit.

— Sais-tu tout ce que j'ai fait pour elle, et pour son père avant ?

— Tu as travaillé, Michel.

— On leur a donné nos vies.

— Et ils t'ont donné la tienne.

— Donnant-donnant, c'est ça ?

— Ce n'est pas ce que j'ai voulu dire.

Michel se rembrunit.

— Comment tu penses que la compagnie va pouvoir marcher ? Ça fait douze qui tombent.

— Dix.

— Qui va faire rouler la business ?

Il écrasa sa cigarette.

— Entre toi et moi, je pense qu'elle s'en fout. Elle a bien dû se voter dix augmentations de salaire dans les cinq dernières années. Elle doit gagner pas loin d'un demi-million maintenant, sans compter les bonus. Son père est mort, sa mère est sûre que tout va pour le mieux et, tant que nos vieux contrats rapportent et qu'elle charcute le payroll, les investisseurs sont contents. Je crois qu'elle va traire tout le monde comme des vaches et qu'elle va fermer la shop après.

— Combien on est ?

— À peu près quatre cents, si tu comptes les employées de la manufacture.

— Qu'est-ce qu'elle va faire après ?

— Je ne sais pas, moi. Se faire injecter du Botox et adopter des Chinoises. C'est déjà pas mal tout ce qu'elle fait depuis cinq ans.

— Ce n'est pas correct.

— Je n'ai jamais dit le contraire.

Michel lui jeta un regard mauvais.

— Tu vas quand même tous nous clairer les uns après les autres, comme le bon chien à sa maîtresse.

Il haussa les épaules.

— Ça n'a pas l'air de trop te déranger.

— Qu'est-ce que tu veux que je fasse ?

— Pourquoi tu ne lui dis pas de faire ses jobs sales toute seule ?

— Pourquoi tu n'as rien dit quand les autres ont été mis dehors ? Je ne fais rien de différent des autres, Michel. La ville brûle et je prie pour que le feu épargne ma maison.

— Où on s'en va, comme ça ?

— Nulle part.

Michel se leva, chancela un peu, puis se remit sur ses pieds.

Il se leva à son tour, tendit la main et demanda :

— Sans rancune ?

Michel regarda la main distraitement, sans la saisir, plus sonné qu'il ne voulait bien le montrer.

— Tu es exécuteur maintenant, et un exécuteur, ça n'a pas d'amis. Elle pense peut-être qu'on ne vaut rien, mais on s'arrangera bien, tu vas voir. Il nous reste nos clients, et on peut leur vendre autre chose que ses cochonneries. Mais toi? As-tu pensé que personne ne va vouloir t'aider, quand ton tour va venir?

Il soupira et regarda sa montre.

— Il va falloir que je prenne mon avion.

— Oh, excuse-moi. Je ne veux pas te retarder. Tu peux lui faire un message pour moi?

— Bien sûr, Michel.

— Dis-lui que j'aimerais qu'elle ait des vrais enfants au lieu des petites catins chinoises qu'elle montre partout pour faire semblant qu'elle a un cœur. Dis-lui que j'aimerais qu'elle ait un vrai cœur et des vrais enfants et qu'un de ses enfants meure sous ses yeux. Tu vas le lui dire?

— Ça m'étonnerait.

Le sofa était confortable, mais le troisième gin tonic avait été de trop. Il se sentait vaseux. Sa femme disait qu'il buvait beaucoup, ces temps-ci. Elle se trompait, il ne buvait pas plus qu'avant. Il avait toujours aimé boire. Aujourd'hui, il trouvait aux bières des relents âcres, aux cocktails un goût fade et aux whiskies un insupportable parfum médicamenteux, mais il les avalait quand même. C'est tout ce qui avait changé.

Il se sentait mieux maintenant que c'était fini, avec Michel. Il pourrait dormir dans l'avion et, dans quelques heures, il serait chez lui. Il pourrait prendre une douche et boire un verre de vin. Le vin était encore bon. Un peu huileux, peut-être, mais assez bon.

Dans l'ancienne maison, sa première femme organisait les jardins selon une géométrie ennuyante. Les fleurs et les arbustes poussaient en rangs compacts, comme dans une serre, ils ne se mélangeaient pas, on aurait dit la vitrine d'un fleuriste besogneux. La maison était plus petite à présent, le jardin plus exigu et sa deuxième femme avait une belle qualité : elle arrangeait les plantes n'importe comment. Peut-être y avait-il un ordre, au départ, mais bien vite on ne s'y retrouvait plus. Il ignorait d'où la terre tirait sa fertilité mais, dès la mi-juillet, la cour arrière ressemblait à une jungle. Les daturas devenaient de véritables arbustes et produisaient à chaque jour des dizaines de grosses fleurs blanches ; les gloires du matin proliféraient, grimpant le long des haies et ponctuant le jardin de centaines de points mauves, bleus et violets ; les rosiers ne connaissaient pas la retenue et, dès la mi-juin, l'europeana et les deux Prairie Star donnaient par douzaines des fleurs aux pétales fins et roses comme les poings fermés d'une vieille femme. Il y avait aussi des lilas, un pommier, des tulipes, et des dizaines d'autres espèces, des vivaces et des annuelles, des grimpantes et des rampantes. Il aimait s'asseoir au milieu de toutes ces exhalaisons, dans une chaise longue, et siroter des Long Island Iced Tea en remplissant des grilles de mots croisés. Entre les tiges

des fleurs et les branches des arbustes, des araignées
noir et jaune tendaient de grandes toiles. Il aimait les
regarder travailler, voir les mouches et les bêtes à bon
Dieu se prendre dans leurs toiles et être dévorées. C'est
drôle, s'il avait surpris des araignées de cette taille dans
la maison, il aurait été épouvanté. Dans le jardin, il
n'éprouvait aucun dégoût. Les araignées, parfois, tombaient sur lui. Il les recueillait dans ses mains nues et
les reconduisait délicatement sur les feuilles.

Quelqu'un lui secoua l'épaule.

— Ils annoncent notre vol.

C'était son compagnon de tout à l'heure, planté à
côté de la table. Il s'en souvint, il s'appelait André. Il se
demanda s'il avait dormi. Il ramassa son pardessus et
son porte-document, puis ils s'éloignèrent à grands pas
vers le quai d'embarquement.

Avant de partir, Michel lui avait dit que son tour
viendrait. Bien sûr que son tour viendrait. Il n'avait
jamais cru le contraire. Des araignées énormes occu-
paient son jardin. Bientôt tout serait fini et il irait vivre
auprès d'elles, noir et jaune.

América

LA PREMIÈRE ERREUR qu'on a faite, ç'a été de penser qu'on pouvait réussir un coup comme ça après les Tours.

La mère pis la sœur de Big Lé sont retournées vivre deux ans au Costa Rica entre 1999 et 2001. Lévis est allé les voir souvent durant ce temps-là. Quasiment trois mois en 2000, à partir des fêtes, pour défoncer le millénaire le cul au chaud. C'est là qu'il a rencontré América et Luis, au restaurant de l'hôtel que sa mère gérait.

América était serveuse pis Luis vivait à San Francisco. Ils étaient en amour mais ils trouvaient aucune façon de la faire venir aux États. Ils ont jamais expliqué pourquoi. Peut-être qu'elle avait un dossier. Elle avait pas de compétences spéciales à montrer aux gars de l'immigration pis ils étaient pas capables de lui avoir une carte verte ni un visa.

Big Lé allait assez souvent aux États avec moi pour savoir que la frontière entre le Canada et les States était une passoire. Il a dit à Luis qu'il pourrait la passer, América, et la lui domper à San Francisco s'il y mettait le prix. Ils s'en sont parlé pas mal le temps que Big Lé était là-bas. C'est resté de même pis Lé est rentré au Québec.

L'été d'après, Luis l'a rappelé et lui a demandé si on accepterait de faire passer la frontière à América pour trois mille piastres. Lé aurait dû dire non, il a dit «Oui.» C'est comme ça que nos problèmes ont commencé.

Dans l'intervalle, y a douze crisses de Tamouls qui ont hijacké des avions pour les câlicer un peu partout sur la gueule de l'oncle Sam.

Les lignes sont devenues un peu plus étanches, mettons.

*

La deuxième erreur, ç'a été d'amener Bezeau.

Le plan original, c'était de partir d'Arvida en char, de ramasser América à Dorval, de coucher à Montréal chez Cindy mon ex pis de faire la route jusqu'à Detroit le lendemain. On s'était dit qu'on traverserait la frontière pis qu'après on offrirait à Luis, pour une couple de mille de plus, de descendre la fille jusqu'en Californie. Ça faisait de la route en masse, sauf qu'entre le moment où Luis a appelé Big Lé pour voir si ça pouvait marcher pis le moment où ç'a été le temps de se mettre en chemin, il est arrivé une autre affaire. Le lendemain du party de la Saint-Jean à Saint-Gédéon, Big Lé a perdu son permis en pognant un barrage à neuf heures du matin à la fourche de Saint-Bruno. Il avait gobé un speed pour souper pis un autre à minuit. Il était plus soûl, mais la quantité de boisson qu'il avait prise entre ce matin-là pis la veille était incalculable. Ça nous prenait un autre chauffeur, sinon c'est moi qui allais me taper la route tout seul.

Quand on l'a embarqué dans le plan, Bezeau était célèbre.

Il venait de faire deux ans pour le hold-up du Wal-mart à Chicoutimi. Ce malade-là était rentré avec un .12 pis était sorti avec le cash des caisses pis les cochons l'avaient pris en chasse à sa sortie du parking. Demande-moi pas comment, il a réussi à se sauver d'eux autres une demi-heure avec son vieux crisse de Topaz qui faisait le 0–100 km/h en douze minutes à peu près. Ils ont été obligés de mettre les tapis à clous sur le boulevard des Saguenéens à la hauteur du dépanneur 247. Des gens l'ont vu sortir du char après pis laisser les coches venir à lui les bras en l'air en faisant des fuck you.

On s'était dit qu'un gars comme ça aurait des bons nerfs.

On s'était trompés.

Dans un vieux *Sélection du Reader's Digest* chez mon père, ça racontait l'histoire d'une tigresse mangeuse d'hommes en Inde qui avait nourri toute une portée avec de la chair humaine. Un tigre qui a goûté à la chair humaine reste mangeur d'hommes toute sa vie, parce que notre viande est salée à cause du sel qu'on mange.

Ç'a pris cinquante ans, se débarrasser des cinq tigres fous pis de leur mère.

Le plus vieux des frères Bezeau, il avait fait à peu près la même affaire pour ses petits frères, mais avec de la cocaïne.

Mike, le Bezeau qui est venu avec nous autres, était tombé dans la coke vers douze ans. Il venait d'une tribu de voleurs pis de restants de crosse de la route Madoc qui défonçaient les chalets pis les garages à environ cent milles à la ronde. Pis je pense pas qu'on va être débarrassés d'eux autres avant la fin du monde.

Bien plus tard, on a appris que son fameux coup du Walmart, il l'a fait complètement pété, après avoir entendu ses frères parler à table d'une légende urbaine débile qui disait que, dans tous les Walmart au monde, il y avait un million de dollars en coupures de cent dans un safe. Bezeau a fait accroire qu'il allait au dépanneur, il a embarqué le .12 à un coup de son grand-père mort, pis il a filé jusqu'à Place du Royaume. Il devait être 8 h 30 le soir. Là-bas, il est rentré en criant qu'il voulait le million, il a cogné un caissier qui venait de le traiter de mongol, il s'est rabattu sur les caisses pis il a tiré tout énervé un coup de fusil dans les airs, sans tuer personne par miracle. Il s'est rendu compte qu'il avait laissé les autres cartouches dans son char pis il s'est sauvé à la course avec environ cent soixante piastres dans ses poches.

On a compris vite que notre génie du crime était un débile léger. La veille du départ, Big Lé lui a donné cinq cents piastres sur les quinze cents qu'il avait reçues d'avance. Il lui a dit de faire du gaz, d'acheter de la bière en cannettes, Molson Ex ou Labatt Bleue pour que ça ressemble de la route à du Coke ou à du Pepsi, pis d'acheter de la bouffe en masse pour qu'on ait pas trop besoin de s'arrêter en chemin. Quand Bezeau est revenu, il nous avait acheté chacun un beef jerky, des Yum Yum nature, des Yum Yum au vinaigre, des Yum Yum au ketchup, pis cinq grammes de coke.

Il s'est excusé d'avoir oublié le gaz pis la bière mais il s'est vanté d'avoir fait un deal sur la coke.

Le pire, c'est que de traverser le parc, ça a été comme sa kryptonite. Il l'avait traversé juste une fois, pour aller en prison, pis rendu l'autre bord, il s'est mis à être pissou comme cent. Il s'inquiétait de tout, il avait peur de se faire pogner pis le dernier soir avant qu'on passe les lignes, à Windsor, dans le motel, il a dit :

— En tout cas, moi si ça chie demain à la douane, je dis toutte. Je retourne pas en dedans pour votre crisse de plan de nègre.

Il y avait deux lits doubles dans la chambre. América dormait dans un, Lévis pis moi dans l'autre, pis on avait installé Bezeau à terre au bout de notre lit comme un petit chien. C'est moi qui voulais lui arracher la tête depuis deux jours mais, cette shot-là, c'est Lévis qui lui est tombé dessus avec ses deux cent quarante-quelques livres. Il a sauté sur lui pis s'est mis à donner des coups de poing des deux côtés de sa tête sur le plancher en criant :

— Farme ta gueule, Bezeau. Farme ta câlice de gueule.

América à terre pleurait pis gueulait « Están locos, están completamente locos. »

Lévis s'est relevé pis l'a regardée pis il lui a dit :

— Cállate tu también. No jodas con la policía. No jodas con la coca. Quédate aquí y deja de llorar. Mañana estarás en Estados Unidos.

*

Notre troisième erreur, ç'a été de pas demander assez d'argent.

On est partis de Montréal de bonne heure, vers sept heures du matin. On a pris la 401 à la frontière de l'Ontario pis on a roulé jusqu'au soir à Windsor en arrêtant pour manger.

Avant de trouver un motel, on est allés se promener sur le bord de la rivière Detroit. À une place, il y avait des lunettes d'approche. Big Lé a mis plein de trente sous dans la fente pour qu'América puisse regarder de l'autre bord. Elle est restée longtemps à regarder Detroit. Quand Bezeau a commencé à branler de la patte, Lé a dit « Ta gueule, laisse-la faire. »

À ma connaissance, elle a jamais vu les États de plus proche.

Je voyais Lévis bin nerveux. On a choisi un motel miteux, on a fait le check-in. Bezeau est allé se coucher, América est venue avec nous autres sur les terrasses pour se faire bronzer. On s'est mis à parler devant elle, en français. Lévis m'a expliqué qu'il restait plus beaucoup d'argent sur le quinze cents. On a téléphoné à un de nos chums de Montréal qui connaissait bien son droit pour avoir des conseils. La première chose qu'il a demandée à Lévis, c'est :

— Pour combien vous le faites ?

— Trois mille.

— Faut vraiment que vous soyez innocents.

Après, il a demandé comment on pensait faire pour rentrer au pays avec une passagère manquante. Surtout que Lévis s'était porté garant d'elle pour qu'elle ait un visa.

— Je pensais jouer les débiles. À la douane canadienne en rentrant. Je vais dire que je me suis fait fourrer pis que la fille s'est sauvée avec mon cash.

— Ça, c'est pas pire. Tu pourras pas rentrer aux States pendant un estie de boutte après ça, mais c'est pas pire. Si Jay est capable de backer ton histoire comme du monde. À votre place, je laisserais l'autre coké au motel.

On s'est regardés, Lé pis moi. Le gars avait raison.

Il a rajouté :

— Oublie pas : t'es pas une grosse affaire, Big Lé, mais trois mille piastres, c'est pas assez pour perdre son nom.

On s'est entendus sur un plan B. Lévis a décidé d'appeler Luis pour lui demander le reste des trois mille piastres tout de suite. C'était la blonde à Lévis à Jonquière qui chèckait si l'argent était viré sur le compte. On avait pas encore Internet sur nos cells dans ce temps-là. Luis était supposé verser la balance des trois mille pour qu'on passe América de l'autre côté pis deux mille de plus rendus l'autre bord pour qu'on la ramène pas de force avec nous autres. Aucun de ces montants-là incluait de lui amener la fille jusqu'en Californie. On s'était dit « Qu'y s'arrangent, estie. »

Lévis a dit :

— Occupe-toi de la fille. Je vais aller appeler Luis.

J'ai dit « OK », mais avant d'aller se cacher à côté de la réception, il a rajouté :

— Fuck it, je vais lui dire qu'on peut lui amener América pour deux mille de plus. On descend juste nous deux avec la fille à San Francisco. Road trip total. Je vais chauffer sans permis, on fera attention pis c'est ça.

— Qu'est-ce qu'on fait avec le léger ?

— Le léger, on le câlice dans un autobus, c'est ça qu'on fait.

*

La quatrième erreur, ç'a été de pas tout tirer au clair avant de partir. Par rapport à la fille.

Quand elle est arrivée à l'aéroport, América, je me suis dit « Moi, cette fille-là, je coucherais avec. » J'avais vingt-trois ans pis elle pas loin de quarante. Elle avait la face un peu fatiguée, surtout les yeux, pis comme une grosse explosion de cheveux frisés noirs sur la tête. Elle avait la taille à peu près grosse de même, presque pas de seins mais un cul solide, pis les plus belles jambes que j'aie jamais vues sur une femme. Elle avait surtout une façon de rouler des hanches, une façon de pas pouvoir s'empêcher de rouler des hanches, qui te faisait avaler ta salive de travers, mettons.

Au début, tout est bien allé, dans le char avec elle. Big Lé la faisait rire, on faisait accroire de comprendre, pis Lé avait les meilleurs beats. Mais, après un bout, son humeur a changé. Je sais pas pourquoi.

Je sais que Bezeau, en arrière, lui tombait sur les nerfs. Ce mongol-là s'était amené tout un kit pour tourner la coke en roche en roulant. Il avait une vieille cuiller bizarre en forme de louche, un petit pot de médicament rempli de bicarbonate de soude pis une grosse bouteille d'eau distillée. Il mettait quatre parts de coke / une part de petite vache dans la cuiller, deux-trois gouttes d'eau, pis il chauffait ça par en dessous avec son lighter en empestant toute mon auto.

América arrêtait pas de répéter «Están locos, están locos.» D'où elle venait, c'était des affaires à te faire crisser au trou jusqu'à la fin de tes jours.

J'aurais pas voulu être assis à côté de lui moi non plus, surtout pas à sa place. La fumette, c'est pas comme la coke, ça fait dormir des fois. Si on peut appeler ça dormir. Bezeau faisait des rêves mauvais à côté d'elle.

Des rêves de roche. Il se pognait la queue à travers les jeans pis murmurait entre ses dents, en furie :

— Tiens, ma câlice. Tiens, ma crisse. Tiens, ma tabarnac.

On savait pas trop à qui il parlait. Lévis l'aurait bin mis en avant avec moi, mais la seule fois qu'on avait essayé de le faire, après le dîner où lui était resté dans le char pour fumer, il s'était obstiné pour conduire pis América avait failli faire une crise de nerfs.

Je sais que c'était en masse assez pour gâcher un voyage, mais son humeur avait changé avant que Bezeau commence ses niaiseries.

J'ai voulu en parler avec Lévis, le soir, pendant qu'on fumait une smoke dehors sur la galerie devant le motel. Avant que j'aie dit un mot, il a dit :

— C'est pas sa femme.

— C'est clair que si y seraient mariés on serait pas obligés de faire ça.

— Non, je veux dire : c'est pas sa femme pantoute. Peut-être que c'était sa baise de vacances à San José, peut-être qu'il lui doit un service, je sais pas lequel, mais c'est pas sa femme pis ça sera jamais sa femme.

J'étais d'accord avec lui. Bezeau nous avait dit au moins douze fois chacun qu'América avait offert de le sucer la veille chez Cindy. C'était pas vrai, c'est clair, mais ça prenait pas des indices aussi gros que ça pour comprendre qu'América était la femme de personne. Ça paraissait, je sais pas comment.

J'étais d'accord avec Lé, mais j'ai quand même demandé :

— Pourquoi tu dis ça ?

— Parce que si j'aimais une femme pis que je voulais qu'elle vienne me rejoindre aux États, je confierais pas la job à deux bouffons comme nous autres.

Il s'est raclé la gorge pis a craché un gros glaviot par terre. Il a ajouté :

— Pis si j'aimais une femme pis qu'un bouffon m'offrait de la déposer sur mon perron pour deux mille piastres, je répondrais pas « Rendus de l'autre bord, faites donc ce que vous voulez avec.»

Lévis a eu un SMS de sa blonde à trois heures du matin. L'argent avait été viré.

Il m'a dit de réveiller América pis de paqueter le char pis de l'attendre dehors. Il a réveillé Bezeau qui dormait comme une masse pis il lui a dit « Tu viens pas avec nous autres à la douane.»

Il lui a donné trois cents piastres pour prendre un taxi jusqu'au terminal pis l'autobus jusqu'au Saguenay si on revenait pas. Bezeau arrêtait pas de crier « Je parle même pas anglais, tabarnac.»

Les voix ont baissé tranquillement pis Lévis est sorti tout seul. On est montés dans le char. Il s'est retourné vers América pour dire « Todo saldrá bien, guapa.» Après, il m'a regardé pis il a dit « Let's go.»

Le vendredi d'après, Bezeau est venu voir Lévis au bar où il faisait le portier pour nous demander quand est-ce qu'on allait splitter l'argent.

— Y en a pus, d'argent. J'ai tout donné à la fille. Toi, t'as fait pour trois cents piastres de coke sur le bras, t'as pas chauffé deux minutes, pis tu m'as coûté un billet d'autobus. Dans mon livre à moi, je te dois pas une crisse de cenne.

Bezeau est parti en sacrant.

— En tout cas, la prochaine fois que vous aurez un plan de même, appelez-moi pas pour rien.

— On t'appellera pas, ça c'est certain.

*

Notre cinquième erreur, ç'a été de passer par Detroit.

Si c'était à refaire, on passerait par un petit poste de douanes au Québec avec un gars tout seul endormi pis on dirait «On va magasiner à Plattsburgh.» Dans ce temps-là, on s'était dit que de passer par Detroit, ça nous avancerait si jamais Luis nous donnait le OK pour filer jusqu'en Californie. On s'était dit surtout que l'Ambassador Bridge avait le plus gros volume de trafic commercial au monde pis qu'on avait plus de chances de passer free là-bas.

Ils avaient le trafic, c'est clair, mais ils avaient les moyens de le gérer aussi. Surtout à l'été 2002.

On est passés sur le pont le matin de bonne heure, le trafic était encore assez fluide sur la route. Mais la file pour le pont avait quand même deux-trois kilomètres de long. Il faisait déjà chaud pis j'avais pas l'air climatisé dans mon char. On était en sueur quand on est arrivés à la douane en plein milieu du pont. Le gars a regardé nos passeports.

— So you gentlemen are from Quebec and the lady here is from Costa Rica.

— Yes.

— Why are you coming to the United States?

— To visit. She's never been here.

— All right. And why here?

— I'm sorry?

— Why travel this far to cross the stateline?

Lévis pense qu'on était déjà baisés quand le douanier a vu le passeport du Costa Rica, moi je pense qu'on a été baisés là. On avait pas de réponse pour ça. Lévis en a inventé une vite. Il a fait un signe de tête vers l'arrière :

— Oh, she loves Detroit.

Si on avait été moins caves, on aurait su que c'était pas une réponse à faire. Personne aime Detroit parce que Detroit, c'est une chiotte.

Il nous a fait ranger pis stationner l'auto pis ils nous ont escortés à l'intérieur. Ils ont pris América séparément pis ils l'ont retenue longtemps. Nous deux, on a attendu une bonne heure avant qu'un gars en cravate vienne nous parler. J'avais les oreilles qui silaient pis je pouvais pas arrêter de suer des mains.

C'est bizarre, parce qu'encore aujourd'hui je me rappelle ce que le gars m'a dit comme s'il parlait en français même si c'est impossible. Lévis m'a dit que c'était la même affaire pour lui.

L'homme a dit en partant que nous étions les bienvenus aux États-Unis mais pas la jeune femme qui nous accompagnait. Il a dit que nous étions accusés formellement de rien mais qu'il croyait savoir ce que nous avions essayé de faire. Il a dit « Si vous essayez de le refaire, dans n'importe quel poste de douanes des Rocheuses aux Adirondacks, aujourd'hui, demain, ou dans six mois, vous aimerez vraiment pas ce qui va vous arriver après. »

On a attendu une heure pour récupérer América. Elle avait pleuré. Lévis lui a dit « Lo siento, guapa. » On est retournés pour prendre la 401 pis je me suis rendu compte que Lévis faisait un détour pour passer par le motel. J'ai demandé :

— On est-tu vraiment obligés de ramasser cet estie de mongol-là ?

— Je m'en retourne pas chercher Bezeau, je m'en retourne chercher la coke.

Bezeau était déjà parti. Lévis est allé voir le Pakistanais à la réception. Il a fait accroire qu'il avait besoin des clés de la chambre parce qu'il avait oublié quelque chose. Cet enfant de chienne-là avait caché deux grammes entre son matelas et le sommier.

— Pis les femmes de ménage ?

— Trouves-tu que les chambres ont l'air d'être nettoyées souvent, toi ?

On est retournés à Montréal d'une traite en s'échangeant le volant pis en sniffant une clé de temps en temps. América disait plus rien. Lévis a jamais essayé de savoir c'était quoi le fond de l'histoire. Il lui a pas parlé de ce que Luis avait dit non plus, mais je pense qu'elle le savait. Elle a pas demandé une fois à l'appeler sur la route en revenant. Pas une fois.

On est revenus chez Cindy, brûlés morts. Je pense qu'on a dormi douze heures en ligne. Le lendemain, on a commencé les démarches pour retourner América au Costa Rica. Elle s'était acheté une carte d'appel pis elle a passé son temps à parler avec les gens au pays. Elle parlait avec Cindy aussi. Elles se comprenaient je sais pas comment.

Lévis a donné quasiment tout le cash à la fille. Mille piastres. Une fois là-bas, ça faisait quand même du bel argent.

Le premier soir, on s'est soûlés avec des chums au Sainte-Élisabeth. Le deuxième soir, on a laissé América avec Cindy encore pis on est allés tous les deux flamber le cash qui restait au Solid Gold. On avait trois cents piastres mais Lé voulait garder l'argent du gaz pour redescendre au Saguenay.

On a bu des rhum and coke pis de la bière pis des shooters de Jameson. Lé m'a payé une danse dans l'isoloir avec la danseuse que j'avais trouvée la plus belle à date. Je sais pas combien il lui a donné, mais elle est restée avec moi au moins six chansons. J'aurais aimé ça qu'elle se frotte le cul sur moi ou qu'elle me serre la face entre ses grosses boules, mais elle arrêtait pas de me montrer sa chatte. Elle avait les petites lèvres plus grosses que les grandes pis elle arrêtait pas de jouer après pis de les étirer comme si c'était une fierté ou je sais pas quoi.

À la fin, ça m'a écœuré pis j'étais gêné de regarder.

Le dernier jour, on s'est levés tard. América était partie se promener. Cindy m'a dit qu'elle avait son billet d'avion pour la journée même.

— Je vais aller la porter ce soir. Vous pouvez partir.

On a attendu un peu qu'elle revienne pour lui dire adieu. Elle revenait pas. Ça fait qu'on est partis.

*

C'est le frère à Dave Archibald qui nous a demandé de lui raconter l'histoire l'autre jour parce qu'il voulait en faire un scénario de film ou un livre, je me souviens plus. On a commencé à lui raconter, on parlait les deux en croisé pis les deux en même temps pis à un moment donné il a demandé :

— La fille, elle s'appelait comment ?

J'ai regardé Big Lé. Il le savait pas plus que moi.

Je me souvenais du chemin, pis du temps qu'il faisait, pis de la face qu'avaient le gars de la douane pis le gars qui nous a parlé dans le bureau. Je me souvenais du pont, je me souvenais de Bezeau qui puait de la gueule pis, en me forçant un peu, je me serais même souvenu du nom du motel.

Mais j'avais oublié le nom de la fille.

Lévis a dit :

— Appelle-la donc América. Elle avait juste ça à dire anyway.

Sur les terres du Seigneur

SŒURS DE SANG I

DE TEMPS EN TEMPS, elle se rappelle quand sa grand-mère et Jim vivaient encore.

Sa grand-mère était une vieille sorcière de village qui croyait aux feux Saint-Elme, au Yâb', à la sainte Trinité et à toutes sortes de créatures fantastiques. Elle enfouissait des médailles de saints dans le jardin des couples qui attendaient un enfant et crachait sur la pelouse des hommes qui battaient leur femme ou oubliaient de se raser la barbe avant la messe du dimanche. Elle appelait à elle l'esprit des morts et lisait l'avenir dans les jeux de cartes. Elle était morte d'un infarctus, au restaurant du village, en pratiquant avec ses deux plus vieilles amies son activité préférée, le commérage.

Jim était son cousin. Il était grand et fort, tous ses gestes étaient lents et tristes, et elle fut, dès sa naissance, amoureuse de lui.

Ils ont été longtemps très heureux tous les trois sur les terres du Seigneur, puis moins heureux et puis plus du tout.

De temps en temps, elle se souvient de la petite fille qu'elle a été. Elle se rappelle une petite fille qui a été elle mais qu'elle n'est plus. Elle pense à grand-maman et à Jim vivants et n'arrive qu'à penser à comment ils sont morts.

De temps en temps, elle se souvient.

Une fois, il y eut une grande réunion de famille, sur les terres de ses parents. Ils devaient bien être un million, sous les chapiteaux, à inhaler les vapeurs grasses de trois agneaux empalés qui tournaient au-dessus des braises. La petite fille voulut s'éloigner de la cohue des enfants. Elle repéra au loin le visage rassurant de sa grand-mère et courut vers elle à petits pas sautillants. Elle l'enlaça. La vieille femme était assise dignement sur une chaise de plage, au milieu d'autres femmes. Elle accueillit cette démonstration avec surprise, mais se mit bientôt à caresser les cheveux de la petite fille en parlant avec les autres femmes. Peu à peu, la petite fille sentit grandir en elle un malaise. La dame avait une drôle de voix et de drôles de gestes. La dame avait une drôle d'odeur et portait une robe qu'elle n'avait jamais vue. La dame n'était pas sa grand-mère.

Elle eut peur et se mit à pleurer.

La dame plongea dans la foule et en revint accompagnée d'une autre dame qui avait le même visage qu'elle.

La petite fille regarda les deux femmes identiques et douta même que l'une d'entre elles fût sa grand-mère. Elle cria, frappa, mordit toutes les mains qui voulurent s'emparer d'elle et s'enfuit vers les arbres en hurlant comme une sauvageonne. On la chercha jusqu'au soir. Son père la trouva sous un cèdre et l'en sortit délicatement avec ses grosses mains de fermier. Il l'embrassa sur les joues, le front et dans le cou et lui expliqua que sa grand-mère avait une sœur jumelle.

Quand l'ambulance avait traversé le village, toutes sirènes hurlantes, la petite fille s'était retournée vers sa sœur et avait dit :

— C'est grand-maman.

Elles étaient en train de jouer avec une boîte, au bord de la route. Dans la boîte, une portée de chats. Il y en avait deux gris, un noir, un blond, deux caramel et un tigré. Sa sœur avait répondu :

— Dis pas ça.

Mais elle savait que l'ambulance transportait sa grand-mère et que sa grand-mère allait mourir.

Sa grand-mère avait eu treize enfants, cinq filles et huit garçons. L'un d'eux était son père, trois étaient morts et deux étaient très malades. La petite fille avait pris son vélo et pédalé jusqu'à la vieille maison en pierre. Elle savait que sa grand-mère ne serait pas là à la nuit tombée et il fallait bien que quelqu'un donne le bain et raconte une histoire à ses oncles infirmes.

Pendant les funérailles, la sœur de sa grand-mère organisa toutes ses visites au salon funéraire autour des présences de la petite fille, alors presque adolescente. Ce fut difficile, parce que la petite fille refusait de s'éloigner de la tombe. Elle restait là, mi-femme mi-enfant. Elle errait de quelques pas, s'asseyait au pied de la tombe ou bien restait debout en recouvrant de ses mains chaudes les mains glacées de la morte, enserrées d'un gros chapelet en bois. Personne n'osait lui présenter ses sympathies, personne n'osait la déranger.

Aujourd'hui, elle trouve dans ce récit toute la sagesse de ces gens-là. Toute la sagesse du monde chez cette tribu qui subordonne sa douleur au chagrin démesuré d'une enfant. Toute la sagesse du monde chez cette femme qui s'efface de son propre deuil parce que sa vue serait un scandale pour une petite fille.

Il fallut à cette femme attendre tous les soirs qu'on arrache la fillette au cercueil.

De temps en temps, elle imagine cette femme, veillant sa sœur seule, dans le noir, pendant que l'entrepreneur de pompes funèbres nettoie les salles pour le lendemain. Elle l'imagine aussi après, chez elle, réfléchissant.

À la Saint-Sylvestre, la vieille dame était allée devant l'église de la paroisse pour voir les morts de l'année sortir en procession. Elle avait vu son propre visage dans la file et était rentrée chez elle en panique. Elle s'était calmée, dans les jours suivants, et avait pris ses dispositions. Durant les premiers mois de l'année, elle s'était efforcée d'être gentille avec tout le monde et ne s'était pas refusé beaucoup de chocolats fourrés à la cerise. Elle était triste de devoir mourir mais heureuse d'avoir été prévenue. Quand le téléphone sonna et que son neveu lui apprit que sa sœur était morte, elle comprit aussitôt et ressentit un grand soulagement. Maintenant, elle se sentait coupable.

Elle, Rose-Anna, n'était pas, depuis trente ans, très proche de sa sœur, Laure-Anna. Elles habitaient des villages voisins et ne se visitaient jamais. Ce soir-là cependant, Rose-Anna se prit à rêver d'un temps où Laure-Anna et elle n'étaient qu'une seule et même personne, avec un seul visage pareil à celui de la petite fille. Elle rêva de substituer au visage de sa sœur morte le sien identique, d'adopter à son tour la petite fille et de la chaperonner jusqu'à un âge où la mort d'une vieille femme ne la dévasterait plus autant. Bien sûr, elle avait sa propre famille et ses propres enfants et nulle part en elle l'énergie de se livrer à de pareilles mascarades. Ce n'était qu'une idée, une de ces idées baroques dont sont faites les insomnies et dont il ne subsiste au matin qu'une enveloppe desséchée, écorce de chêne et mue de couleuvre.

De temps en temps, elle imagine et se souvient.

Le troisième soir, après la messe et la mise en terre, on emmena la petite fille chez ses grands-parents. On avait cru que ça lui ferait du bien de dormir dans les affaires et les odeurs de sa grand-mère. On l'étendit dans le grand lit des invités où elle s'endormit pour la première fois depuis des jours.

Au milieu de la nuit, elle se réveilla. Quelqu'un était assis au bout du lit. Elle sentait un poids qui creusait le matelas et tirait sur les couvertures, juste à côté de ses pieds. Sa grand-mère était là qui souriait dans la pénombre lunaire en chemise de nuit, tendant vers elle sa main rugueuse et douce. Elle portait son parfum des grands jours, à la lavande.

La petite fille extirpa sa main des couvertures et la leva. Au dernier moment, elle interrompit son geste et ferma le poing.

La chose se fit encore plus câline, mais il était trop tard.

Derrière le sourire, le parfum de lavande et la bien-veillance feinte, la petite fille avait reconnu le rictus, la puanteur d'immondice et la méchanceté absolue. Elle battit l'air des pieds et des poings et hurla à la mort. La chose se leva. Sa robe de nuit ressemblait mainte-nant à une soutane, très sale. Elle n'avait pas de visage. Seulement une peau d'un blanc osseux avec, plantés dedans, deux yeux comme des raisins secs, déformés par la haine. Par les grandes fentes aménagées dans son cou, de chaque côté de son visage, la chose siffla comme un chat. Ce n'était cette fois ni sa grand-mère, ni sa sœur jumelle, ni le fantôme difforme de la petite fille qu'elles avaient un jour été, mais un démon des champs, une force occulte ennemie de l'enfance qui profite de l'amour meurtri des jeunes filles pour les arracher au monde.

La chose disparut quand le grand-père ouvrit la porte et vint prendre la petite fille dans ses bras. Elle lui raconta tout. Le grand-père était devenu lui-même un peu sorcier, à force, avec les années. Il la félicita de s'être bien défendue et lui dit que, si elle avait pris cette main, la chose l'aurait emmenée dans un endroit qui n'était pas la mort mais où personne ne voudrait aller.

Toute la semaine, en pleurant sa grand-mère, elle avait cherché Jim des yeux. Mais on ne trouvait Jim nulle part. Depuis des mois, il ne venait plus jamais jouer aux cartes avec la petite fille et sa grand-mère. Elle aurait eu besoin que Jim l'emmène dans la grande bleuetière. Il aurait mis de la musique douce dans son auto et ouvert les vitres, et ils seraient sortis pour danser, en plein milieu du champ. Il l'aurait embrassée sur la bouche en lui disant qu'elle était la seule pour lui, il aurait rougi et dit que ce n'était pas bien quand elle lui aurait demandé de la toucher de la même façon qu'on touche une femme et qu'il touchait les autres filles.

La semaine d'après, Jim s'est tué.

Personne n'a su exactement pourquoi. Il prenait de la drogue et devait beaucoup d'argent, qu'on racontait.

Il venait d'un village et n'en était jamais vraiment sorti. Il ignorait que le monde est assez grand pour s'y cacher.

Il est parti un soir en voiture et s'est stationné dans leur champ préféré. C'était une immense bleuetière quadrillée par des rangs serrés d'épinettes noires.

Dix ans plus tôt, le père de la petite fille avait fait venir un gros bulldozer pour retourner une section du champ pleine de racines. Le bull était vieux. Il était tombé en panne et l'opérateur l'avait laissé là. Pendant des semaines, son père avait appelé la compagnie d'équipement agricole pour savoir quand ils viendraient le chercher. Ils ne vinrent jamais. Son père aurait pu le faire remorquer, mais à quoi bon ? Tout le monde aimait bien le bull. C'était une grande sculpture de caoutchouc et d'acier qui se déglinguait au soleil. Des pies-grièches nichaient sur le siège du conducteur, la peinture s'émiettait, le métal rouillait et le bull s'enfonçait un peu plus chaque année dans le sol friable.

Le champ était un seul et long vallon. D'où il était, Jim devait voir les pieds de bleuets à perte de vue, le bull penché sur la butte, le mur sombre des arbres et, au-delà, le sommet des montagnes.

La bleuetière avait sa propre beauté tragique, mais rien pour rassurer un jeune homme à propos de la bienfaisance du Seigneur envers ses brebis. Les champs étaient sillonnés par des insectes, des mulots, des gerbilles et des souris ; on y levait, à la périphérie, des tétras et des lagopèdes. Les champs grouillaient d'une telle vie qu'on ne pouvait y faire trois pas sans tuer quelque chose. Les plants de bleuets étaient de vrais bonzaïs accrochés à la terre, balayés par les saisons, détrempés, glacés, puis ensevelis sous des tonnes de neige. À tous les quatre ans, à l'automne, on les brûlait. Au printemps, la terre se nourrissait de leurs cendres et ils renaissaient de leur propre mort.

Il n'y avait rien dans ce spectacle pour sauver Jim, mais tout pour lui rappeler que la mort et la vie ne sont rien, que le monde orchestre à chaque seconde la vie et la mort d'un milliard de choses, que les vivants naissent des morts et que les morts accouchent des vivants et que personne parmi les vivants et les morts ne s'en porte plus mal.

De temps en temps, elle se demande si, en inspirant le monoxyde de carbone par petits hoquets, bien assis dans la voiture, Jim n'espérait pas venir au monde à nouveau.

Pendant la récolte, au mois d'août, quand la météo annonçait un gel au sol, on allumait aux coins de la bleuetière de gros brasiers. Le vent faisait virevolter les flammes et poussait la fumée ; elle rampait entre les pieds, enveloppait leurs feuilles et protégeait les bleuets du froid. Quand le vent était faible, il fallait l'aider en agitant devant les bûchers de grandes couvertures. Dans la noirceur, on aurait dit des passes de cape, des véroniques effectuées juste devant le museau de grands taureaux en flammes. Il aurait pu penser à ça, Jim, au lieu d'aller se tuer. Ces gens-là formaient une race de bâtisseurs aux pieds pesants, incapables de s'installer nulle part sans jeter par terre un million d'arbres et tirer du fusil partout. Ces gens-là étaient rusés et idiots, tendres et cruels, obèses mais forts comme des chevaux. Il fallait les voir s'agiter avec une grâce de matador, dangereusement près des grands brasiers, pour sauver du gel de fragiles baies violettes, pas plus grosses que des petits pois. Il aurait pu aller vers eux, Jim, au lieu d'aller se tuer. Ces gens-là sont capables de briser un cou de poulet à mains nues, mais ils ne laissent jamais mourir les choses délicates que le Seigneur leur confie.

Pas avant l'heure de la récolte, en tout cas.

De temps en temps, c'est plus difficile.

Elle n'ose pas penser à Jim, mais elle pense à sa grand-mère souvent. Parfois, elle arrive à se souvenir parfaitement d'une de ces journées grises, de la façon dont la lumière crue tombait sur le linoléum et les pattes en métal de la table d'appoint, de comment ça sentait bon dans la cuisine où elles s'asseyaient pour jouer. Elle arrive à se souvenir de l'odeur des plats qui mijotaient sur le poêle, pas d'un plat en particulier mais de tous les plats en même temps, de la couleur des murs qui n'est plus la même aujourd'hui, des émissions pour enfants qu'écoutaient à l'autre bout de la maison ses oncles infirmes. Les cartes à jouer rouges crissent en glissant sur la nappe en plastique verte, une cigarette à moitié fumée fume dans le cendrier au milieu des écales de pistaches, la pluie pianote un air atone sur les fenêtres de la salle à manger, mais elle ne trouve nulle part le visage de sa grand-mère et comprend trop tard que même ce moment-là, ce minuscule moment-là, ne lui sera jamais rendu.

À chaque année, au mois de mars, elle se met dans des états d'infinie tristesse pour des choses sans importance et n'a pas souvent envie de faire l'amour. Le reste du temps, elle est heureuse. Elle sait que l'avenir sera bon, que des vivants et des morts veillent sur elle et que tout ira pour le mieux sur les terres du Seigneur à nouveau. Les cartes murmurent plein de choses à l'oreille des gens qui savent les écouter. Sa grand-mère lui a appris qu'une femme a le droit d'entendre ce qu'elle veut bien entendre et de laisser le reste se pendre aux ailes des oiseaux de malheur.

Un miroir dans le miroir

ELLE AVAIT toujours voulu être blonde mais n'avait jamais osé.

Seules les créatures se décoloraient les cheveux, les créatures qui portaient des jupes-culottes et les cheveux courts. Elle avait les cheveux noirs, qu'elle portait très longs, détachés, et elle se serait sentie toute nue sans leur ombre pesante sur sa nuque. Les créatures dansaient le jazz. Gemma flânait à la maison, tranquille, en rêvant d'amples valses qu'on ne dansait plus nulle part.

Le phonographe ne marchait plus de toute façon, comme bien des choses dans la vaste demeure. Ils avaient emménagé là à la mort de son père, pour perpétuer la lignée et prendre soin de sa mère. La famille ne s'en était pas portée bien mieux : sa mère était morte l'année suivante et leur foyer restait sans enfants. Gemma appartenait à l'une des familles fondatrices de la ville, dont il ne subsisterait plus bientôt d'autres traces que cette grande maison décrépite, perchée au sommet d'un cran qui dominait la ville par l'ouest et le lac par le nord. Elle n'avait pas honte d'en représenter la décadence et l'extinction, elle l'acceptait avec philosophie. Partout, depuis la scierie, l'usine à papier et le chantier de la compagnie d'aluminium, la modernité faisait vibrer l'air, émettait une sorte de bruit de fond dont on ne savait pas encore s'il se révélerait un grincement de métal ou un air de dixieland. Les gens en ville attendaient la réponse avec impatience, mais pas elle. Dans un cas comme dans l'autre, c'était une musique dont sa famille ne jouerait jamais.

Michel était parti. Michel était un homme de théâtre. Le père de Gemma l'avait accueilli dans la famille à contrecœur, comme on finit par accepter une maladie mortelle, sachant que ce n'était sûrement pas cet homme-là qui allait remettre la famille sur les rails ou la faire entrer enfin dans le vingtième siècle. Mais sa fille l'aimait et, surtout, il aimait sa fille, malgré le mal. Il la trouvait belle avec ses traits anguleux, son teint de paraffine et ses allures de phtisique. Il aimait la voir déambuler dans la maison comme un silence entre les vers d'un poète romantique. Tant mieux pour lui.

Michel avait promis de revenir. Il avait transféré à son nom la rente des parents de Gemma et était parti tenter sa chance à Montréal. Il avait écrit plusieurs pièces, que Gemma trouvait très bonnes, il savait jouer, et sûrement on aurait bien besoin de lui dans la métropole. Il promit d'écrire et d'envoyer de l'argent. Il ne fit ni l'un ni l'autre.

Gemma ne lui en voulait pas du tout. Il devait se concentrer sur son art. Elle passait le temps à épousseter et à s'occuper du jardin. La maison était immense et le jardin tout petit ; elle passait donc plus de temps à l'intérieur qu'à l'extérieur et c'était mieux ainsi ; quand elle se sentait étourdie, elle s'assoyait dans l'un des fauteuils capitonnés du salon de lecture et rêvassait à la réussite de Michel et à son retour prochain. Il n'y avait pas grand-chose d'autre à faire. L'aiguille du phonographe était cassée et elle avait lu tous les livres de la maison. Parfois, elle dansait des valses avec elle-même, les bras croisés, les mains sur les épaules, la tête légèrement inclinée vers la droite, comme pour offrir son cou à un baiser. Elle pouvait facilement imaginer la musique, quand elle dansait, mais elle se fatiguait vite.

Si Michel ne revenait pas, ce serait un châtiment terrible, mais juste. Michel ne tenait pas mordicus à avoir des enfants, elle le savait, mais elle savait depuis le début qu'elle ne pourrait pas lui en donner. Elle lui avait menti, comme elle avait caché la vérité à son père. C'était un secret qu'elle gardait en elle, enfoui très loin : elle n'était pas faite comme les autres femmes, elle ne saignait pas, comme elles, à tous les mois. Elle s'était souillée, comme tout le monde, vers treize ans, puis elle avait découvert que les saignements cessaient si elle prenait soin d'elle et mangeait comme il faut.

Il fallait qu'elle se fasse belle pour le retour de Michel. Elle aimait l'allitération et la rime naïve, surtout la façon dont elle obligeait à faire vibrer la langue contre le palais. Ça chatouillait.

Il fallait qu'elle se préserve. Elle alla de moins en moins au village. Les visages des citoyens étaient repoussants et la marche était longue le long du chemin, sans cheval ni voiture. Elle cultivait son jardin. Au début, elle avait posé dans le bois à côté des collets pour les lièvres, mais la besogne de les écorcher l'écœurait profondément et au fond elle détestait la viande. Le potager fournissait amplement et Gemma faisait des conserves pour l'hiver. Un rien la nourrissait de toute manière.

Aucun prétendant ne se déclara pendant les deux années où elle attendit Michel, mais des gens de la ville vinrent de temps en temps prendre de ses nouvelles. Des hommes costauds aux manches de chemise roulées accompagnaient leurs épouses en robe du dimanche. Les hommes fumaient en regardant le bout de leurs bottines et les femmes posaient toutes sortes de questions idiotes, lançaient des invitations que Gemma avait parfois du mal à refuser de façon polie. Bientôt, elle ne vit plus personne, mais elle se réveilla de temps en temps pour trouver sur le perron des contenants de nourriture, qu'elle allait vider le jour même dans le boisé avant de les récurer, le cœur aux lèvres, avec l'eau du puits. Tout cela partait de bonnes intentions, elle le savait, mais il était hors de question qu'elle mange ces soupes grasses et ces plats en sauce épais comme de la boue, que les hommes du commun s'imaginaient fortifiants, mais qui n'étaient bons qu'à leur alourdir la panse et à faire saigner leurs femmes.

On ne voyait pas le lac de la maison, pas même du deuxième étage. De génération en génération, les gens de sa famille s'étaient lassés de la vue et avaient laissé pousser autour du cap un mur d'arbres qui avait au moins le mérite de protéger la maison du vent. Malgré cette barrière, Gemma avait parfois l'impression, au plus fort de l'hiver, que les rafales arracheraient la maison et la jetteraient pierre par pierre dans les eaux gourmandes du lac.

Tôt le matin et juste avant de se coucher, elle arpentait le chemin qui menait vers la ville jusqu'à l'endroit où les arbres s'effaçaient et laissaient voir le lac. C'était un lac immense et, quand le temps se brouillait et voilait l'autre rive, rien ne le distinguait d'un océan. Elle restait là longtemps, les bras croisés, à regarder les vagues bruyantes mais invisibles de la maison.

Un jour qu'elle se tenait là, à la brunante, elle sentit qu'une main géante la prenait en son creux et elle se laissa porter par le vent. Il la fit virevolter longtemps, comme une serviette qu'il aurait arrachée à la corde à linge, comme une feuille de peuplier, comme une poussière, juste au-dessus du lac. Elle se mira à la surface et pour une fois se trouva belle.

Quand il revint en ville, Michel ne reçut pas un accueil très chaleureux. On avait dû le juger plutôt sévèrement pour son absence maintes fois prolongée, et peut-être s'était-on laissé aller à certains racontars. Il ne s'en formalisa pas. Bientôt il serait auprès de Gemma et, pour lui, c'était tout ce qui comptait. À Montréal, il avait échoué. Comme bien des artistes ratés, il digérait son échec bouchée par bouchée, en se répétant la belle histoire de son génie vertigineux mais incompris. Il revenait résigné à son épouse et à sa rente, pour écouler des jours heureux et attendre la postérité dans leur grande maison vide, en marge d'un monde qui n'avait pas su l'accueillir.

Il acheta un énorme bouquet de fleurs et, dans son enthousiasme, décida de monter à pied le chemin de la maison. Il évita ainsi d'apprendre que personne n'aurait accepté de l'y conduire.

Ce n'est pas tant qu'il ait abandonné Gemma qui dicta la réaction des villageois à l'endroit de Michel, ni même qu'on ait raconté partout qu'il s'était consacré très mollement à ses ambitions artistiques et qu'il avait dilapidé sa rente dans les bras d'une femme que les prudes qualifiaient d'actrice et les mauvaises langues de putain. S'il avait été plus attentif, non seulement Michel aurait été un bien meilleur dramaturge, mais il se serait aperçu que les gens ne lui témoignaient pas réellement de haine, plutôt un mélange inédit de peur, de mépris et de pitié.

Madame Nazaire, la femme du boucher, était montée quelques mois plus tôt ramasser les plats nettoyés que Gemma laissait sur le perron. Elle les trouva intouchés. Sous le linge à vaisselle qui recouvrait la lèchefrite, le rôti de bœuf grouillait d'asticots blancs. Elle laissa les plats là et repartit chez elle, en menant son attelage un peu trop vite sur la longue pente.

Monsieur Nazaire refit le trajet le lendemain, après avoir fermé la boucherie, et ramena les plats. À toutes les questions que lui posèrent à son retour sa femme et ses deux fils, il répondit par un coup de poing sur la table. Il quitta la cuisine sans avoir touché à son assiette et s'installa au salon, dans son fauteuil, où il but par petits verres la moitié d'une bouteille de De Kuyper. Avant de s'endormir, il dit à sa femme :

— Il va falloir qu'on dise à tout le monde de ne plus retourner là-bas.

Maintenant qu'il semblait calmé, madame Nazaire parvint à lui dire :

— Tu sais, si elle est morte, il faudrait avertir la police.

Il lui tourna le dos, étira la main pour tourner la manivelle de la lampe à huile et grogna, dans la pénombre :

— Elle n'est pas morte.

On la vit souvent, après, sur la courbe dans le chemin d'où elle regardait le lac. Mais, d'aussi loin, on ne pouvait l'identifier avec certitude. Ça pouvait aussi bien être une grande robe noire accrochée à un poteau et emportée par la rafale.

Michel entra dans la maison, posa sa valise sur un banc, dans le hall, et marcha vers la salle de lecture en appelant Gemma, son gros bouquet de fleurs à la main.

Elle ne vint pas. Depuis la salle à manger, du coin de l'œil, il crut distinguer sa silhouette dans la cuisine. Il accéléra le pas et sauta en travers de l'embrasure, pour la surprendre. Elle n'était pas là. Il monta à l'étage et crut l'entendre s'agiter dans l'une des chambres. Il arpenta le couloir à grandes enjambées et trouva toutes les chambres vides. Il redit son nom, fort, revint sur ses pas et passa devant la porte de la salle de bain. Il s'arrêta net.

Il l'avait vue, debout devant la glace, scandaleusement mince, le visage dissimulé sous ses cheveux noirs qu'elle brossait par petits coups. Mais Gemma n'était pas dans la salle de bain. La brosse était là, posée sur la vanité, il traînait aussi quelques cheveux dans la baignoire, et Michel perçut même l'odeur de ce parfum capiteux qu'elle adorait mais qui ne lui allait pas en suspension dans l'air.

Il la chercha longtemps. Il déambulait dans la maison en ouvrant des portes et en scandant son nom. Il apercevait souvent sa silhouette longiligne à l'autre bout d'une pièce, mais elle s'évanouissait dès qu'il la fixait. Il continua bien après avoir compris que ce n'était pas un jeu, bien après que tout cela avait copieusement débordé du simple cadre de l'étrange, parce qu'il ne voyait pas quoi faire d'autre.

Un soir qu'il somnolait dans son fauteuil, il fut réveillé par une odeur. Gemma était là, devant lui, tout près. Il avait la tête baissée et ne la voyait que jusqu'à la poitrine. Elle mit sa main dans la sienne. La main n'était ni chaude ni froide. On aurait dit un jeu d'osselets enserré dans une mince pochette de suède. Elle dit :

— Regarde-moi.

Il sursauta, se réveilla peut-être et prit une décision. Il se leva, alla à la salle de bain, se rasa, prit un bain et s'allongea sur le lit. Il n'avait rien mangé depuis trois jours.

Le lendemain, il descendit au village pour faire des emplettes. Il entreprit ensuite le grand ménage de la demeure, retira les volets que personne n'avait ôtés au printemps et ouvrit toutes les fenêtres. Les pièces étaient plongées dans l'obscurité depuis si longtemps que la lumière, presque gazeuse, y pénétrait avec lenteur, en roulant sur elle-même comme une goutte de sang tombée dans l'eau.

Michel recommença à écrire et à dormir dans la chambre des maîtres. Après quelques semaines, les gens en ville commencèrent à lui poser des questions. Certains prenaient hypocritement des nouvelles de madame Gemma, d'autres osaient lui demander quand il comptait quitter le manoir et refaire sa vie. Comme d'habitude, les gens en ville ne comprenaient rien.

Gemma était dans la maison. Avec lui. Elle habitait maintenant la périphérie de son regard, derrière les portes entrouvertes et dans la profondeur des miroirs.

Tant qu'elle serait là, il n'aurait aucune raison de partir.

L'animal

SŒURS DE SANG II

LA COULEUR n'était pas encore revenue sur le monde mais la lumière oui, comme une épaisse couche d'apprêt qui embrouillait la surface des choses. Des grenouilles coassaient dans l'étang et des oiseaux commençaient à chanter sur les branches des arbres lointains. Ce n'était pas tout à fait le jour plus tout à fait la nuit, c'était une portion du jour qui n'appartient à personne et son père passa la tête dans l'entrebâillement de la porte pour dire d'une voix douce :

— Réveillez-vous, mes bébés.

Elle entendit sa sœur gémir dans son lit de l'autre côté de la chambre. Elle ne voyait encore rien. Ses yeux n'étaient habitués ni à la noirceur ni à la faible lumière qui filtrait entre les rideaux. La chambre apparut devant ses yeux plissés comme un polaroïd avec toutes les affiches et tous les meubles et tous les bibelots à la même place que la veille sauf sa sœur, qui s'était endormie sur le côté, face à elle, les bras sur les seins et les poings délicats fermés sous le menton comme pour une prière, et qui reposait maintenant sur le dos avec un bras en travers du visage.

— Lucie, réveille-toi.

Sa sœur meugla.

Après leur père passait leur mère et sa voix à elle était des fois criarde et des fois haut perchée et des fois basse et menaçante mais jamais douce. La mère avait un mari et cinq filles et deux chiens et sept poules et trois lapins et une quantité indéterminée de chats. Elle avait une maison à tenir et très peu de temps pour la douceur et jamais le matin.

La petite fille qui n'en était plus vraiment une, l'adolescente, s'assit dans son lit et commença à s'étirer. Il n'y avait pas un muscle pas un nerf pas un organe de son corps qui ne lui hurlât de se rendormir mais elle avait décidé que non et elle s'y tenait. Elle se mit à quatre pattes et s'étira le cou les bras et le dos exactement comme un chat en décrivant de petits moulinets avec les épaules. En se cambrant et en se décambrant et en ramenant la tête d'avant en arrière jusqu'au plus loin où elle pouvait aller de chaque côté.

— Lucie, réveille-toi avant que maman arrive.

Sa sœur grogna encore.

— C'est ça, dors donc. Grosse niaiseuse.

Il n'y avait pas un muscle pas un nerf et pas un organe qui ne la suppliât d'arrêter ces tortures et de retourner sous les draps, où elle serait à l'abri du froid. Où ses viscères arrêteraient de s'écarteler de se déchirer et de se tortiller dans son ventre comme entre les rouages d'une machine archaïque. Mais elle ne s'arrêta pas et n'écouta pas les voix et ne revint pas sous les couvertures. Les adultes passaient leur temps à se comparer à des animaux. Ils se disaient forts comme des chevaux, intelligents comme des souris ou des moineaux, peureux comme des lièvres. Ils avaient des têtes de cochons et des faces de bœufs. Ils cherchaient à s'en différencier aussi. Ses parents lui étaient sympathiques parce qu'ils parlaient souvent plus gentiment des animaux que des gens. Ils aimaient les animaux et disaient en lisant le journal ou en écoutant la télé « Un chien ne ferait pas ça » ou « Un cheval ne ferait pas ça » et même « Un chat ne ferait pas ça. » Mais ils étaient une exception. Les autres attendaient que l'instinct des animaux les trahisse pour rire de leur stupidité. On sentait que ça les travaillait de reconnaître l'amour dans les yeux d'un chien ou leurs propres expressions sur le visage d'un singe.

Elle savait exactement ce qui séparait les hommes des animaux et elle savait que c'était une différence très mince qui n'avait rien à voir avec l'amour ou la tristesse ou la capacité des gens à éprouver quoi que ce soit mais tout à voir avec leur capacité à refuser aux émotions le droit de déferler en eux. L'homme n'était pas la seule créature intelligente mais la seule qui pouvait utiliser son intelligence pour ne plus ressentir et ne plus être une bête. Elle savait tout ça et elle s'entraînait à ne plus écouter ce qui émanait de son cœur et de ses entrailles. Elle s'entraînait en ce moment même en s'extirpant des couvertures malgré les supplications de chacune de ses cellules. Bientôt elle ressentirait tout mais ne se laisserait plus toucher par rien et elle ne serait plus du tout animale mais complètement homme, complètement femme.

Elle traita encore plusieurs fois sa sœur incapable de sortir du lit de niaiseuse et d'épaisse mais la mère ne vint pas hurler à la porte de la chambre et quand l'adolescente et sa sœur enfin réveillée passèrent en trombe dans la cuisine elle les arrêta et leur dit :

— Assisez-vous. Qu'est-ce que vous voulez pour déjeuner ?

— On peut pas déjeuner, maman. On va être en retard.

— Non. Papa veut pas que vous marchiez aujourd'hui. Il va aller vous porter. Voulez-vous des œufs ?

Les filles boudèrent un peu puis mangèrent en silence.

Elles aimaient aller travailler à pied parce qu'il leur fallait traverser les terres du Seigneur jusqu'au rang 3 et emprunter les champs de monsieur Béliveau jusqu'au chemin en gravier qui desservait les résidants du lac Brochet et suivre le chemin sur une centaine de mètres puis tourner à droite sur le chemin de terre qui avait été celui de la compagnie hydroélectrique et qui serpentait à travers les collines jusqu'au camp des cadets. C'était une marche de presque une heure à tous les matins mais elles aimaient la faire ensemble à l'aube. Leur grand-père avait été gardien des installations de la compagnie hydroélectrique. Il avait passé la moitié de sa vie à arpenter ces routes et les filles avaient l'impression que le chemin était à elles et que le monde entier leur appartenait quand elles marchaient dessus. C'était un monde d'autrefois où la structure affaissée d'une ancienne guérite devenait les ruines d'un château. Un monde imaginaire qu'elles peuplaient de créatures auxquelles elles ne croyaient plus mais auxquelles elles avaient cru assez longtemps pour que les buissons et les crevasses qui ponctuent le chemin demeurent à jamais leurs repères. Elles imaginaient des lutins et des fées, des dragons et des loups-garous, elles imaginaient des créatures énormes mi-poissons mi-reptiles qui nageaient dans le courant saumâtre du petit ruisseau et elles arrivaient même à les voir déchirer à grands coups de nageoires le film de l'eau.

Il y avait aussi un vrai cowboy.

Le beau monsieur Robertson promenait parfois l'un de ses chevaux sur le chemin à l'aube et elles avaient avec lui un jeu. Un jeu qu'elles jouaient toujours de la même façon. Un jeu qui ne changeait jamais. Un rituel. Elles sifflaient monsieur Robertson chaque fois qu'il les croisait ou les dépassait sur le chemin et elles lui disaient « Salut, cowboy » et prenaient des poses sulfureuses de putain de saloon et lui les saluait en pinçant le rebord de son chapeau et en disant « Mesd'moiselles. » Il ne ressemblait pas à leur père qui était court sur pattes, à la fois costaud et bedonnant. Il était grand et noueux

mais il y avait sur son visage le même mélange de douceur et de force que sur celui de leur père et que la plupart des hommes qui ressemblaient à leur père ne pos-
sédaient pas.

C'était leur chemin à travers un monde qui n'appartenait qu'à elles et elles détestaient qu'une voiture y
passe ou que leur père les y conduise en voiture parce
que pour elles les fées pouvaient bien côtoyer les cowboys mais pas les Cadillac et elles trouvaient que ces
machines-là faisaient dans les paysages des taches métal-
liques énormes. Mais Billy était revenu et leur père ne
voulait pas qu'elles traînent dehors et ainsi en avait-il
été décidé et elles passèrent ce matin-là sur un chemin
morne derrière les vitres de la camionnette qui exci-
saient comme une lame émoussée du monde tout mystère et toute magie.

*

Un dimanche il y a longtemps, le père était venu les
ramasser dans son camion et il avait dit :

— Embarquez, mes bébés.

Lucie avait quatorze ans et elle douze. Elles n'aimaient
déjà plus être vues en public avec leurs parents mais
les promenades du dimanche détenaient encore un
certain pouvoir. Elles se résumaient souvent en une
simple balade avec étapes sur les terres du Seigneur et à
travers les rues du village mais parfois elles devenaient
autre chose. Quand elles étaient petites, c'est comme
ça que commençaient les voyages. Leur père chargeait

les bagages le matin en secret et il venait les ramasser en auto avec leur mère et ils roulaient un peu tous les quatre ensemble ou tous les cinq après la naissance d'Angèle ou tous les six après la naissance de Frédérique ou tous les sept après la naissance de Corinne puis leur mère se retournait vers elles avec au creux de sa main deux morceaux de Gravol un pour chacune et elles se réveillaient ailleurs. Dans la maison d'étrangers ou sur des routes qu'elles ne connaissaient pas.

Une fois leur père leur avait demandé :

— Aimeriez-vous ça voir la mer, mes bébés ?

Et il les avait emmenées à travers vaux et montagnes jusqu'au fleuve immense où elles avaient pris un bateau et vu des baleines paresseuses comme des gros cailloux à fleur d'eau.

Une fois leur père leur avait demandé :

— Aimeriez-vous ça voler dans le ciel, mes bébés ?

Et ils avaient roulé jusqu'à un aérodrome voisin et le père les avait emmenées avec un ami pilote faire un tour de Cessna. Ils avaient volé au-dessus de leur maison sur les terres du Seigneur et volé au-delà, au-dessus de champs et de maisons et de lacs et de kilomètres de forêt. Les filles avaient l'impression que le monde était beaucoup plus grand qu'elles ne l'auraient cru mais aussi plus petit parce qu'elles pouvaient d'un geste de l'index cerner des villages entiers. Le monde était depuis le ciel comme une maquette minuscule mais quand ils furent parvenus devant le soleil étincelant au-dessus du lac Saint-Jean immense les petites filles aveuglées oublièrent toute notion de géographie et elles crurent comme des païennes qu'il n'existait rien au-delà du lac et qu'elles étaient arrivées à la fin de toute chose.

Ce dimanche-là, le père leur avait demandé après qu'elles se furent assises toutes les deux sur le siège arrière :

— Voulez-vous voir un our, mes bébés ?

On prononçait à l'envers sur les terres du Seigneur. On disait un *our* et des *ourses.* Les filles avaient déjà vu des chevaux et des vaches et des lièvres et des grenouilles et toutes sortes d'animaux y compris le grand duc qui s'était amusé pendant des mois à ouvrir le crâne des chats de leur mère pour leur picosser comme un sorbet le dedans de la tête. Les filles avaient toujours eu des chats et des chiens et elles avaient vu des centaines d'insectes et extirpé des abords boueux de l'étang à truites des salamandres noir et jaune qu'elles avaient gardées dans un aquarium à tortues et elles avaient même vu un renard une fois au fond d'une bleuetière et un orignal sur le chemin de terre du camp de cadets mais les seuls ours qu'elles avaient vus, elles les avaient imaginés.

Le père les amenait avec lui à l'automne pour poser des clôtures électriques autour des ruchers. L'odeur du miel attirait les ours et il fallait protéger les ruchers de leurs attaques. Ce n'était qu'une précaution parce qu'il n'y avait plus beaucoup d'ours dans les environs mais les filles aimaient croire au danger et leur père les laissait faire. Elles s'imaginaient à l'orée de la forêt des silhouettes de mammouths qui frétillaient et rugissaient avec des yeux rouges et une bouche pleine d'écume et de grands crocs jaunes. Ces monstres-là étaient tout ce qu'elles connaissaient des ours.

Le père les emmena sur une vieille maison de ferme derrière laquelle il n'y avait plus de ferme mais seulement un grand hangar et une vieille grange tout de travers et la carcasse d'un vieux tracteur. Derrière le hangar il y avait une cage aussi grande que le hangar lui-même. La cage mesurait deux mètres de haut et avait une surface rectangulaire de quinze mètres sur dix. La structure en bois avait été construite avec de gros madriers à base carrée. Six étaient plantés comme des piquets ; quatre formaient les extrémités de la structure et deux la renforçaient au point médian des côtés les plus larges. D'autres madriers étaient posés à l'horizontale pour faire le cadre à l'extrémité et au milieu de chaque pilier. Entre les madriers il y avait un treillis en métal qui ressemblait à de la cage à poules mais dont les mailles étaient plus larges et le filin d'acier beaucoup plus épais. Dans la cage il y avait une grosse touffe de poils noirs aux reflets bleus qui faisait des allers-retours en reniflant le sol. De loin on aurait pu croire à un chien mais l'animal était plus gros et il sentait plus fort et ses yeux étaient à la fois plus sauvages et plus doux et son museau avait l'air fait en bois. Un monsieur sortit de la maison. Il serra la main du père et embrassa chacune des filles sur les joues et les emmena toutes les deux dans la cage où elles purent caresser l'ours enchaîné. Ses poils étaient plus drus et plus raides que ceux d'un chien et en dessous son corps paraissait plus chaud. Le vieux monsieur resta à côté de l'ours pendant qu'elles

le touchaient et lui flatta le cou et lui dit à l'oreille qu'il
était un bon our et une bonne bête et lui parla exactement comme on parle à un cheval ou à un chien.

*

Sur le chemin du retour le père leur raconta que le vieil
homme s'appelait monsieur Roberge. Il avait été l'ami
de leur grand-père et il était devenu son ami à lui quand
il l'avait engagé pour l'aider à construire la maison.
Monsieur Roberge avait été toute sa vie un grand chasseur et au fond de lui il en était toujours un même s'il
ne chassait plus depuis des années. Un grand chasseur
comme monsieur Roberge on appelle ça un nemrod,
du nom d'un grand chasseur dans la Bible. C'était difficile à comprendre pour des petites filles comme elles
mais les gens qui tuaient des animaux aimaient souvent
beaucoup les animaux et c'était difficile à comprendre
mais un nemrod comme monsieur Roberge n'avait en
lui qu'un nombre limité de tuages. Peu importe son
habileté à traquer et à débusquer et à piéger le gibier
il arrivait un jour où un nemrod ne trouvait plus nulle
part en lui la force de l'abattre.

Monsieur Roberge en était là quand il avait rencontré Billy. Il n'avait pas tué depuis des années et
allait à son camp pour pêcher et préparer le territoire
de chasse pour ses fils. Il posait des blocs de sel et creusait des vasières et déposait des pommes et appelait à
la tombée du soir les chevreuils et les orignaux. Il faisait de la photo animalière. Il ne le disait à personne

mais il approchait parfois les orignaux d'assez près pour les toucher.

Une nuit, leur poubelle qui reposait dehors avec une grosse pierre sur le couvercle fut renversée et le sac en plastique dedans éventré et les vidanges éparpillées partout aux alentours. Monsieur Roberge porta le forfait au compte des ratons laveurs et de leur ingéniosité légendaire pour rassurer madame Roberge mais il commença à traîner autour du chalet à la recherche d'indices. Le sol était sec et il ne trouva pas d'empreintes et le temps qu'il en trouve la remise avait été défoncée et la porte du frigidaire arrachée et le reste des vivres et les emballages de plastique et les os de poulet et les jarres Mason éclatées répandus partout autour du chalet et il fut hors de question de mettre ça sur le dos des ratons laveurs. Il appela sur le téléphone satellite un ami gardien de la faune et lui demanda conseil. Le ranger dit :

— S'il y a un our qui est tombé en amour avec tes vidanges, tu es aussi bien de le tuer. Il se tannera jamais de venir chez vous pis une bonne fois y va venir quand ta femme va être toute seule à ramasser des champignons ou quand tes petits-enfants vont être là pour la fin de semaine et tu sais autant que moi comment ça peut finir une affaire comme ça.

Monsieur Roberge avait entendu parler des relocalisations d'ourses. Les agents capturaient l'our avec un piège et allaient le libérer à l'autre bout du monde.

— Mais tu es déjà au bout du monde. Où c'est qu'on le mettrait, ton our ? Ça on fait ça pour les ourses qui s'approchent des zones urbaines ou des zones rurales. On peut bien essayer avec le tien mais ça reviendrait pas mal à pelleter le problème chez un autre chasseur.

Monsieur Roberge dit qu'il comprenait et il raccrocha.

Le lendemain, il disposa aux quatre vents sur les branches des arbres des chiffons imbibés d'essence de vanille et il appâta en déposant aux alentours des seaux remplis avec des vieux beignes et des fruits pourris et de la graisse de bacon. Puis il s'assit sur le perron sur un vieux banc d'autobus et nettoya sa carabine et la chargea et après resta assis bien tranquillement, immobile. Une heure passa et puis deux et puis trois et au milieu de la quatrième heure à la brunante l'ours sortit du bois à une trentaine de mètres du chalet. L'ours l'avait senti mais il avait senti aussi le seau d'appâts devant lui et il hésitait. L'ours regarda de chaque côté de la clairière comme un enfant avant de traverser la rue. Quand il tourna la tête du côté opposé, monsieur Roberge qui n'avait rien tué et pas tiré depuis des années épaula et visa et logea dans la zone vitale une balle de cent quatre-vingts grains qui déchira en deux le grand cœur de l'ours. L'ours fit une dizaine d'enjambées. Pendant les cinq premières, il avait l'air bien normal et seulement apeuré par la détonation. À la sixième, il eut l'air de courir sur de la glace. À la dixième, ses jambes se dérobèrent sous lui comme si ses quatre rotules s'étaient disloquées en même temps. Il s'était assez rapproché du chalet pour que monsieur Roberge voie une respiration pénible soulever son flanc. Il rechargea et entendit la douille éjectée rebondir sur le bois de la galerie. Madame Roberge qui n'aimait pas voir abattre des animaux était restée dans le chalet. Elle demanda derrière le moustiquaire :

— C'est fait ?

— Oui. Apporte-moi mes couteaux s'il te plaît.

Il descendit les marches avec la carabine dans les mains. L'ours ne respirait plus. Il contourna le corps et enfonça le canon de la carabine dans l'œil vitreux de l'ours. C'est à ce moment qu'il entendit les petits grognements et qu'il vit le petit animal sortir du bois à l'endroit exact où était sortie sa mère. Par réflexe monsieur Roberge ôta le cran de sûreté de sur sa carabine même s'il savait déjà qu'il n'aurait pas le cœur de le tuer.

Sa femme arriva quelques minutes plus tard avec les couteaux. Elle avançait avec prudence et demanda à son mari qui lui tournait le dos :

— Il est mort ?

— Elle est morte, dit-il en se retournant avec l'animal dans les bras.

L'ourson poussait des gémissements et mordillait et suçotait comme des tétines le bout de ses doigts. Ça ne faisait pas vraiment mal.

— C'est quoi, ça ?

— Ça, c'est mon our.

*

Les filles posèrent des dizaines de questions en revenant.

— Comment est-ce qu'ils l'ont nourri?

— Les Roberge avaient une vieille golden retriever, Jackie. Elle a allaité et sevré Billy comme un chiot.

— C'est vrai?

— Juré.

— Est-ce qu'il est apprivoisé?

— À peu près autant que peut l'être un our.

— Est-ce qu'on va revenir le voir?

— Oui, mes bébés, mais il faut pas en parler à personne. Monsieur Roberge a pas le droit de garder un our chez lui.

Mais bien sûr ça s'était su après quelques années et Billy était arrivé à un âge où plus rien ni la cage ni sa chaîne ne pouvait le retenir et le ranger avait fini par mettre monsieur Roberge au pied du mur en lui offrant de relocaliser l'ours. Ça faisait deux fois qu'ils essayaient et deux fois qu'il retrouvait son chemin. La première fois il avait saccagé les poubelles des Gauthier et la deuxième fois il avait tué et mangé le chien des Langlois. Dix jours plus tôt, ils avaient essayé une troisième fois et l'avaient amené très loin et c'est pour cette raison que le père avait insisté pour les reconduire. Il le sentait proche du retour.

Elles continuèrent ce matin-là à lui poser des questions comme si leur conversation était le prolongement de l'autre et comme s'il ne s'était écoulé que deux secondes dans les deux années qui les séparaient de ce premier jour où elles avaient rencontré Billy.

— Qu'est-ce qu'ils ont fait avec lui?

— Ils l'ont emmené très loin dans la forêt, assez loin pour qu'il retrouve jamais son chemin et qu'il reste là-bas.

— Est-ce que tu penses que ça va marcher?

— Non.

— Pourquoi?

— C'est difficile à expliquer.

— Qu'est-ce qu'ils vont faire s'il revient?

— Rien. Ils vont le remettre dans sa cage et réessayer une autre fois.

— Tu mens, papa.

Il sourit et arrêta la camionnette devant la guérite du camp de cadets. Le gardien, un rouquin qui faisait du zèle et beaucoup d'acné, les dévisagea comme des terroristes potentiels. Le père regarda Lucie sur le siège passager et regarda l'adolescente sur le siège arrière puis son regard s'immobilisa quelque part entre les deux.

— C'est difficile à comprendre, mais Billy a plus peur des hommes et un animal qui a plus peur des hommes est un animal dangereux. Si Billy revient, alors monsieur Roberge va être obligé de le tuer.

Le mess était situé dans un bâtiment en bois rond avec les cuisines au fond séparées de la cafétéria par un comptoir en acier inoxydable et une rangée de réchauds. C'est derrière que les filles faisaient le service et devant que les cadets passaient à la queue leu leu avant d'aller s'asseoir sur une des vingt tables placées sur deux rangées.

Il y avait deux cent trente cadets et une vingtaine d'instructeurs à nourrir matin midi et soir et pour toute brigade elles étaient cinq en plus du concierge qui donnait des fois un coup de main. L'adolescente, Lucie, la patronne madame Rosie et ses deux filles. La plus jeune, Cynthia, avait dix-huit ans et elle était normale mais la plus vieille, Monique, en avait trente-huit et elle était retardée. Entre les deux madame Rosie avait eu quatre fils qui avaient tous quitté la maison, dont Cynthia rêvait elle aussi de partir un jour et dont Monique ne s'éloignait qu'avec une terreur sans nom.

Monique ne pouvait pas faire tout le travail comme les autres mais elle était bonne pour les tâches répétitives et sa mère la laissait même couper les légumes au couteau en autant qu'elle tienne sa vitesse parce que tant qu'elle tenait sa vitesse elle n'avait pas de raison de se blesser. Madame Rosie tricotait des petits châles et des cardigans en laine qu'elle laissait pendus sur un clou à côté de la chambre froide et elle insistait pour que celle qui venait avec elle au frigo ou au congélateur en enfile un.

— Aller au froid comme ça en plein été, c'est des affaires pour attraper la guédille au nez.

Mais elle-même parfois trichait et ne faisait que s'enrouler la petite laine autour des épaules avant de faire un coup vite.

Les cinq ensemble elles devaient laver et peler et préparer et cuire et rôtir et mijoter et servir tout ce qui sortait des cuisines. C'était un travail dur très dur et elles se divertissaient comme elles pouvaient. Les filles faisaient aux cadets qui passaient devant elles avec leur plateau les mêmes poses et les mêmes œillades qu'elles faisaient à leur cowboy mais les cadets n'avaient pas la superbe de monsieur Robertson et ils rougissaient et bafouillaient et parfois échappaient leur soupe ou leur dessert et madame Rosie riait aux larmes et appelait les filles « Mes petites vlimeuses. »

Elles ne draguaient jamais sérieusement les cadets. Les cadets étaient des êtres anormaux et veules et insignifiants. Ce n'était pas sain à leur âge d'éprouver un tel besoin d'obéir et d'être obéi, d'être servi et de se montrer servile. Elles idolâtraient la mémoire de leur cousin Jim qui était un voyou et qui s'était tué l'année d'avant. Elles croyaient qu'un beau gars de leur âge devait comme Jim être un voyou et une racaille et pas un petit soldat de papier. Pour qu'elles s'intéressent à l'un d'eux il aurait fallu qu'il ait moins d'acné et soit plus joli que les autres mais surtout qu'il soit lui-même et qu'elles puissent se l'imaginer seul à cheval ou à moto et qu'il ne soit pas une figure effacée au sein d'un grand peloton d'imbéciles. Les cadettes ne valaient pas mieux. Elles s'amourachaient des garçons stupides et jouaient les dures et leurs pantalons kaki leur faisaient des grosses fesses et les filles les traitaient de grosses laideronnes.

Cette journée-là, l'adolescente ne riait pas et ne jouait pas. Elle pensait à Billy dont elle n'avait pas peur et qu'elle aurait aimé rencontrer sur le chemin et elle était triste pour lui et elle priait la bonne sainte Anne pour qu'il ne revienne pas mais surtout elle avait peur, peur de la peur elle-même que ce soir-là il lui faudrait caresser comme un gros chat roulé en boule sur son ventre et dans son ventre comme une nausée.

Le ranger avait mis Billy dans sa cage et avec son helper il avait monté la cage dans la boîte du camion. Monsieur Roberge avait prononcé tout bas quelques phrases collé à l'oreille de l'ours. Après, ils s'étaient mis en route.

Ils étaient passés tous les trois à travers Canton-Tremblay et avaient roulé le long du Saguenay en traversant Chicoutimi-Nord et Saint-Fulgence de l'Anse-aux-Foins et s'étaient enfoncés dans les montagnes jusqu'à ce qu'ils aperçoivent les grands tas de bois de la Stone-Consolidated. Ils avaient tourné à gauche sur le chemin de la ZEC et s'étaient arrêtés au poste d'enregistrement pour montrer l'ours. Un seul des gardes-chasses sortit, car il n'avait pas vu l'ours les deux premières fois. Lentement ils continuèrent sur le chemin de gravier à travers les collines des monts Valin et ils croisèrent des lacs qui s'appelaient le Savard, le Barbu, la Rotule, le Jalobert, le Louis, le Charles, le Victor, le Breton, le Betsiamites, le Marie, le Gilles et ils tournèrent à gauche juste avant la rivière Tagï et continuèrent jusqu'au camp de la rivière Portneuf où ils s'arrêtèrent pour pisser et montrer l'ours aux bûcherons. Après, ils roulèrent encore une heure et demie jusqu'à ce qu'ils soient nulle part dans une autre contrée loin des bûcherons et des chasseurs. Le panorama était composé d'immenses vallons couverts de repousses et de mousse et de squelettes gris et décharnés d'arbres qui avaient échappé aux coupes sans leur survivre. Ils administrèrent un autre tranquillisant à Billy et ils le sortirent de la cage et le firent descendre du camion. Billy poussait des grognements creux et on sentait qu'il l'avait mauvaise mais qu'il n'y avait plus de force en lui. Il se coucha juste à côté du chemin après quelques pas mal assurés. Le ranger lui retira son collier et sa chaîne et passa la main dans son pelage du crâne jusqu'entre les omoplates et son helper et lui repartirent avec plusieurs heures de route devant eux alors que déjà le soleil commençait à descendre au-dessus de la ligne brisée qui séparait l'horizon des plus hautes montagnes.

Il faisait presque nuit quand Billy sortit de sa torpeur. Il grignota autour de lui les plants de bleuets et les groseilles et se mit en route. Il se sentait loin mais il renifla le sol à tout hasard. Il finirait bien par avoir une piste. Il n'avait rien contre ces bois. Il y avait beaucoup à manger et de l'espace pour bouger et beaucoup d'animaux et de quoi s'amuser le long du chemin.

Il marcha pendant des jours et des jours.

Il y avait dans son âme d'ours une connaissance ancestrale des points cardinaux et des exigences de la nourriture et du cycle des saisons et d'une certaine violence mais dans sa tête d'ours il ne connaissait pas la solitude et surtout il ignorait qu'il était normal pour un ours de ne pas avoir de maison.

— Qu'est-ce que tu as?

Elles étaient dehors. L'adolescente était sur le bord de l'étang à truites. Le père avait élargi le ruisseau qui passait devant la maison et érigé autour des murets de pierre. Certaines des truites qui passaient restaient là et on pouvait les voir dormir à l'ombre le jour. Le soir la petite fille s'asseyait sur le bord et laissait pendouiller ses pieds au-dessus de l'eau. La mère lui donnait une saucisse à hot-dog et avec l'ongle de son pouce elle en coupait des petits bouts et elle les lançait dans l'étang. Pendant quelques secondes les petits morceaux faisaient des taches claires dans l'eau noire et décrivaient lentement leur descente vers le fond avant d'être happés par les truites. On devinait les truites en voyant les bouts de saucisse disparaître ou dessiner soudain un mouvement incompréhensible.

— Qu'est-ce que tu as?

— Rien.

La porte à ressort claqua et le chien aboya, couché à côté du garage.

— Qu'est-ce que tu as?

— Rien, j'ai dit.

Elles se retournèrent vers la maison. Leur père marchait vers elles et d'un coup il s'arrêta et une détonation retentit. Il tourna la tête vers la rangée d'arbres qui coupait le terrain en deux à droite de la maison et regarda le vide un moment comme pour voir au-delà.

— Voulez-vous voir Billy une dernière fois, mes bébés ?

Lucie ne répondit pas et courut vers la maison en contournant le père. L'adolescente dit :

— Moi, je vais y aller avec toi.

Le vieil homme leur faisait dos, à genoux à côté de son ours couché sur le flanc. Ils sortirent de l'auto et s'avancèrent lentement. Le père se racla la gorge. Le vieil homme ne se retourna pas mais leva une main dans les airs en faisant signe de venir.

— Viens ici, ma belle fille.

L'adolescente s'avança et mit sa main dans celle du vieil homme, à la fois rugueuse et moite. Il la conduisit comme pour une valse de l'autre côté de l'ours, face à lui, et l'invita à s'agenouiller elle aussi et guida sa petite main dans l'épaisse toison en dessous de laquelle le corps de l'ours était encore tiède et habité par l'écho d'un battement de cœur.

— Flatte-le.

Le vieil homme se retourna et se leva et marcha vers le père qui dit :

— Il restait encore un tuage dans toi finalement.

— Il en reste toujours un.

— Je suis désolé.

— Désolé pour quoi ?

— Que tu aies été obligé de le tuer.

— Faut pas. Me suis arrangé pour que ça arrive. Le jour où j'ai pris Billy. Si je l'avais laissé là le bon Dieu l'aurait tué pis en le sauvant j'ai pris sa vie dans mes mains pis je savais que je me retrouverais ici. Je savais que c'est moi qui devrais le tuer pis c'est comme ça que les choses devaient se passer parce qu'en lui sauvant la vie j'ai accepté d'être Dieu pour lui. Il faut pas être plus désolé pour moi que pour Dieu qui compte chacun de nos cheveux pis qui nous tue tous un jour ou l'autre. On peut pas être désolés pour moi pas plus qu'on peut être désolés pour Dieu pas plus qu'on peut nous en vouloir ou nous pardonner. Ça m'a trotté dans la tête. Il y a dix ans à peu près. J'en avais parlé à ma femme. Elle avait de la religion ma femme pis je lui ai demandé pourquoi dans une religion où on parle autant de pardon y a pas de cérémonie pour pardonner à Dieu. Elle m'a dit « Qu'est-ce que tu veux dire ? » pis j'ai expliqué « C'est de la faute à Dieu si son fils a souffert. Il est responsable des enfants sans père pis des parents ruinés par leurs enfants pis des femmes battues pis des femmes violées pis il est responsable de toutes les guerres pis des soldats morts pis des soldats estropiés. Il se passe rien sur la terre qu'il cause pas ou qu'il laisse pas arriver alors pourquoi on essaye jamais de lui pardonner à lui ? » Elle m'a dit que j'avais commis un blasphème épouvantable pis elle m'a fait promettre de jamais répéter ça nulle part pis j'ai promis mais la semaine d'après j'ai posé la même question au curé à la confesse. Il m'a dit la même chose que ma femme : « Ça sert à rien de te donner un rosaire mais je vais prier pour toi pis tu ferais aussi bien de demander à tous les gens que tu connais de faire la même affaire. » J'ai quand même dit ce que j'en pensais. Je pense qu'on en parle pas parce que dans une religion où il faut pardonner à tout le monde il faut taire le nom de Dieu quand on parle de pardon. On peut le louer pis le prier pis chanter pour lui mais on doit toujours taire sa qualité principale qui est d'être impardonnable. Tout le monde a ses raisons sauf lui parce que c'est lui qui a décidé que les choses seraient comme ça pis lui seul qui pourrait les faire arriver autrement. C'est la même chose pour moi et Billy en plus petit pis c'est la même chose pour toi pis tes filles. Tu es le monde entier pour elles pis tu savais à leur naissance tout ce qui risquait de leur arriver pis tu auras jamais d'excuses à leur donner pis va falloir que tu sois responsable de tout. Nos frères pis nos sœurs qui sont des imbéciles pis qui comprennent rien ils pourront toujours dire qu'ils savaient pas pis qu'ils ont pas fait exprès pis que rien est de leur faute pis les gens les excuseront parce que les gens sont pareils comme eux. Mais nous autres on est malins pis les gens le savent pis on pourra jamais dire que c'est pas de notre faute parce qu'à ceux qui ont la connaissance on pardonne jamais rien.

Le père secoua la tête.

— Moi, je sais rien sur rien. Pis surtout pas de quoi tu parles.

Le vieil homme embrassa la petite fille sur le sommet du crâne et marcha vers le petit halo de lumière qui brillait au-dessus de la porte de service. Le père dit

« Viens, ma belle, on s'en va » et elle courut vers l'auto sans le regarder et comme monsieur Roberge sans regarder l'ours.

Dans l'auto, plusieurs fois son père se racla la gorge. Il fredonnait et se raclait la gorge encore. Tout le long du trajet, l'adolescente répéta dans sa tête « Parle pas parle pas s'il te plaît parle pas. » On ne voyait que la silhouette des arbres et des poteaux de téléphone et des maisons et des garages et des granges et la nuit était une lumière noire incandescente qui illuminait les choses jusqu'à les effacer sous leur ombre et son œuvre était complète sauf pour quelques ampoules nues allumées au-dessus des linteaux.

Elle savait ce qu'il aurait dit.

Il aurait dit :

— Le monde est un endroit dur pour les hommes pis peut-être pire pour les femmes pis c'est dur pour un homme de mettre des enfants dedans pis peut-être encore pire d'y mettre des filles. On peut montrer aux garçons tout ce qu'on sait pis espérer qu'ils vont s'arranger avec ça exactement comme on a fait mais les filles sont des choses fragiles pis c'est tentant pour un père de jamais rien leur apprendre en souhaitant qu'il leur arrive jamais rien pis d'essayer de les protéger du monde au lieu de leur montrer comment vivre dedans.

Elle se répéta durant tout le trajet « Parle pas, papa », parce que s'il avait parlé elle aurait été obligée de lui dire

qu'elle avait appris tout ça toute seule il y a bien longtemps et que son silence ne l'avait protégée de rien.

Quand ils rentrèrent à la maison tout le monde dormait
et dans la noirceur des chats étaient couchés un peu
partout et l'heure bleue du vidéo clignotait et rendait
par saccades leur pelage gris un peu plus pâle. Dans la
pénombre l'horloge grand-père marquait minuit et la
petite fille était brisée de cette fatigue qui empêche de
dormir et elle savait que demain elle serait étourdie et
aurait mal au ventre au travail mais elle était contente
parce qu'elle ne voulait pas dormir tout de suite. Elle se
brossa les dents et laissa la salle de bain à son père et lui
dit bonne nuit. Dans la chambre, elle laissa tomber ses
jeans sur ses chevilles et ôta ses chaussettes et son chandail. Elle détacha son soutien-gorge et le laissa tomber
sur le sol et gratta avec ses ongles le dessous humide
de ses seins. Lucie n'avait pas bougé ni parlé et sa respiration était profonde.

Elle se coucha sur le côté pour regarder sa sœur. Elle
ne voulait pas la réveiller mais ça faisait du bien de la
voir de l'autre côté de la chambre.

Quand elle était toute petite elle faisait souvent le
même rêve. Elle était dans un endroit familier comme
sa chambre et elle jouait avec une poupée ou flattait
un chat et tout à coup la porte derrière elle claquait et
la pièce rapetissait et dans ses bras le chat était mort et
sous ses yeux en boutons la poupée pleurait du sang.

Quelque chose d'énorme bougeait dans le garde-robe et la poignée tournait et lentement la porte s'ouvrait en grinçant sur ses gonds. Elle se réveillait toujours avant d'avoir vu ce qui remuait dans le noir. Si elle avait fait ces rêves après ça aurait pu s'expliquer mais elle les avait faits bien avant alors ça devait être une sorte de prémonition parce que c'est comme ça que les choses se passaient exactement. Elle se sentait toujours en sécurité quand il arrivait et tout à coup il n'y avait plus d'issues. Rien ne remuait dans le garde-robe parce qu'elle n'était pas toujours dans la chambre, elle était parfois dans le garage ou dehors dans les champs mais il n'y avait pas d'endroits où fuir, rien dans le garde-robe mais quelque chose dans son ventre à lui qui grinçait et qui gargouillait. Il ressemblait beaucoup à son père et comme beaucoup d'hommes qui ressemblaient à son père il n'y avait dans son visage et dans ses yeux ni la même douceur ni la même force.

Elle n'était pas certaine d'avoir essayé un jour de ne pas se débattre et de ne pas fuir et de ne pas avoir peur. Elle se souvenait d'une fois mais peut-être qu'elle l'imaginait parce qu'elle est la petite fille maintenant. Elle habite son rêve et elle est couchée dedans enveloppée dans une petite nuisette rose relevée sur ses hanches et lui est devant elle à genoux à côté du lit et de l'autre côté de la chambre sa sœur la regarde avec ses yeux de morte et toutes les portes sont fermées à clé et devant les fenêtres sont clouées de grosses planches.

Avec un doigt, puis deux, il installe au creux de son ventre une chaleur indigne. Comme toujours avec elle il est doux et comme toujours il prend bien soin de ne pas la brusquer et de ne pas lui faire mal. Comme toujours il ne laisse sur son corps aucune marque et aucun stigmate, seulement sur sa peau les rougeurs d'un plaisir incompréhensible et dans son cœur la honte. La honte dont elle essaye de se débarrasser comme toujours toute seule cachée au fond d'elle-même mais soudain quelqu'un est derrière elle dans le lit et ses bras sont menus et ses seins sont chauds écrasés contre son dos. Elle a connu des garçons et elle en connaîtra d'autres mais c'est sa sœur qui la première lui susurre à l'oreille « Mon amour » et le répète encore « Mon amour » jusqu'à ce qu'elle se calme.

Sa grand-mère quand elle était en vie n'avait pas peur de lui révéler des choses secrètes et des vérités épouvantables.

Pour honorer une ancienne coutume, on avait posé aux limites du village une grosse croix de bois sur un socle de pierre pour tenir le diable à l'écart. Le canton était grand cependant et nombreux les villageois qui habitaient sur des terres profanes.

La grand-mère ne croyait pas que le diable habitait l'Amérique. Elle le voyait bien installé en Europe où il était né avec les communistes et les protestants. Elle disait que la croix était quand même bien utile pour les protéger des petits dieux qui étaient venus en Amérique dans les cales des bateaux ou qui étaient déjà là du temps des Indiens. La grand-mère lui avait beaucoup parlé de ces dieux mesquins qui régnaient en despotes sur des territoires d'à peine quelques arpents. Ils étaient attachés à la terre et leur apparence suivait les saisons. Ils étaient robustes au printemps et beaux à l'été et presque obèses avant les moissons mais quand l'hiver se nichait dans l'automne ils se mettaient à dépérir. Ils se cachaient ombre grise sur la neige derrière les buissons et leurs cheveux tombaient et leurs yeux disparaissaient au fond de leurs orbites et ils n'arrivaient même plus à fermer complètement la bouche sur leurs dents pointues. Ils étaient la terre et dépendaient de la terre et servaient la terre. Ils adoraient le soleil et ils inventaient au crépuscule des danses macabres pour faire tomber la pluie.

Ils savaient que la terre a besoin de lumière et d'eau mais aussi de sang. C'étaient eux qui suçaient parfois la vie au cou des vaches et arrachaient leurs viscères dans un jeu cruel et abandonnaient là les corps mutilés pour qu'on accuse du crime les extraterrestres ou les loups. Ils étaient orgueilleux et sadiques et même si leurs noms avaient été oubliés et que plus personne ne croyait en eux ils exigeaient des sacrifices des infidèles. Ils volaient dans les maisons ce qu'on aurait dû leur apporter en offrande et murmuraient la nuit aux oreilles des dormeurs des désirs et des rages pour que la terre obtienne en son heure tout ce dont elle a soif.

Avec sa sœur dans le dos lui murmurant « Mon amour » elle comprend qu'à elle aussi il a dit que ce qui lui arrivait n'arriverait pas à ses sœurs et qu'elle était la préférée l'unique. Avec sa sœur dans le dos lui

murmurant «Mon amour» elle comprend qu'elles
ont été immolées toutes les deux sur l'autel des dieux
mineurs et que cet holocauste ne les a sauvées ni l'une
ni l'autre. Dans cette maison et dans les autres maisons
du canton, sur les terres consacrées du village et au-delà
de la grande croix, tout le monde dort tout le monde
a les yeux fermés.

*

La lumière n'avait pas complètement déserté le monde
mais le soleil oui et la clarté était comme un souvenir
de lui qui rendait toute chose semblable à sa propre
empreinte sur une pellicule mal exposée. L'adolescente
marchait avec les chiens sur les terres du Seigneur
entre les chemins qui quadrillent les bleuetières. Depuis
des heures, elle cherchait des traces. Avec la noirceur
qui venait, elle savait que maintenant elle n'en trouve-
rait plus.

Elle rentra à la maison. Lucie était malade et déjà
couchée. Elle avait attrapé la guédille au nez en allant
dans les frigos du camp sans sa petite laine. L'adolescente se déshabilla et se coucha pour la regarder dormir.
Lucie avait une grosse compresse sur le front et les yeux
et elle râlait en respirant.

Depuis quelques jours, elle entendait la nuit un loup
qui hurlait dehors. C'étaient ses traces qu'elle cherchait
et elle en avait trouvé quelques-unes mais elle savait
que c'étaient des traces de chien. Personne ne parlait
du loup et personne n'entendait le loup sauf elle qui

croyait même comprendre ses aboiements. À chaque soir, loin très loin aux limites du village, au-delà de la voie ferrée et de la carrière de roche, le loup hurlait et lui disait « Au moment voulu, quand je l'aurai décidé, tu deviendras folle. »

Les gens du village n'étaient pas comme des animaux et ils n'expulsaient pas les membres les plus faibles de la meute. On gardait les folles dans les maisons et on les nourrissait mais tout le monde les regardait comme si elles étaient mortes avec la mort dans les yeux. Elle ne voulait pas sentir ces regards-là sur elle. Elle ne voulait pas devenir folle jamais et elle faisait tout pour ça sous les couvertures en se bouchant les oreilles pour ne pas entendre les hurlements du loup.

Au pied du lit, entre ses jambes, elle sentait un poids qui tirait sur la couette et déformait le matelas. Une petite fille était assise là et la regardait.

La petite fille dit :

— Il ne nous touche plus parce qu'en vieillissant tu es devenue grosse et laide.

— Non, c'est parce que je deviens une femme.

— Les petites filles comme moi virent toutes folles.

— Non. Pas si elles n'ont plus peur de la peur, pas si elles deviennent comme moi un animal qui refuse de se laisser toucher ou de se laisser mourir ou de se faire attraper. Moi, je vais courir dans mes rêves jusqu'à ce que je sois hors de portée.

— Tu ne réussiras pas.

— Il y a des après-midi où il ne nous a pas attrapées et tu le sais. C'est à eux que je vais rêver maintenant.

— Aux portes de la ville hurle un loup et tu es toute seule à l'entendre. Tu es déjà folle.

— Tu ne comprends pas. Le loup est avec moi. Il me protège des monstres et des petits dieux et de toi.

La petite fille dit :

— Idiote. Il est venu pour nous dévorer.

— Oui, mais il ne laissera personne le faire à sa place.

La journée allait être dure avec deux mains en moins mais le vendredi était la journée cochonneries. Les cadets mangeaient des pogos et de la poutine et des pizzas et c'était moins d'ouvrage pour les femmes de la cuisine.

Elle sortit toute seule de la maison dans le petit matin et traversa seule les terres du Seigneur jusqu'au rang 3 et marcha seule sur les champs de monsieur Béliveau et sur le chemin en gravier du lac Brochet. L'automne arrivait tôt et les nuits étaient froides mais le soleil d'août qui se levait au-dessus de la rosée était aussi chaud que celui de juillet et cet après-midi il brillerait incongru sur les feuilles rouges et sur les branches des arbres drainées de toute sève.

Elle n'avait pas fait cent pas sur le chemin de la compagnie hydroélectrique qu'elle entendit derrière elle les sabots d'un cheval trotter sur la terre battue. Elle resta immobile pour laisser le cheval la dépasser. Monsieur Robertson s'arrêta à sa hauteur. Il portait son beau chapeau blanc et des pantalons de cuir noirs et une chemise blanche toute neuve et montait son plus beau cheval d'un noir immaculé. Ensemble ils avaient l'air d'être sortis pendant la nuit d'un vieux film de cowboys et d'avoir trotté jusque-là sans s'apercevoir à l'aube que le monde était en couleur.

— Bonjour, mad'moiselle.

— Bonjour, monsieur Robertson.

— Tu es toute seule?

— Oui. Ma sœur est malade.

— Ah.

Il la regarda et regarda le sol et la regarda encore et se tourna et cracha sur le sol.

— Bonne journée, alors.

— Bonne journée.

Le cheval et le cavalier repartirent. Ils firent une trentaine de mètres au pas puis ils se retournèrent et ils revinrent au trot. Monsieur Robertson arrêta son cheval juste devant elle sur la route.

— J'imagine que personne est jamais arrivé au camp de cadets sur un cheval?

— Jamais.

Il sourit.

— Allez, monte.

Il déplaça son poids et leva une jambe dans les airs pour qu'elle puisse mettre le pied à l'étrier et il lui tendit le bras et l'aida à basculer de gauche à droite sur la selle. Elle remua un peu du bassin avant de trouver une position confortable.

— Ça va?

— Oui.

Elle passa ses bras autour de lui et il fit claquer sa langue et le cheval se mit à avancer au pas et ensuite au trot. Après quelques minutes, monsieur Robertson demanda :

— Veux-tu qu'on fasse un galop ?

— Oui.

— Accroche-toi comme il faut.

Il frappa les flancs du cheval avec le talon de ses bottes et le cheval changea d'allure et prit de plus en plus de vitesse. Elle sentait en dessous d'elle le corps du cheval qui travaillait et pendant une fraction de seconde ils volaient tous les trois dans les airs et l'instant d'après ils frappaient le sol et elle avait l'impression d'être prise au milieu d'un combat entre deux forces antiques l'une qui les éloignait du sol et l'autre qui les y ramenait et elle avait l'impression que le sol et la terre en dessous d'elle essayaient de la frapper à travers le cheval mais que le cheval absorbait le choc avec son corps pour la protéger des coups.

Monsieur Robertson tourna un peu la tête et cria :

— As-tu peur ?

Elle serra encore un peu plus fort ses bras autour de lui et dit :

— Non.

自害 (Jigai)

I

LES HOMMES disent :

Elle était venue de l'autre bout du monde avec des cailloux dans les poches.

Nous n'avons jamais su autre chose. Très peu, en tout cas.

Elle était venue de l'autre bout du monde avec des cailloux dans les poches et elle a habité un bout de temps dans la pension d'Akira Gengei, l'aubergiste. C'est lui qui la connut le mieux. Très peu, qu'il dit. Il sait quand même que là-bas, d'où elle venait, il lui était arrivé des choses qui ne devraient pas arriver à une femme et surtout pas à une enfant. Il dit qu'il ne sait pas ce qu'elle était venue faire ici et que, probablement, elle non plus. Après, elle a acheté la maison du vieux Mifune et nous n'en avons jamais appris plus.

Nous n'aimons pas particulièrement les étrangers, par ici, mais, même si c'était avant la guerre, il y avait déjà une fascination, dans les villes et les campagnes, pour l'Occident. Pour l'Amérique, surtout.

Elle a fait sa place. Nous n'avons jamais su si elle était véritablement devenue sujet de l'Empire, mais à partir d'un moment elle s'est fait appeler Misaka. Parce qu'elle ne donnait jamais d'autre nom et que, bientôt, des gens de Sapporo et d'Asahikawa se mirent à lui envoyer des jeunes gens en pension, durant l'été, pour qu'ils apprennent les manières et les langues d'Amérique, nous tous avons commencé à l'appeler Misaka-sensei.

Elle était venue de l'autre bout du monde et elle a atterri ici, sur la péninsule.

Savait-elle que *Shiretoko*, dans la langue des Aïnous, signifie justement « le bout du monde », « la fin du monde » ?

Misaka dit :

Je suis venue de l'autre bout du monde avec des cailloux dans les poches.

Ils vous l'ont peut-être dit. Ils ont peut-être ajouté que *Shiretoko* signifie « le bout du monde », mais ils se trompent. Mon hôte, Akira Gengei, était à moitié aïnou. Il le cachait, bien sûr, mais pas à moi. Les gens, souvent, ne cachaient rien devant moi. Akira Gengei appartenait à la dernière génération qui parlait bien la langue. Partout à Hokkaido, à l'époque, les parents aïnous élevaient leurs enfants dans l'ignorance. Ils pensaient que la meilleure façon de les protéger du mépris des autres était de leur dissimuler à eux-mêmes leurs origines. Ils pensaient qu'avec la honte d'appartenir à leur race disparaîtraient les souffrances de leur race. Ils n'avaient pas peur de s'éteindre dans le processus parce qu'ils croyaient qu'un peuple demeure lui-même peu importe le nom qu'il se donne. Gengei-san m'expliqua qu'une traduction plus exacte, pour *Shiretoko,* aurait été « là où le monde dépasse », « là où le monde déborde ». Cela me plut beaucoup. Nous n'étions pas, à Rausu, à la limite de toute chose, mais déjà de l'autre côté.

Je suis venue de l'autre bout du monde avec des cailloux dans les poches.

Ils vous l'ont peut-être dit. Ils n'ont pas pu vous dire pourquoi. Personne ne l'a jamais su. À part Reiko. Je les ai emmenés pour les semer, comme des graines, et transporter avec moi un peu de mon paysage natal. Tu peux planter des cailloux où tu veux et rien d'eux ne germera, rien d'eux ne poussera, et peut-être est-ce une idée triste pour les gens d'ici et d'ailleurs, mais pas pour moi. Je les ai répandus sur le chemin un soir, au milieu des cailloux pareils à eux. Les cailloux comme les paysages étaient les mêmes. Il n'y avait rien de chez moi à transporter ici et je n'étais pas venue pour ça. J'étais loin, maintenant, là où personne ne pourrait jamais me trouver, mais je me suis rendu compte très vite que j'avais choisi le même pays, que j'avais toujours été comme ici en dehors du monde et qu'il n'y aurait pas d'ailleurs, jamais d'ailleurs, avant que je ne sois en dehors de moi.

Le village s'appelait Rausu, mais les vieux l'appelaient encore Uembetsu, parce qu'il avait longtemps porté ce nom. Les étés étaient doux ici et le village se remplissait de visiteurs, mais les hivers étaient terribles, comme chez moi, et ils coupaient du monde toute la côte nord d'Hokkaido pendant des mois. C'est pendant cette période que je préférais la vie ici. Il y avait partout les mêmes longues montagnes, un peu molles, un peu paresseuses, qui s'étiraient basses dans le paysage à perte de vue et les arbres étaient comme chez moi, je ne dis pas où, des silhouettes noires qui gardent leurs épines l'année durant et retiennent la neige sur leurs branches jusqu'à avoir l'air de grands fantômes moelleux dans l'hiver, glacés dans l'hiver.

Reiko dit :

C'est mon oncle qui s'est occupé de moi, après que le bateau qui transportait mes parents a coulé au fond de la mer d'Okhotsk. C'était déjà lui qui s'occupait de moi avant et, petite fille, j'avais l'impression que mon père, ma mère et moi étions des poupées au visage de porcelaine exposées dans le domaine Inoué, des bibelots qui accumulaient la poussière en attendant les visites de mon oncle. Ma mère époussetait et cousait. Mon père buvait, au village et dans la maison, mais réussissait toujours à manger avec nous en silence et à monter bien droit jusqu'à sa chambre. Quand mon oncle arrivait, mes parents devenaient des domestiques et je devenais la châtelaine. Rausu était la cité d'été de mon oncle Inoué. C'était lui le maître et le père et le maire officieux du village et jamais il ne venait durant l'hiver et il me semblait que nous-mêmes n'existions pas dans l'hiver.

L'oncle passa une partie de l'été avec moi, la petite orpheline. Quand le froid commença à percer le fond de l'air, il eut l'idée d'aller trouver cette femme, Misaka, pour lui demander d'être ma gouvernante. Mon oncle était riche. Il faisait des affaires à Sapporo. Il avait assez d'argent pour me payer une gouvernante et assez d'argent pour que je ne porte que de la soie. Il disait quand j'étais petite que j'étais la fleur de Nemuro, la sous-préfecture, et maintenant que j'étais la fleur d'Hokkaido et, quand il me parla de cette femme, il me dit qu'avec ses leçons, je serais à la fois une vraie Japonaise et une vraie Américaine, que je pourrais être la plus belle femme sur la terre, à la fois la fleur de l'Empire et du monde entier. À ce moment-là, j'irais vivre avec lui dans la capitale et peut-être, un jour, verrions-nous ensemble Paris, Londres et New York.

C'était une drôle de femme, Misaka. Longue. Avec les cheveux rouges et les yeux verts. Je n'avais jamais vu une femme comme ça, pas à Rausu, mais je l'ai reconnue tout de suite. Elle m'a parlé, devant l'oncle, comme à une petite fille. Elle m'a caressé les cheveux et je l'ai fixée du regard et j'ai su qu'au fond d'elle-même cette femme-là n'aimait pas les enfants. J'ai vu qu'elle n'avait jamais voulu la vie en elle, mais qu'elle m'aurait voulue moi en elle et qu'elle me voulait pour elle. Alors j'ai fait la fleur d'Hokkaido. J'ai sauté dans ses bras, en souriant et en la serrant fort. Mon oncle a souri.

— Je vous avais dit qu'elle vous aimerait, Misaka-sensei.

Oh, vous avez le droit de me traiter de menteuse et de me dire que je ne pouvais pas me sentir comme ça à onze ans, penser comme ça à onze ans. Moi, j'ai le droit de vous tirer la langue et de vous dire que c'est vous les menteurs, vous les chiens.

2

Misaka dit :

Je peux vous raconter comment ça a commencé.

Je l'ai trouvée un matin, sur son lit, dénudée de la taille jusqu'aux pieds, ses jambes maigres et son sexe rose posés sur les couvertures. Elle était en train d'entailler profondément la chair de sa cuisse droite avec une roulette à tracer. Il y avait du sang sur les draps, du sang sur ses doigts et du sang aux encoignures de ses lèvres. Pour ce moment, pour ce moment seulement, je serai jugée. Là, j'aurais pu courir vers elle et la prendre dans mes bras et lui demander pourquoi elle faisait cela et lui dire qu'il fallait que ça cesse, lui dire que je l'aiderais à arrêter, que je savais comment faire pour arrêter.

Au lieu de ça, quand elle a levé les yeux vers moi, quand elle m'a demandé « Est-ce que c'est mal, ce que j'ai fait, Misaka ? », je me suis précipitée sur elle mais je ne l'ai pas arrêtée. Je lui ai dit que quiconque éprouvait l'envie de faire ça avait le droit de faire ça et je lui ai dit qu'elle ne devait jamais se sentir coupable ni avoir honte ni jamais penser qu'en affligeant son corps elle endommageait un bien étranger. Je l'ai embrassée, je l'ai prise dans mes bras et je l'ai laissée saigner sur mes habits avant de désinfecter sa plaie et de la panser avec de la gaze. Après, je me suis mise debout devant elle, j'ai ôté mes vêtements lentement et je lui ai montré, au milieu des traces qu'avaient laissées sur mon corps les voyages et les hommes, les marques de toutes les blessures que je m'étais faites moi-même.

Reiko dit :

Misaka était mon père, ma mère, ma gouvernante, ma maîtresse, mon âme damnée et mon initiatrice. Tout le monde a dû penser cela, mais je voudrais dire qu'elle fut aussi souvent comme ma petite fille, comme une enfant qui tremblait et sanglotait dans mes bras, parce que dans la douleur j'étais meilleure qu'elle, dans la douleur j'étais plus grande qu'elle.

Au début, Misaka ne savait même pas ce que voulait dire *jigai*.

C'est moi qui lui ai expliqué que les épouses commettaient jadis un suicide rituel en se tranchant la veine jugulaire, assises, les jambes repliées sous les fesses. Les soldats ennemis trouvaient les villages envahis vidés de toute sève, les maisons désertes meublées seulement de tables basses et de femmes mortes, droites et dignes, leurs chevilles solidement attachées pour qu'aucun soldat ne soit tenté d'arracher à leur cadavre ce que, vivantes, ils auraient pu leur prendre de force. C'est moi qui ai décidé que Misaka et moi n'allions honorer aucune tradition semblable. C'est moi qui ai décidé que nous n'allions pas nous mutiler pour nous refuser à quiconque, mais pour nous offrir l'une à l'autre. Nous allions nous mutiler sans nous tuer, nous mutiler sans manières, les jambes grandes ouvertes.

Oh, vous avez le droit de dire que tout cela est faux, que je ne pouvais pas savoir tout ça et que je ne devrais pas être là pour raconter mon histoire parce que je suis morte. Moi, j'ai le droit de vous dire que c'est vous qui ne savez rien, vous qui ne connaissez rien.

Les hommes disent :

Nous avons une bonne idée de ce qui s'est passé là-bas, durant tout ce temps, et nous savons tous comment cela a fini, mais personne ne sait comment ça a commencé. Au début, nous ne nous sommes aperçus de rien. L'absence prolongée de Reiko parmi les enfants a fini par attirer l'attention des épouses. On s'est rendu compte ainsi que Misaka-sensei et la petite Inoué n'étaient pas sorties du domaine depuis plus d'un an. Des hommes qui étaient arrivés un jour au petit matin ouvraient parfois les grilles et venaient acheter pour elles des provisions au village.

Pendant que nous nous demandions, un midi, attablés chez Akira Gengei, s'il fallait envoyer quelqu'un en reconnaissance, un enfant entra et dit :

— Venez voir.

Deux femmes étaient en train de traverser le village, en boitant appuyées l'une sur l'autre, drapées de grandes capes pourpres, leurs visages masqués par des capuchons. Elles marchèrent jusqu'au ruisseau, puis revinrent au domaine sans saluer personne. Des enfants apeurés dirent qu'en passant devant elles, ils avaient vu leurs visages, de dessous, et jurèrent qu'elles n'avaient plus de nez ni de lèvres ni de paupières et que leurs visages étaient comme ceux des yūrei, comme ceux des morts. Nous aurions aimé les détromper, mais nous avions tous remarqué que seulement trois pieds nus sortaient de sous leurs capes et que, sur chacun, plusieurs orteils avaient été arrachés avec un ciseau à bois.

3

Les hommes disent :

Il n'y avait déjà rien à faire pour les protéger d'elles-mêmes et de la folie qui s'était emparée de leurs esprits. Durant leur parade, elles étaient entourées de deux groupes de cinq gardes du corps, qu'elles avaient choisis et payaient, nous l'apprîmes plus tard, avec l'argent de l'oncle de Sapporo. Les premiers étaient d'ici, les seconds des gaijins.

Les premiers étaient des hommes mauvais, attachés par une nostalgie noire aux privilèges de leurs ancêtres sous les anciens shogunats. Les seconds ne valaient guère mieux. La Grande Guerre avait horrifié le monde entier. Ces hommes-là avaient fait leur nid et éclos dedans, moins comme des oiseaux rapaces que comme des reptiles, dont ils avaient les yeux clairs et le sang glacé. On leur avait dit, dans les casernes, «Tu verras, quand tu vas devoir tuer un Boche avec rien dans ton fusil, tu verras, quand tu fonceras sur lui en criant contre ses cris et que tu plongeras ta baïonnette dans son ventre sans savoir s'il a réussi à percer le tien et que tu regarderas son regard s'éteindre sans savoir si tu es en train de t'éteindre toi aussi, tu verras bien, ce que ça te fait.» Ils étaient allés, ils avaient vu, ils n'étaient pas morts et n'avaient rien senti. Ni peur, ni dégoût, ni plaisir, ni rien. Leurs compagnons de régiment étaient revenus dans leurs villages où ils essayaient de ne pas penser à la guerre, de cacher leurs membres estropiés ou absents dans leurs bras de chemises et leurs jambes de pantalons, d'oublier ces grands pans de leur âme qui s'étaient affaissés en eux et qui ne s'exprimaient plus que par des hurlements terrifiés, lancés au milieu de la nuit depuis les tréfonds d'un cauchemar. Pendant ce temps, les soldats de fortune allaient de par le monde et monnayaient cette absence scandaleuse en eux comme un talent.

Les enfants dardèrent leurs regards étroits entre les fissures de la palissade et nous rapportèrent que ces hommes se livraient dans le jardin à des joutes barbares, se montraient mutuellement des tours comme des petits chats, les uns apprenant à manier le katana et les autres à actionner la culasse des fusils d'assaut, tous bataillant à mains nues, sous le soleil de l'après-midi et parfois jusqu'au soir sous le halo des lanternes, pour la plus grande joie de Misaka et de Reiko, qui se divertissaient beaucoup de ces jeux et les applaudissaient à tout rompre de leurs mains bandées, depuis la véranda.

Nous écrivîmes une lettre à l'oncle de Sapporo pour le mettre au fait de la situation. Il vint en voiture, se fit ouvrir les portes de sa propre maison à grand-peine et en ressortit une demi-heure plus tard, exsangue et le regard vide. Il parla avec le maire, lui dit qu'il couperait les vivres à Reiko, que c'était tout ce qu'il pouvait faire et qu'avec un peu de chance les renégats s'en iraient quand l'argent viendrait à manquer.

— Voulez-vous être prévenu, lorsque cela arrivera? lui demanda le maire.

L'oncle de Sapporo entra dans sa voiture et dit qu'il nous faudrait agir selon notre jugement et disposer comme bon nous semblait de sa nièce et des autres possessions qu'il avait au village, parce que plus jamais il ne reviendrait à Rausu et que plus jamais il n'ouvrirait une lettre envoyée d'ici.

On s'aperçut trop tard que les renégats avaient trouvé à Rausu plus qu'un bon salaire. Après quelques mois, alors que nous attendions d'un jour à l'autre leur départ, les mercenaires se mirent à descendre en ville chaque semaine pour rançonner les commerçants et les citoyens, afin de ramener des vivres à leurs nouvelles maîtresses.

Misaka dit :

Quand il est entré, l'oncle, nous portions toutes les deux nos capes ; nos capuchons relevés nous rendaient identiques. J'étais assise par terre, au milieu de la grande salle, celle que nous avions vidée pour qu'il soit plus facile de nettoyer par terre les excréments et le sang. Reiko est restée debout, quelques pas devant moi, pour que l'oncle puisse la reconnaître à sa silhouette menue dans le tissu pourpre. Les renégats ne l'ont pas laissé s'élancer vers elle. Il a dû rester là, comme pour solliciter une audience à la cour d'une reine, une de ces reines qui s'écrasaient les seins avec des dispositifs de satin, de cuir et de métal, et faisaient tuer les vierges par centaines au pied de hautes fenêtres pour se baigner dans leur sang et le téter comme lait de vache aux mamelons délicats des servantes. L'oncle est resté là longtemps, aussi longtemps que Reiko restait devant lui, immobile et muette, à l'écouter gronder, ordonner, menacer, implorer, supplier, pleurer, sangloter et m'injurier, assise au fond de la pièce.

Elle n'a rien dit, elle n'a rien fait, jusqu'à ce que l'oncle s'agenouille, à bout de souffle, les poings contre les genoux et les paumes au ciel.

Reiko dit :

J'ai respiré fort, pour que l'oncle entende ce sifflement que nous faisions Misaka et moi depuis que nous nous étions tailladé les lèvres, ce bruit de succion qu'exigeait chaque respiration pour ramener au fond

de nos bouches la bave nue qui courait sur nos gencives. J'ai respiré comme ça de longues secondes, puis,
d'un geste, j'ai écarté les pans de ma cape en soulevant
les bras comme pour m'envoler. Je voulais qu'il voie,
en dessous, où je ne portais rien. Je voulais qu'il voie
toutes les marques, les vieilles qui n'auraient pas eu le
temps de guérir même si j'avais vécu mille ans et les
nouvelles, inquiétantes, affreuses, parce que Misaka et
moi attendions toujours une journée ou deux avant de
désinfecter les plaies, pour sentir le pus s'accrocher à nos
chairs de tous ses ongles, comme un animal arraché à
sa tanière. Je voulais qu'il voie que je ne pourrais pas
défiler à son bras en tenue de bal, à Rio ou à New York,
ni prendre de bains de soleil à Monte-Carlo. Je voulais
qu'il voie ma poitrine aveugle et plate qui n'allaiterait
jamais d'enfant. Je voulais qu'il sache que Misaka et
moi avions décidé ensemble la forme et la longueur
définitives de ma fente.

Oh, vous avez le droit de penser que je n'ai rien
décidé là-dedans et que toutes ces voluptés que vous
trouvez horribles m'ont été imposées par Misaka, mais
vous n'en parlerez pas parce que là-dessus vous ne dites
jamais un mot, et il n'y a rien qu'on ait enfoncé dans
ma bouche, dans ma fente, entre mes fesses ou dans
ma chair que je n'aie haï autant que votre silence, ce
silence âcre comme un lait que Misaka la maudite ne
m'a jamais fait avaler.

4

Reiko dit :

Je n'ai pas inventé l'art ; l'art s'est inventé à travers moi. À force, nous avons remarqué que certaines blessures en cicatrisant imprimaient sur la chair des tracés sinueux qui évoquaient une écriture. Parce que j'avais la main la plus fine, Misaka voulut que je lui tatoue des kanjis sur la chair à coups de lame, mais j'ai dit que ce serait trop facile, trop évident, et que je ne voulais pas de leurs symboles sur sa peau ni la mienne. J'ai dit que, de toute façon, ce qu'il y avait d'intéressant dans ces marques, ce n'était pas le tracé, ni même le mouvement que parfois il suggérait, mais l'épaisseur, la texture. J'ai vu que le chemin n'était pas de dessiner, fût-ce au rasoir, à même la peau, mais de modeler la chair. J'ai commencé par expérimenter sur moi, par trouver des moyens d'ouvrir les tissus et de les faire tenir dans la position désirée, d'empêcher que les plaies ne se referment et que les peaux ne se dessèchent, en mélangeant de l'alcool, de la teinture d'iode et des vernis à bois. Bientôt, les figures furent trop complexes pour que je les réalise sur moi et j'ai commencé à tailler la chair de Misaka. L'art devint progressivement un mélange de gravure, de sculpture et de couture. Je creusais des sillons et découpais des lamelles dans la peau avec des ciseaux à dents, des gouges et des ébarboirs ; je pétrissais les chairs sanguinolentes avec mes mains et les faisais tenir ensemble en cousant à travers des points croisés et des points plats ; j'insérais entre les lamelles des rivets, des éclisses et des épingles quand mes figures exigeaient que les tranches demeurent soulevées et les peaux ouvertes.

Le problème est que j'étais à la fois plus habile que Misaka et plus endurante. L'art exigeait beaucoup d'elle. Elle suait, vomissait et s'évanouissait. Il nous fallut expérimenter avec les drogues, mais souvent la douleur devenait trop grande pour être engourdie même par de puissants opiacés.

Curieusement, ce sont les hommes qui ont trouvé la solution, en nous envoyant une de leurs épouses pour essayer de rétablir le contact. Les renégats nous amenèrent Azumi en plein après-midi, un jeudi. Elle s'était faite toute belle, dans sa robe d'été, et apportait des cadeaux. Nous lui avons parlé de l'art. Nous lui en avons montré les résultats sur Misaka. Nous avons vu la curiosité briller dans ses grandes pupilles noires. Misaka lui a dénudé l'épaule, nous lui avons fait boire une infusion lénifiante et je me suis placée à côté d'elle avec mes instruments. Elle respirait fort. J'ai cherché le regard de Misaka et vu qu'elle avait déjà compris. Il nous manquait un ingrédient. Il fallait être trois pour pratiquer l'art. Misaka s'est mise à quatre pattes et a avancé son visage entre les jambes d'Azumi, enivrée déjà par la drogue et la douleur, à peine quelques secondes après que je me suis mise au travail. Azumi n'a pas protesté, elle a même dégrafé sa robe un peu plus et avancé dans un grand spasme sa fente vers la bouche de Misaka.

Dans la souffrance j'étais plus grande qu'elle, mais avec sa langue elle était meilleure que moi.

Nous avons laissé Azumi repartir chez elle, plus tard, étourdie, décoiffée et couverte de son propre sang. Misaka savait bien que nous venions d'aller trop loin. Immédiatement après, elle dit aux renégats :

— Préparez-vous. Les villageois vont venir.

Mais la nuit ne fut le théâtre d'aucune attaque. Au lieu de cela, Azumi revint le lendemain avec une jeune épouse encore plus jolie qu'elle, qui pointa du doigt la figure, semblable à une fleur de giroflée, que j'avais taillée dans l'épaule douce de son amie et dit :

— J'en veux une, moi aussi.

Je sculptai sur elle une araignée des bois, en figurant l'abdomen avec son sein droit et en arrachant les fines pattes d'épeire à la chair maigre de sa poitrine. Pendant ce temps, Misaka plongea le visage entre ses jambes et Azumi, sans qu'on ait eu besoin de rien lui dire, se mit à genoux derrière Misaka et plongea dans sa fente deux doigts bientôt trempés de cyprine.

Bien vite, les femmes vinrent du village et de toute la péninsule pour se faire sculpter. Misaka et moi pûmes envoyer cette beauté que nous avions inventée marcher dans les rues au milieu des robes volontairement trouées des épouses et de la laideur épouvantée des maris.

Oh, vous avez le droit de tourner la page et de dire que tout ça n'est qu'un mauvais rêve où Misaka et moi nous agitons comme des ombres derrière les rideaux. Mais moi, j'ai le droit de vous mettre au défi, de vous dire de soulever les couvertures, aux petites heures du jour, d'habituer vos yeux à la pénombre sans réveiller votre aimée et de me jurer que vous connaissez sur son corps la signification de chaque tatouage, l'origine de chaque brûlure.

Les hommes disent :

Nous avons commis une erreur monumentale en envoyant la femme de Mabuto au domaine Inoué, et l'horreur qui s'ensuivit fut incommensurable. Les mutilations répugnantes que Misaka et Reiko infligeaient à la chair devinrent une mode, un engouement irrépressible, un envoûtement, et il n'y avait rien à faire pour en réveiller les épouses, ni les raisonner, ni leur crier dessus, ni les secouer de leur torpeur, ni les battre. Nous arrivions, au moins, à les faire parler, mais leurs récits étaient d'autant plus choquants que nous savions que chacune gardait pour elle plusieurs détails.

On disait que Misaka et Reiko étaient amantes. Qu'elles s'embrassaient en collant leurs fronts, en vissant ensemble leurs regards sans paupières et en léchant chacune à son tour les gencives et les dents de l'autre. On disait que Misaka mangeait du verre. Qu'elle cassait entre ses mains des ampoules électriques qu'elle faisait venir du continent et en avalait un à un, comme des bonbons, les éclats teintés de sang. Elle les mélangeait à des pétales de fleurs et à du riz shari. D'entre ses jambes s'écoulait plus tard une bouillie rosâtre qu'elle servait aux femmes comme un mets, un mets qu'on disait aussi fin que la chair crue d'un poisson. On disait aussi que des femmes flétries et seules venues de nulle part avaient demandé à ce que leurs corps soient entièrement sculptés et que les renégats avaient enterré leurs dépouilles martyrisées derrière le domaine, au pied des collines.

Nous aurions bien voulu faire de ces histoires de simples racontars et nous y serions parvenus, sans doute, si ces épouses mutilées, parfois amputées et éborgnées, n'avaient pas déambulé chaque jour plus nombreuses dans les rues du village pour étrenner leurs blessures comme des kimonos de soie neufs.

Misaka dit :

D'après les renégats, les hommes se plaignaient que par-delà la palissade leur parvenaient des cris de désolation et de mort. Les hommes avaient beau dire, ils entendaient bien ces grognements d'une autre nature qui dansaient ventre contre ventre avec les cris de douleur qui s'échappaient de la villa. Quelque chose folâtrait avec la douleur, copulait avec elle à l'intérieur des mêmes cris, une chose qui, assise si près d'elle, devenait encore plus choquante. Les hommes savaient très bien ce que c'était, mais ils n'avaient pas de nom pour cela, et même s'ils en avaient eu un, ils ne l'auraient utilisé à aucun prix.

Ils en avaient un, cependant, pour désigner les démons des pays chrétiens, et ils se mirent à en tapisser les remparts du domaine Inoué avec de la peinture rouge :

Lorsque les renégats m'en informèrent et me demandèrent ce qu'ils devaient faire, je leur répondis de laisser les idéogrammes sur la palissade et de m'appeler désormais par ce nom qui était le mien, Akuma.

5

Une fois, une seule fois, Misaka dit :

Bien avant ce jour, le dernier jour, j'ai pris Reiko dans mes bras, comme au début, quand elle n'était qu'une enfant. Je l'ai embrassée et après j'ai dit :

— Mon amour, la chair qui pousse au-dessus des coupures est une chair neuve. Peut-être que pour cette raison, précisément, quelque chose nous attend au bout de l'art qui ne soit pas la mort. Peut-être que notre œuvre est une œuvre de vie, peut-être que lorsque nos corps ne seront plus que plaies vives nous renaîtrons, neuves, comme deux sœurs jumelles. Peut-être qu'au final, un million de cicatrices laisseront notre peau lisse comme celle d'un nourrisson.

Reiko m'a regardée avec tristesse et a répondu :

— Tu te trompes, Misaka. Tu te trompes de toutes tes forces. Aucun de nous ne naît sans cicatrices. Nous sommes produits par la rencontre de deux chairs, nous sommes le fruit d'une seule, mais nous demeurons enroulés comme une tumeur vorace dans son ventre, jusqu'à ce que l'on nous arrache à son sein et que l'on tranche le fil qui nous rattache à elle. Il n'y aura pas de retour à l'origine, belle sensei. Nous sommes mises au monde par l'acier d'une lame, Misaka, et toi et moi naissons chaque jour un peu plus.

Une dernière fois, Reiko dit :

Je ne me suis jamais mutilé la langue. Le plaisir sans douleur n'est qu'une mascarade, mais il faut garder sur soi des parties capables de donner du plaisir parce que sans lui la douleur n'est que douleur. On peut se couper les doigts avec de grosses cisailles à émonder mais il faut en garder au moins un pour pénétrer le con jusqu'à la matrice, on peut s'amputer un pied avec une scie à métaux, mais il faut garder l'autre pour l'appuyer contre la fente aimée quand nos mains sont occupées ailleurs, on peut se tailler les orteils avec un ciseau à bois mais il faut garder au moins un moignon à sucer, on peut s'arracher les paupières, se trouer les lèvres et se trancher les lobes d'oreilles, mais il faut toujours prendre soin de sa langue, ménager sa langue unique qui est précieuse et qui cicatrise mal.

Sans elle, vous ne seriez pas capables de dire que je mens, que deux femmes ne feraient jamais tout ce que nous avons fait et que nous ne sommes que des spectres de papier incapables de souffrir ou de saigner. Sans elle, je pourrais vous tourner le dos comme je le fais maintenant, et me taire comme je le ferai bientôt, mais je n'aurais pu accomplir, en cette journée pénultième, la seule chose à laquelle je m'étais refusée jusque-là.

La veille du dernier jour, dans la noirceur, au-dessus des rires étouffés des renégats qui jouaient aux cartes à l'étage, j'ai dit à Misaka que je l'aimais.

À la fin, les hommes disent :

Nous avons ramassé notre courage une année durant, nous l'avons économisé et armé de fusils achetés sur le continent, de lames rouillées et de bâtons. Nous savions que cela ne ferait pas le poids contre les renégats, mais nous comptions sur notre nombre et sur la conviction que les ronins et les gaijins devaient sentir aussi, au fond d'eux-mêmes, que cette folie devait cesser. Même les épouses n'allaient plus au domaine Inoué. Parce que nous le leur avions ordonné, certes, parce que presque toutes avaient leur sculpture maintenant, c'est vrai, mais également, nous le savions même si elles refusaient de l'avouer, parce qu'elles avaient peur d'Akuma et de Reiko. Elles avaient vu des choses là-bas dont elles ne voulaient pas parler, elles avaient connu des femmes qui avaient choisi de rester avec les maîtresses et qui n'étaient jamais ressorties du domaine, elles avaient compris que tout cela n'était qu'horreur et elles étaient revenues à leurs devoirs et à la raison.

Les enfants pouvaient témoigner de ces horreurs, eux qui avaient vu les tombes creusées partout en contrebas de la demeure.

Nous avons traversé le village comme une grande meute, en projetant avec nos torches des lumières inquiétantes dans les ténèbres, ouvert la grille du domaine avec un gros marteau et des pinces, et commencé à gravir la butte vers la demeure. Au début, nous avons cru qu'elle brûlait. Un bûcher était allumé devant, un bûcher gigantesque qui éparpillait dans l'air nocturne des relents de graisse, de bois et de solvant, un bûcher passé lequel nos yeux éblouis ne distinguaient pas la structure de la maison intacte. Au début, nous avons cru que la maison brûlait et nous avons vu apparaître devant le feu dix silhouettes noires. Tous nous avons senti un frisson glacé nous caresser l'échine, nous avons chargé les fusils, dégainé les lames et serré les doigts autour des bâtons à s'en faire craquer les jointures. Les silhouettes des renégats rapetissaient à mesure qu'elles s'éloignaient du feu et se rapprochaient de nous, mais leurs ombres géantes dansaient avec les flammes et s'étiraient sur le sol jusqu'à la semelle de nos souliers.

Quelqu'un a foncé sur le premier des renégats en hurlant, les bras relevés derrière la tête pour lui asséner un grand coup de gourdin. Il n'eut pas le temps d'amorcer son mouvement que le ronin avait fait deux pas vers lui et appuyé le bout de son sabre contre sa gorge palpitante. Il ne le tua pas. Il lui fit signe de s'écarter, il nous fit signe à tous de nous écarter, puis il s'enfonça dans le couloir ainsi ouvert sans un regard pour nous, avec les autres damnés à sa suite.

Le dernier s'arrêta et dit :

— C'est fini. Vous ne devriez pas monter là-haut.

Il fallait être idiot pour penser que nous n'irions pas voir, nous assurer que la menace était écartée. Nous nous sommes pour la plupart précipités vers la maison en contournant le bûcher et seulement quelques-uns ont rebroussé chemin avec les renégats.

Un grand vent s'est levé, plus tard cette nuit-là, et a transporté dans la maison, à travers les fenêtres, des tisons et des braises. Elle fut brûlée jusqu'aux fondations, rasée jusqu'au sol. Personne ne l'a jamais regrettée, mais chacun d'entre nous qui sommes montés là-haut, des heures avant que l'incendie ne se déclare, regrette encore de n'avoir pas suivi le conseil du renégat.

15

Akira Gengei se raconte à lui-même, en aïnou :

Les femmes se sont tues. D'elles deux, les hommes ici ne parlent jamais et, sur leur ordre, les épouses non plus. Je sens toutefois, je devine, que certaines entretiennent encore leurs blessures, les soignent et les rouvrent pour que l'art de Reiko demeure vivant. Peut-être suis-je le seul ici qui peut encore raconter tout cela, parce que je vis dans une langue que plus personne ne comprend.

Les hommes qui ont gravi la colline vers la maison malgré les avertissements des renégats ont trouvé Misaka et Reiko dépecées, démembrées, hachées, répandues en morceaux aux quatre coins de la maison. Ils auraient dû en être soulagés, ils auraient dû se dire qu'enfin elles avaient reçu leur châtiment, mais ils ne savaient plus à ce moment-là s'il fallait y voir une punition ou un ravissement. Ils n'arrivaient pas à en avoir la certitude. Une brèche s'était frayé un chemin dans leurs esprits, comme une lame de rasoir à travers la chair tendre des épouses. Ils auraient voulu croire qu'un ogre avait défoncé les portes du domaine pour emporter les femmes et les traîner par les cheveux jusqu'aux enfers, mais ils sentaient confusément que la chose qui était venue chercher Misaka et Reiko possédait les attributs d'une femme et les attributs d'un homme, et que sa fureur avait soufflé sur elles comme le vent par la fenêtre, sans faire plus de bruit que les pas d'un chat dans un lit défait. Ils savaient qu'après un temps, rien n'était arrivé à Misaka et à Reiko qu'elles n'aient bien voulu et que, peu importe quel démon était venu les ravir, elles l'avaient invoqué pour elles, elles avaient appelé ses mains et ses griffes sur elles.

Les cendres froides de la maison se sont éparpillées sur la péninsule et le domaine est toujours abandonné. Des voyageurs annoncés à Rausu n'arrivent jamais et la nouvelle de leur disparition nous parvient par lettre d'Honshu, qui est aussi une île mais que les gens d'Hokkaido appellent toujours « le continent ».

Jigai

Dès les premières neiges, on trouve à des endroits où personne n'envoie jamais paître ses troupeaux des empreintes de sabots, ceux d'un buffle ou d'un bouc qui marcherait sur deux pattes. Un vieil homme m'a dit un soir qu'encore plus loin dans la forêt, au milieu des ronces et des épines, là où les ours eux-mêmes ne frayent pas de sentier, une autre série d'empreintes croisent celles du bouc. Elles ne demeurent jamais bien longtemps parallèles, comme si leurs propriétaires se connaissaient assez bien pour se saluer mais pas assez pour marcher de conserve. Ces empreintes-là font une forme indistincte comme une botte d'enfant avec au bout quelques gouttes d'un rouge presque brun comme du sang dans la neige. Ces empreintes-là font trois pas d'enfant et quinze gouttes de sang, trois pas d'enfant et quinze gouttes de sang, trois pas d'enfant et quinze gouttes de sang.

Paris sous la pluie

SŒURS DE SANG III

IL ÉTAIT MORT loin dans le bois et on l'avait emmené au salon funéraire en ville pour essayer d'arranger les dégâts. Il bûchait pour l'Abitibi-Consolidated, que tout le monde dans le coin appelait la Console. Aucun des gars n'avait vu ce qui s'était passé. Il avait été ouvert de l'épaule jusqu'aux hanches par une machine capable d'émonder des arbres hauts comme des cathédrales. Personne ne savait ce qu'il faisait sur le chemin de l'ébrancheuse. Ils étaient dans la forêt profonde et les gars avaient dit que la veille il était tombé une petite neige. En juin, rendez-vous compte. Paraît qu'il avait fait dans la neige une tache grande comme une flaque d'eau, épaisse comme de la mélasse et rouge comme une bouche de catin.

Comme par hasard elle était là. Un ami lui avait trouvé du travail dans le bistro de ses parents en France. Elle resterait dix jours à Paris puis remonterait en train jusqu'en Bretagne et elle était venue dire au revoir à ses parents avant le grand départ.

La dame du salon funéraire fut mise au courant et elle l'accueillit dans un hall qui ressemblait à la salle de lecture de la maison de ses grands-parents. La dame avait de très belles mains avec des petits doigts fins et potelés en même temps et c'est tout ce à quoi elle arrivait à penser.

— Désolée que vous ne puissiez pas assister aux funérailles.

— Merci.

— Vous êtes de la famille?

— Oui.

— Sa fille?

— Non.

Il y eut un silence.

— Vous retournez à Montréal demain?

— Oui. Je prends l'avion pour Paris jeudi.

La dame soupira.

— Je ne suis jamais allée à Paris.

— Moi non plus.

Quelque chose n'allait pas et la dame ne le comprendrait que le surlendemain. Elle repenserait à la jeune femme assise devant la télévision à côté de son mari endormi et à son odeur capiteuse et à ses gros seins offerts au regard par l'échancrure trop creuse de sa robe. Seul le noir était de circonstance dans sa tenue. La coupe de ses vêtements et son parfum et ses cheveux et le rouge épais sur ses lèvres et l'éclat dans ses yeux exprimaient quelque chose d'interdit en ce lieu.

La dame penserait à la jeune femme et à ces beautés vénéneuses des romans policiers qui empoisonnent leurs maris pour toucher l'argent des assurances.

— Elle ressemblait à une veuve noire.

À cette idée prononcée tout haut pour elle seule seraient attachées mille questions et à ce moment la seule personne capable d'y répondre volerait trente mille pieds au-dessus de l'Atlantique.

Le thanatologue se tenait juste à côté de la table d'embaumement lorsque la veuve entra. Il se tourna pour lui faire face et dit :

— Mes sympathies, mademoiselle.

Elle ne répondit pas.

Il avait préparé un discours pour l'avertir. Ou bien il le dit mal ou bien elle n'écouta pas ou bien il n'y avait aucun moyen de lui faire changer d'avis parce qu'elle dit :

— Je veux le voir.

L'embaumeur soupira. Il accrocha le drap par l'ourlet et le replia jusqu'à montrer le cadavre à la moitié du buste. La veuve n'eut pas un mouvement pas un geste pas un tic.

— Je veux rester un peu avec lui.

— Ça va aller ?

— Oui.

Elle demeura, seule, à côté du mort.

Ça ne ressemblait même plus à un cadavre. On devinait que c'était un corps à la courbe du cou et de l'épaule à gauche. La même ligne s'interrompait à droite. La même ligne se disjonctait et se disloquait et se tordait à droite. Le reste était un casse-tête monté sur l'étal d'un boucher. Le reste était une sculpture faite avec une plaie ouverte avec des chairs mutilées avec des lambeaux de peau gris couverts d'hématomes jaune et noir.

Devant la charogne, elle sortit de son sac une feuille pliée en quatre. Elle l'ouvrit avec soin. La feuille était tapissée d'une minuscule écriture rouge. Elle s'éclaircit la gorge et replia la feuille et se mit à parler en la gardant moite au creux de la main.

— Je suis venue te dire que je suis contente que tu sois mort. Je sais que tu n'as pas fait seulement des mauvaises choses dans ta vie mais je suis contente quand même et jamais jamais je ne me sentirai coupable pour ça. Quand j'étais petite durant la catéchèse madame Verreault nous parlait du bon Dieu qui était le père du petit Jésus et nous remettait toutes nos fautes et pardonnait tous nos péchés. Il y avait une Bible chez grand-maman. Plus grosse que le Nouveau Testament qu'ils donnaient à l'école. Dedans il y avait des histoires du temps d'avant Jésus et dans ces histoires-là Dieu ne ressemble pas au père Noël. Il impose à tout bout de champ des interdits bizarres et il se prend d'horreur pour à peu près tout ce que font les hommes. Il leur demande de laver toutes leurs fautes dans le sang et de trancher les mains des voleurs et de lapider les femmes infidèles. J'ai demandé à madame Verreault comment ces deux Dieu-là pouvaient habiter dans le même livre et qui avait décidé de les faire passer pour un seul. Le catéchisme n'a pas de réponses toutes faites pour des questions comme ça. Elle a fait de son mieux. Elle a dit que Dieu avait toujours voulu pacifier le monde et que pour ça il avait dû se montrer longtemps très dur pour refouler tout le mal qui pullule dans le cœur des hommes. Dieu avait fait semblant d'être terrible avant d'envoyer son Fils nous révéler qu'il était amour. Pour notre bien. Un peu comme mes parents qui m'aimaient devaient me punir quand j'étais vilaine. C'était bien essayé mais j'étais déjà assez maline pour reconnaître une explication trop commode. J'ai gardé ça en tête longtemps et j'ai finalement compris des années après. À cause de toi. Ce n'était pas la première fois que tu venais à moi mais c'était la première fois que tu m'as dit que tu m'aimais. C'est là que j'ai compris. Dieu t'aimait comme moi. Il nous aimait tous les deux, il nous aimait étranges compagnons de lit toi gros bonhomme et moi enfant, il aimait tes mains sur moi et ton linge plein de sueur, il aimait mes pieds froids et mon nez glacé, il aimait tes tourments passés autant que les miens futurs. C'est là que j'ai compris, je te dis. Dieu est amour et c'est pour ça qu'il est terrible. On ne peut pas vivre en sachant ça. On peut juste saccager sa vie et saccager son corps et repousser les autres et blesser les autres. On peut juste être mal et j'ai été mal tout le temps et c'est de ta faute et de la faute du Dieu stupide qui t'a aimé comme il m'a aimée, du Dieu qui t'a aimé gros chien sale et qui m'a aimée petite fille abîmée. Aujourd'hui je suis bien.

Je sais qu'un Dieu écoute les prières de meurtre et je sais qu'étendu à côté de moi tu étais une abomination pour lui. Je suis venue te dire que ça ne me dérange pas si Dieu a séparé ton âme en deux pour ramener la bonne moitié auprès de lui. Ça ne me dérange pas si Dieu était avec toi pendant que l'ébrancheuse te déchirait en deux parce que maintenant que tu ressembles à ça, moi aussi je te pardonne.

La veuve déposa un baiser humide sur le front à moitié arraché du mort et essuya au coin de ses yeux des larmes qui n'étaient pas là et sortit de la salle d'embaumement et du salon funéraire et dormit chez ses parents et prit l'autobus jusqu'à Montréal où elle arriva avec l'odeur des cadavres encore collée aux narines et au palais. Elle connaissait cette odeur-là. Elle l'avait sentie souvent du temps qu'elle aidait son grand-oncle à creuser les tombes au cimetière du village. Parfois ils creusaient une fosse pour ensevelir une femme au-dessus de son époux et elle avait peur à chaque coup de pelle de défoncer le bois pourri du cercueil. La terre autour d'eux empestait la décomposition et le soir elle ramenait à la maison une odeur de mort que ses sœurs venaient renifler incrustée dans ses cheveux et qui ne disparaissait qu'après de longs bains brûlants.

Elle travailla plus tard dans des cuisines de restaurant et ramena sur elle des odeurs de viande crue et de cuisson et d'épices et d'ail qui ne disparaissaient jamais vraiment mais au moins c'étaient des odeurs de vie et Paul disait en riant qu'il avait l'impression de faire

l'amour à un agneau braisé. Lui travaillait à la bibliothèque de l'université. Elle aurait aimé sentir sur sa
peau l'odeur fraîche des livres qu'ils achetaient chez les
libraires ou l'odeur rance des livres qu'ils dénichaient
chez les bouquinistes mais les livres ne laissent pas
d'empreintes semblables sur les gens et elle ne trouva
jamais sur lui aucune odeur de vieux papier ni aucune
odeur de papier neuf.

C'est Paul qui vint la reconduire à l'aéroport le jeudi.

Ils restèrent dans l'auto à regarder les gouttes de
pluie glisser comme des limaces sur le pare-brise. À un
moment elle demanda :

— Qu'est-ce qui va arriver avec nous deux ?

Paul tint longtemps sa main en regardant devant
lui. Elle savait qu'il ne l'embrasserait pas.

— On en parlera à ton retour.

— Peut-être que je ne reviendrai pas.

Il fit semblant de chercher quelque chose dans les
poches de sa veste.

— Viens. On va débarquer tes valises.

La veuve but trois Perrier dans l'avion en pensant à sa
vingtaine tout effilochée. Pendant des années elle avait
suivi sans réfléchir les lumières au-dessus de la porte
des bars qui invitent à entrer comme les petits oiseaux
étourdis par le masco se précipitent contre leur propre

image sur la fenêtre. Après il y avait eu Paul et toutes ces années où elle l'avait aimé à en avoir mal au cœur, à n'en pas dormir de la nuit. Elle travaillait à l'époque dans un quartier assez dur. En finissant vers deux heures du matin elle appelait Paul du bistro pour qu'il vienne à sa rencontre. Ils s'apercevaient de très loin l'hiver au milieu des tempêtes de neige et sur quelques centaines de mètres ils apparaissaient et disparaissaient au regard de l'autre dans de grands nuages de poudrerie qu'ils soulevaient eux-mêmes. Ils s'embrassaient et revenaient chez eux et sortaient le froid de leurs os en frottant les uns contre les autres leurs membres transis et en épousant de tout leur corps la chaleur et la peau de l'autre. Il fallait être très pauvres et désespérés pour s'aimer comme ça et il y avait quelque chose de rassurant à savoir qu'elle ne retournerait jamais là-bas. Les comptes se payaient facilement et les grandes douleurs adolescentes s'étaient taries en elle. Elle était pour toujours à l'abri de la tourmente mais elle en payait le prix.

À ceux qui restent en dedans quand il fait mauvais dehors le grand amour est interdit.

Elle regarda par le hublot les nuages qui n'avaient pas la même allure vus d'en haut que vus d'en bas. Par en dessous ils étaient courbes et faisaient des moutons ou des collines ou des visages. Par en haut ils étaient lignes brisées et faisaient des arches et des rues et des façades et à un moment elle se dit que les choses auraient été différentes avec Paul s'ils avaient pu habiter une de ces villes dans les nuages. Bientôt les pâturages d'Irlande apparurent à travers le hublot et jusqu'à Orly elle regarda l'Europe se dessiner comme une carte grandeur nature et ne pensa plus à rien.

À Paris, décalée, elle prit possession de l'appartement qu'elle avait loué pour la semaine. C'était un deux pièces meublé, avec kitchenette, salle de bain et loggia fleurie, haut perché dans une tour à logements du onzième. Dans l'après-midi elle remonta l'avenue Philippe-Auguste et le boulevard de Ménilmontant jusqu'au Père-Lachaise. Elle déposa un baiser gras sur le monument d'Oscar Wilde, resta longtemps devant la tombe d'Édith Piaf et médita au-dessus de la dépouille sans cœur de Frédéric Chopin. Le lendemain elle visita Notre-Dame et vit deux amoureux allumer un cierge, en se demandant ce qu'ils pouvaient bien se promettre. Elle remonta ensuite la Seine, traversa au pont Royal et s'arrêta au musée d'Orsay, où elle s'attarda devant *Le déjeuner sur l'herbe* pour détailler les courbes de cette jeune femme nue qui, Paul l'avait remarqué souvent, lui ressemblait beaucoup.

Elle dîna seule et rentra à l'appartement avec une masse sur la poitrine. Elle avait envie de pleurer et respirait mal. Elle avait étouffé fillette dans son village, elle avait étouffé jeune femme à Montréal et elle étouffait maintenant veuve joyeuse dans la capitale du monde. Elle se coucha avec en elle, en gestation, le malaise qui parfois l'empêchait au matin de sortir de chez elle et même de s'extirper des couvertures.

Elle fut réveillée au lever du jour par le tonnerre. Quand elle sortit du lit, elle vit par la fenêtre que la ville était envahie par le brouillard et recouverte d'une couche opaque de nuages gris. Plus tard des sirènes hurlèrent au milieu de l'orage pour annoncer midi. Les sirènes dataient de la guerre et on aurait dit qu'elles annonçaient une invasion. La pluie s'abattait sur la ville en éclats de shrapnell et la veuve la regarda tomber toute la journée depuis la loggia.

Elle vit la structure d'acier de la tour Eiffel se dissoudre en une silhouette anthracite puis s'évanouir complètement. Elle vit la pluie engloutir le Panthéon, la tour Montparnasse et Notre-Dame. Elle vit la butte Montmartre et le Sacré-Cœur être emportés comme des arbres morts par la crue d'une rivière.

Elle pensa : voilà exaucés les rêves sauvages.

Les Romains et les barbares avaient voulu la destruction de Paris, les Anglais avaient jonglé avec l'idée pendant cent ans et Hitler l'avait rêvée de toute son âme noire, sans se douter que l'homme chargé de raser la ville se révélerait plus fidèle aux splendeurs de Lutèce qu'à tous les svastikas de Berlin.

Pendant des millénaires, ils avaient échoué.

Pendant deux heures la veuve resta entre ciel et terre et regarda la pluie effacer Paris.

Le lendemain elle se leva, prit une douche et descendit au tabac pour acheter des Gitanes Blondes et un café crème. Il faisait chaud. Il ne restait rien de l'orage, sinon une humidité pesante qu'exhalaient les pavés. Elle remonta chez elle pour se changer et rencontra dans l'ascenseur un vieil homme qui habitait le même palier. Ils se saluèrent. C'était un monsieur gentil, qui portait un épais veston en corduroy et de grosses lunettes en écaille. Il aurait dû avoir une pile de livres sous le bras, mais il portait des disques, des vieux trente-trois tours de jazz. Dexter Gordon, Miles Davis, Sonny Rollins.

— Vous louez l'appartement des Becqueret ?

— Non, répondit-elle, j'habite ici.

— Vraiment ? Vous emménagez ?

Elle sourit.

— J'ai toujours habité ici.

Le vieil homme la regarda, perplexe, puis il sourit à son tour.

— C'est vrai, vous avez raison.

La porte de l'ascenseur s'ouvrit. Le vieil homme ajouta :

— Et si je peux me permettre, mademoiselle, depuis le temps : vous avez toujours raison.

En revenant d'un apéro chez des amis quelques jours plus tard, la veuve tomba sur un écrivain médiatisé attablé avec une jeune femme devant une assiette à moitié vide. Elle le dévisagea à travers la vitre comme

devant un écran, sans se rendre compte de ce qu'elle faisait, jusqu'à ce qu'il lève vers elle un regard agacé.

Elle sursauta, éclata de rire et partit à grands pas.
C'est l'impression la plus tenace que lui laissa la ville.
Paris était un grand zoo où l'on enfermait les intellec-
tuels derrière les vitrines des cafés.

Il était temps maintenant de monter vers le Nord.

Foyer des loisirs
et de l'oubli

ARVIDA II

MA GRAND-MÈRE la mère de mon père disait souvent :

— Y a pas de voleurs à Arvida.

Les Américains ont bâti la ville en cent trente-cinq jours à côté de l'usine d'aluminium. Il n'y a rien eu dans les alentours pendant deux cents millions d'années, ensuite il y a eu l'usine Alcan et après, cent trente-cinq jours après, une ville. Les mauvaises langues disent que les Américains se sont décidés à ne plus traiter les ouvriers comme du bétail seulement après la grève de 1941, mais mon père et d'autres disent que c'est un mensonge.

Il n'y a qu'à voir.

Les Américains ont laissé les quatre paroisses se bâtir autour d'églises gigantesques et se sont contentés de deux chapelles, l'une évangéliste l'autre anglicane, deux petites chapelles en brique rouge, l'une à côté de l'autre, devant l'école Notre-Dame-du-Sourire et à côté de l'école Riverside, sur le boulevard Saguenay. Le dessin labyrinthique et sinueux des rues de la ville, la proximité des maisons des patrons avec celles des contremaîtres et des ouvriers, les grands parcs à chaque carrefour et cet encadrement des lieux de culte par deux écoles et une patinoire, tout à Arvida le disait : cette ville modèle était la petite utopie d'un milliardaire philanthrope, montée de toutes pièces au beau milieu de nulle part. On en avait fait tracer le plan en sachant bien que les garçons des patrons joueraient au hockey et au baseball avec les fils des autres, que les filles des uns feraient leurs devoirs avec celles des autres et que tous, garçons et filles, dormiraient peut-être un jour dans le même lit*.

C'est comme ça qu'on voyait la ville dans ma famille et, même aujourd'hui, il est difficile d'en faire démordre mon père. En 2004, ils ont passé un reportage à la télévision pour parler d'un anniversaire quelconque, et des discussions pour que la paroisse originale de Sainte-Thérèse soit déclarée patrimoine mondial de l'Unesco. Il y avait la vieille madame Tretiak, femme d'ouvrier, qui prétendait que, dans la petite maison où elle habitait

---

* Il faut bien avouer, cependant, que cette vision a quelque chose d'embelli. Dans le dessin original de la ville, avant que ne soient fondées les paroisses et que les sols ne soient pleinement occupés, le quartier dit «des Anglais» et celui dit «des ouvriers» étaient construits à bonne distance.

avec son mari et leurs huit enfants, les bâtisseurs de l'Alcan avaient lésiné sur l'isolant. Elle disait qu'au plus fort de l'hiver les murs se recouvraient d'une épaisse pellicule de glace. Quand un de mes amis en visite lui a raconté ça, mon père a écarté l'argument du revers de la main.

— Les murs de la maison gelaient parce que la bonne femme Tretiak ménageait sur le chauffage. Je te gage un vingt qu'elle arrachait l'isolant des murs elle-même pour renforcer la doublure des manteaux. Elle ménageait sur tout, madame Tretiak. Son mari buvait quasiment toute sa paye pis la moitié de celle de son frère Lacordaire. Il lui laissait deux piastres par semaine pour le linge, l'épicerie pis les comptes pis elle réussissait à en serrer quand même pour les mauvais jours.

Arthur Vining Davis l'a rêvée et lui a donné pour nom l'acronyme des deux premières lettres de son prénom et de ses patronymes. Andrew Mellon l'homme le plus riche du monde en a financé la construction. Des hommes l'ont dessinée et d'autres l'ont bâtie et les employés de l'Alcoa et de l'Alcan l'habitent depuis.

Périodiquement, on évoque l'intronisation éventuelle de la ville au patrimoine mondial de l'Unesco. Je pense qu'ils en parlaient en la construisant. C'est même un running gag entre mon père et moi. Quand on passe devant une maison arvidienne envers laquelle les années n'ont pas été tendres, un duplex dont les propriétaires ont peint leur moitié de couleurs différentes ou un gazon entretenu avec laxisme, l'un de nous deux dit :

— Celle-là, y seraient mieux de pas la montrer aux gars de l'Unesco.

Ils ont recommencé avec ça, en 2010. En entrevue, Carl Dufour, un conseiller municipal, a déclaré :

— Sans Arvida, les Allemands auraient peut-être gagné la guerre.

Affirmation grotesque qui avait au moins un mérite : celui d'être la plus exorbitante exagération de l'histoire d'une ville qui a pourtant vu naître mon père. Il est vrai qu'à peu près tout l'aluminium qui entrait dans la composition du fuselage des avions alliés était construit à l'usine Vaudreuil. Les installations furent protégées pendant une bonne partie de la guerre par des batteries antiaériennes qui faisaient d'étranges totems sur la pelouse autour des bâtisses. Bien entendu, Arvida n'était ni Pearl Harbor, ni Londres, ni même Dresde. Les Japonais et les Allemands auraient eu pas mal de chats à fouetter, sur les steppes de Russie ou dans la grande poudrière du Pacifique, avant de venir troubler la tranquillité inquiète des gens d'Arvida*.

Je comprends bien sûr ce qu'a voulu dire le conseiller Dufour, mais il me semble qu'en voulant exhumer

---

* Un autre mythe arvidien se trouve, par le fait même, déboulonné : on a raconté longtemps que le dessin original de la ville avait été planifié dans le but de tracer à même le sol les lettres A-R-V-I-D-A visibles du ciel. Un tel projet, impliquant de tracer un bout de mappemonde à même le monde, dans l'imagination aux aguets des urbanistes de l'entre-deux-guerres, aurait été impensable.

l'importance historique méconnue de la ville, il en a profondément dénaturé l'essence.

Arvida n'a jamais été une ville au cœur de l'histoire, mais un lieu rigoureusement en dehors. Il n'y avait pas de voleurs à Arvida, enfin pas beaucoup, mais il y avait là, attirés par la richesse du pays, voire réquisitionnés par ses laboratoires, des Américains, des Anglais et des gens des quatre coins de la terre.

De Russie venaient les Marinoff, dont l'une des filles, Sonia, est ma marraine.

D'Italie étaient venus le machiniste Dan Belladonne, Brian Santoni du bureau-emploi, le restaurateur Amato Verdone et le bonhomme Zampieri, qui posait du marbre et du terrazzo et qui était le grand-père des frères Bourque.

De Pologne venaient Matt Barkovitz, le mécanicien Joe Pollock et le voisin de mes grands-parents monsieur Belinak.

De Hollande était venu le chimiste Neil Van Dalen.

De Grèce venaient Gus Tectonidis et l'ami de la famille Vic Kostopoulos.

Du Japon venait Frank Watanabe l'ingénieur. Apparemment, il n'était pas le seul : une photo de l'entre-deux-guerres montre l'ancien bureau de paie de l'usine, une cabane qui ressemblait à une gare dans un vieux western avec devant, pendu au vent au bout de deux chaînes, un écriteau où les mots BUREAU DE PAIE étaient écrits en français, en anglais et avec des kanjis.

De Catalogne était venu Jordi Bonet, le temps seulement de réaliser une grande murale sur la façade de l'hôtel de ville.

Des pâturages d'Irlande et des landes d'Écosse venaient, allez donc les démêler : l'autre famille Archibald, les Burrows, Terry Locke, Neil Balcon, Reidy Smith de l'orchestre Arvida, les Duffy, les O'Dorthy et les Fountain, Teddy Hallahan, Stephen Lee (le père de Peter Lee) et l'habile menuisier Médéric McLaughlin, père de Popeye McLaughlin et de quatorze autres enfants qui se ressemblaient tous comme des gouttes d'eau.

J'en oublie, évidemment. Tous ces gens étaient venus à Arvida attirés par une version nordique de l'El Dorado, un rêve américain délocalisé de quelques milliers de kilomètres. Ils étaient venus pour oublier des choses bien souvent et jamais, au grand jamais, pour se souvenir de quoi que ce soit. Et surtout pas d'une guerre.

Une autre histoire de larcin paternel illustre ce principe de manière catastrophique. Mon grand-père, contremaître en peinture, était chargé d'achats et recevait parfois chez lui la visite de monsieur Addams, un représentant en produits de rénovation industriels. Monsieur Addams était un grand gaillard gallois, blond aux yeux bleus, assez beau mais avec des dents de cheval. Il arrivait les bras chargés d'alcool, de gros gin surtout, et soupait avec la famille et le voisin polonais monsieur Belinak qui trouvait toujours le moyen de s'inviter.

Après le souper, les enfants étaient rapidement envoyés au lit et ma grand-mère remerciée de ses services et libre, pour une fois, d'aller relaxer dans le sous-sol devant la télévision. Mon grand-père, monsieur Addams et monsieur Belinak palabraient alors jusqu'à très tard et jusqu'à épuisement total des stocks de fort. Pour mon père, encore tout jeune, ces soirées étaient auréolées d'un certain mystère. Jamais il ne lui vint à l'esprit qu'on les cachait uniquement pour lui épargner le spectacle choquant de la soûlographie de son père.

Georges-Émile Archibald ne buvait pas, sauf une Porter épaisse comme de la mélasse au petit déjeuner du samedi pour accompagner ses œufs à la moutarde et, en cachette, dans le garage. Dans l'imagination débridée de mon père, ces réunions figuraient autant de conférences de Yalta en miniature. Il s'y prenait forcément des décisions importantes, pour le partage du monde libre ou sinon pour le bien des habitants des rues Moisan, Castner et Foucault.

Une fois, à l'heure où les plus vieux devaient se retirer pour lire dans leur lit et les plus jeunes pour dormir, mon père se glissa sans que personne s'en rende compte dans le buffet du grand vaisselier qui jouxtait la table de la salle à manger, s'y installa en contorsionniste et ferma la porte sur lui. Son plan ayant fonctionné, il attendit patiemment que la soirée révèle ses secrets.

En vain.

Enhardis par la boisson, mon grand-père, monsieur Belinak et monsieur Addams n'avaient rien d'autre à se raconter que des blagues cochonnes, qui auraient peut-être intéressé mon père s'il avait eu deux ou trois ans de plus. Sur l'heure, il n'y comprenait strictement rien.

Les hommes parlaient une sorte d'espéranto d'ivrognes, fait de bribes écorchées de la langue de l'autre, d'éructations et de tapes dans le dos. Mon père s'endormit, sans savoir que le loquet de la porte qu'il avait fermée sur lui le retenait prisonnier. C'était un bon loquet, apparemment, qui empêcha le déroulement logique des choses de suivre son cours. En temps normal, mon père, son poids portant de plus en plus vers l'avant comme il sombrait dans le sommeil, aurait dû faire s'ouvrir la porte et tomber par terre avec un boum devant les convives. Au lieu de ça, le loquet tint bon et c'est tout le vaisselier haut sur pattes que mon père entraîna vers la chute et qui vint se fracasser sur la table en explosant partout en éclats de bois et de verre brisé, passant près de tuer monsieur Belinak d'une fracture du crâne ou d'un infarctus. Les hommes qui s'étaient levés d'un seul bond restèrent là médusés pendant quelques secondes, avant d'entendre un enfant pleurer sous les morceaux de cet extraordinaire capharnaüm.

Généralement, l'histoire se termine ici. Mais une fois mon père a cru bon d'y ajouter cet addendum.

On était dans le bois, seulement tous les deux, et il a dit :

— Gallois de ma queue. Addams, son vrai nom, c'était Himmler ou Goebbels. Pis monsieur Belinak l'aimait même s'il avait tué tous ses frères pis toutes ses sœurs.

*

La révélation était sans doute apocryphe et un peu forcée, mais elle disait ce qu'il y avait à dire sur notre ville, à savoir qu'elle était une terre d'asile où pratiquement tout pouvait être effacé et oublié.

Arvida était une ville de deuxième chance, d'espoirs indus et de jeux, aussi.

Mes grands-parents eux-mêmes y étaient débarqués en partie pour camoufler à leur famille un secret honteux. Mon grand-père était un homme dévot qui n'avait pas dit deux blasphèmes dans sa vie. Il faisait des chapelets le soir comme une vieille dame tricote. C'était un thaumaturge à qui les amis et la famille téléphonaient de partout parce que ses prières arrêtaient les saignements, soignaient les migraines et aidaient à retrouver les objets égarés.

Le Seigneur était son berger, mais mon grand-père n'était pas fait en bois. En soustrayant la date de naissance de mon oncle Clinton du jour de ses noces à l'église Sainte-Thérèse, on obtenait quelque chose comme quatre mois et des poussières. Ma grand-mère s'est mariée ronde et mes grands-parents ont fui Beauport pour effacer la tache originelle.

Comme dit mon père :

— Ton grand-père voulait pas que personne sache qu'il y avait un peu de Raspoutine dans le frère André.

*

Mon grand-père était aussi un grand sportif et c'est sur cette base qu'on l'invita à Arvida.

C'était avant la télévision couleur et les grands réseaux, la *Soirée du hockey* et tout le tralala, à une époque où les gens devaient se procurer leur divertissement localement. Les gens d'Arvida étaient avides de sports, extérieurs comme intérieurs. On jouait au baseball et au softball l'été. On patinait l'hiver. Et, l'année durant, on pouvait jouer aux quilles, voir des matchs de hockey ou des galas de lutte au Foyer des loisirs. Dans le parc devant le grand centre sportif, on pouvait marcher en rond ou s'asseoir sur un banc autour d'un grand belvédère où jouaient des orchestres et des fanfares.

Mon grand-père fut invité par monsieur Latraverse, qui était contremaître en peinture à l'Alcan et aussi entraîneur de hockey. Durant deux ans, il joua au hockey tout l'hiver et au softball tout l'été avant d'être embauché comme peintre industriel à l'usine. À partir de là, le destin de ma famille fut intimement lié à cette ville de loisirs et d'oubli, où chacun pouvait redevenir un saint même après avoir fauté et où on pouvait briller d'une gloire sportive confidentielle en attendant qu'on nous donne une vraie job.

Pendant longtemps, tout alla bien.

Clinton naquit le 3 septembre 1947.

Hélène le 20 octobre 1949.

Lise le 11 mars 1951.

Douglas, mon père, le 17 novembre 1954.

Georges le 12 mai 1956.

Terry, mon parrain, le 25 mai 1962.

Tous étaient de bons enfants et furent élevés à aller à la messe deux fois par jour, dans le respect d'une Trinité canonique et d'une autre qui comprenait Dieu, les Canadiens de Montréal et les Yankees de New York.

La famille florissait au rythme de la ville, les enfants vieillissaient et, lorsqu'ils furent en âge, les trois plus vieux partirent étudier à l'université.

Des signes d'épuisement se manifestèrent ensuite.

À trente-neuf ans, ma grand-mère fut prise d'un inexplicable glaucome et dut être opérée plusieurs fois des yeux pour ne pas devenir aveugle. Les opérations l'affaiblirent beaucoup et devinrent de plus en plus délicates, dangereuses pour sa vie même. Des femmes de patrons et d'ouvriers apportèrent à manger durant des semaines au mari et aux enfants terrifiés.

Durant l'été de l'amour, en 1967, mon oncle Georges, âgé de douze ans, perdit une dent durant la nuit. Au lieu de l'avaler comme ça se passe dans la majorité de ces cas-là, il aspira la dent, qui lui fit un grand pinball dévastateur dans les poumons. Il passa très proche de la mort et, quand il en réchappa, ce fut pour apprendre qu'il était gravement malade des reins.

On dit que mon grand-père ne se remit jamais de ça.

Mon oncle Georges était la quintessence de la famille Archibald. Il était aussi intelligent et studieux que les filles, aussi bon communicateur que Clinton et aussi cérébral quand il s'y mettait que le benjamin Terry. Il avait le bagou de mon père et était encore meilleur que lui dans les sports*.

* Mon anecdote préférée, à propos de la gloire sportive de mon père, est aussi la première. Un jour, il a six ans et mon grand-père l'emmène à la patinoire du quartier. On met mon père dans l'équipe des bleus et il compte huit buts. Les autres parents se fâchent et rient en même temps et, après une demi-heure, on décide de le changer d'équipe. Après une pause, mon père enfile le chandail rouge, glisse sur la glace et se remet à compter des buts, comme si c'était vraiment la chose la plus facile du monde. Il y a onze autres garçons sur la patinoire, quatre qui lui font des passes maladroites, cinq qui essayent de l'empêcher de marquer, un gardien qui s'ennuie et un autre qui comprend de l'intérieur comment se sent une perdrix le jour de l'ouverture de la chasse. Il y a onze autres garçons sur la glace, sur lesquels plombe un beau soleil d'hiver, et on dirait que mon père est là tout seul, à la tombée de la nuit, en train de pratiquer son coup de patin et ses tirs au but.

Mon grand-père ruisselle de fierté. Il dit à tout le monde «C'est mon fils.» Il rougit, bafouille quand d'autres pères le félicitent, il a la même expression que ce soir de printemps où il est allé cogner à la porte de chez ma grand-mère, à Beauport, ma grand-mère qui habitait chez ses parents, et lui qui cogne avec son petit bouquet de marguerites de rien du tout. Il a la même expression que quand elle a dit «Oui, je veux bien, allons marcher.» Exactement la même, sauf qu'il a vieilli.

Après un moment, les autres garçons commencent à en avoir assez et, au grand dam de leurs pères, ils se mettent à se conduire comme des enfants. Un petit blond commence à chigner comme une mauviette parce que mon père l'a fait trébucher en lui dérobant la rondelle pour la quatrième fois. Un autre pète une crise parce qu'il n'arrive pas à y toucher, à cette satanée rondelle. Il est dans la même équipe que mon père, pourtant, et, dans les gradins,

Il est toujours de sinistre augure pour une lignée de voir le sort s'acharner sur son représentant le plus illustre. Le vent tournait, c'est clair, mais personne ne voyait rien. Quand il sortit de l'hôpital, Georges s'enferma dans sa chambre et se fit descendre dans son fauteuil pour aller passer, haut la main, les examens du Ministère, rattrapant en quelques mois la matière perdue sur pratiquement deux ans. Il retourna ensuite

on ne voit pas de quoi il se plaint. Il essaye de briser son bâton en le frappant sur la bande, sans succès, alors il le lance le plus loin qu'il peut, sort de la patinoire en basculant sur ses patins et refuse de revenir sur la glace.

Au huitième but des rouges, on décide d'arrêter les frais. Tous les pères se sont bien amusés, tous les enfants partent en boudant. Mon père y compris.

Il boude en rentrant avec son père et son grand frère, il boude encore à la maison, assis à la table de la salle à manger, pendant que mon grand-père et mon oncle racontent ses exploits au reste de la famille, détaillant ses seize buts un à un avec la précision et la verve de présentateurs radio. Il reste les bras croisés, les lèvres serrées. Ma grand-mère pose devant lui une assiette remplie à ras bord, fumante, qui sent bon mais qu'il regarde comme si elle était remplie de gravier. Quand ma grand-mère, qui fait semblant de ne pas remarquer son manège depuis un bon quart d'heure, revient vers la table avec deux autres assiettes, elle lui demande :

— Dougie, veux-tu bien me dire qu'est-ce que tu as à faire du boudin ? Tu as compté seize buts cet après-midi. Combien il en faut pour que tu souries ?

— Oui, je sais, maman. J'ai compté seize buts. Mais j'ai pas gagné.

Dans notre lignée depuis, on remarque une nette tendance à préférer les défaites même catastrophiques aux matchs nuls.

dans sa chambre cinq mois et, pour faire mentir les docteurs qui avaient dit qu'il ne remarcherait jamais, il descendit les escaliers tout seul à Noël et réveillonna sur ses pattes. À bien des égards, il était devenu la résilience de la famille Archibald.

Aussi, même si la malédiction était sur eux, mes grands-parents crurent-ils que tout allait s'arranger. Georges se remettait. Leurs plus vieux enfants commençaient à avoir des enfants. À même pas vingt-cinq ans, mon père, le plus typiquement arvidien du lot, faisait de l'argent comme de l'eau avec ses boutiques BoJeans et ses paris de golf. Il était propriétaire d'à peu près la moitié des équipes de hockey et de baseball de la ville. Deux fois par semaine, il montait avec Georges à Québec pour sa dialyse. Il le laissait au CHUL, filait jusqu'à Montréal pour aller chercher des jeans aux entrepôts, puis revenait au Saguenay en attrapant Georges en chemin. Pour faire son intéressant, il ramenait du parc des Laurentides des histoires terrifiantes d'autostoppeurs aperçus aux heures blêmes du matin ou de lumières étranges dans le ciel.

*

Il est important de le souligner : de cette ville dont je chante les années de gloire, je n'ai connu moi-même que le déclin et le déclin de ma famille dedans.

En 1978, l'année de ma naissance, on fusionna Arvida à Jonquière administrativement. Le dessin des lieux restait le même, mais leur statut changeait.

Arvida, ville fermée et ville modèle, n'existait plus.

La même année survint l'apothéose et le chant du cygne de la ville, brève éclaircie au cœur de sa décadence entamée.

Pierre-Paul Parent, alias Pitou, l'âme damnée de mon père et pour ainsi dire mon oncle, organisa avec le représentant O'Keefe Roland Hébert une joute de hockey qui devait opposer les Anciens Canadiens aux étoiles de la ligue commerciale d'Arvida. Pitou était propriétaire de la Station, un bar fashionable à l'époque qui occupait une belle bâtisse de la rue de Neuville qui avait été jadis la gare d'Arvida et qui est aujourd'hui un salon funéraire.

Dans les rangs adverses s'alignaient Jean-Guy Talbot, Henri Richard, Claude Provost, Gilles Marotte, Ken Mosdell et bien d'autres. Les filets étaient gardés, il me semble, par l'ancien gardien des Rangers Gilles Villemure. L'entraîneur et gérant de l'équipe, qui durant ces rencontres exhibitions officiait en tant qu'arbitre, était Maurice Richard, dit le Rocket. Pitou s'accorda le poste de marqueur et d'annonceur maison.

Les joueurs d'Arvida n'étaient pas des pieds de céleri. Tous avaient joué au moins jusqu'au junior, y compris mon père qui ne jouait plus dans ce temps-là parce qu'il était blessé au genou et que ma mère était enceinte, mais dont la légende familiale disait qu'il s'était fait casser le nez par Guy Lafleur au camp des Remparts quelques années plus tôt.

Parmi eux, Yvon Bouchard avait joué en Europe, et Mauril Morissette et Réjean Maltais dans la ligue américaine. Germain Gagnon avait fait le camp des Islanders de New York. Tous incarnaient la mémoire fragile d'un temps où l'état des forces n'était pas encore déterminé, où au fin fond des campagnes évoluaient des sportifs discrets aussi bons, voire meilleurs, que ceux des capitales.

Une grande page d'histoire régionale s'était d'ailleurs écrite en février 1910, quand le club de hockey Canadien était venu disputer une rencontre exhibition contre le Chicoutimi Hockey Club. Les Canadiens, menés par les francs-tireurs Didier Pitre et Newsy Lalonde, furent incapables de marquer un seul but contre le légendaire Georges Vézina. Ils perdirent 11–0 et repartirent la queue entre les jambes avec un prix de consolation de taille : Vézina lui-même, qui garda leurs filets pendant seize saisons pour ensuite mourir, comme ça, d'une quinte de toux, avant même d'avoir soufflé quarante bougies.

Bien sûr, personne n'allait repartir avec le grand club après la rencontre au Foyer des loisirs. Les rêves de gloire étaient passés et les Anciens Canadiens, de toute façon, n'étaient même pas venus en autobus. Ils étaient descendus en procession, à quatre dans des grosses Buick avec une Molson entre les jambes. Ce n'était pas une raison pour courber l'échine, bien sûr. Et ce n'est pas par hasard si l'Arvidien qui mena l'assaut était lui-même gardien de but et sans doute celui qui avait passé le plus près d'une carrière dans la grande ligue. Claude Hardy avait joué dans l'AHL pour les Kings de Springfield et les Americans de Rochester, fait plusieurs matchs dans la LNH, mais avait décidé de troquer ses rêves de gloire pour l'amour d'une femme et la job de pompier que lui avaient trouvée son père et un curé.

Il aimait toujours la femme et la job, mais la gloire lui manquait. Dès le début de la joute, disputée devant trois mille personnes au Foyer des loisirs, Hardy préconisa un style ultra agressif aux limites de la débilité mentale, pas étranger à celui de Gerry Cheevers ou à celui que populariserait plus tard Ron Hextall. Il sortait de ses goals comme un Apache, patinait loin vers la zone neutre pour relancer l'attaque et envoyait avec son bâton des grands coups de hache à quiconque s'approchait trop de son filet.

Surtout, il goalait. Les tirs que les Anciens Canadiens en mode vacances dirigeaient vers lui finissaient dans sa mitaine, sous ses jambières, déviés dans les estrades, n'importe où sauf dans les buts.

À la fin de la première période, la marque était de 3–0 pour Arvida. Hardy semblait avoir rallumé chez ses coéquipiers un feu éteint. La foule entassée était en liesse et les Canadiens ne savaient pas trop ce qui leur tombait dessus. Ils étaient venus pour s'amuser et pour le souper gratis. La plupart jouaient nu-tête avec les cheveux bien lisses pour émoustiller les beautés locales et peut-être en ramener une dans leur chambre au motel Richelieu. Maintenant, ils avaient la tignasse en bataille et ils saignaient du nez.

Ça leur déplaisait, comme ça déplaisait au Rocket et à Pitou, qui n'avait pas réussi à attirer à Arvida des légendes du sport pour les laisser se faire tabasser. Il enguirlanda les joueurs dans le vestiaire durant le premier entracte, en leur rappelant qu'on voulait remplir l'aréna pis remplir son bar après, qu'on voulait une belle fête pis de l'argent pour financer la ligue, pas l'ostie de massacre de la Saint-Valentin.

Il finit par dire :

— Come on. Ces gars-là, c'est nos héros.

Et c'est là que Hardy, qui était assis penché et fixait un point sur le sol entre ses jambières, hyper concentré, leva les yeux vers Pitou et répondit :

— Héros de ma queue*.

Personne n'ajouta rien et Pitou sortit de la chambre en sacrant.

La deuxième période fut plus difficile pour les étoiles d'Arvida, qui saignèrent du nez à leur tour. Les Habs s'étaient réveillés et le Rocket, à l'arbitrage, se montrait bien avare de son sifflet tandis que ses anciens coéquipiers étampaient les locaux dans la bande. Pitou lui-

---

* Il est courant à Arvida, dans l'entourage un peu canaille de mon père en tout cas, de remplacer le traditionnel «de mon cul» par «de ma queue». Il y a dans le dégoût dont on charge l'expression la conscience de ce que l'appendice en question est à la fois la seule chose qu'un homme possède en propre et la source de tous ses malheurs. Une variante intéressante consiste à remplacer le possessif «ma» pour un «ta» et à terminer la phrase de quelqu'un d'autre, le plus souvent pour couper court à toute forme de vantardise.

— Ça va bien au travail, Jean-Guy ?

— Oui, très bien. Ils viennent de me nommer gérant.

— De ta queue.

même, au marquage, distordait le temps à volonté à l'avantage des légendes, écoulant leurs punitions à toute vitesse et laissant s'éterniser celles de ses compatriotes récalcitrants.

Les Arvidiens tenaient bon cependant. Hardy tenait bon surtout. Il accorda trois buts, mais arrêta un nombre improbable de tirs véloces tout en chauffant la foule à blanc. Il soulevait les bras en l'air et saluait. Quand l'action se transportait dans l'autre zone, il sortait un peigne de sous sa mitaine et se refaisait la raie au côté comme un petit voyou. Les gens hurlaient de rire. Vers la quinzième minute de la deuxième période, Henri Richard partit en échappée pendant que Hardy se livrait à ce manège. Hardy laissa venir Richard à lui sans remettre son casque, la tête à l'air comme un guerrier d'autrefois. Richard attendit d'avoir atteint la distance idéale et décocha un lancé frappé fracassant que Hardy attrapa une nanoseconde plus tard en décrivant un grand arc de cercle avec son bras. La rondelle s'écrasa dans son gant avec un plouf creux, comme une giclée de chevrotine tirée dans un oreiller.

C'est là que Hardy commit le geste le plus saguenéen que j'aie vu de ma vie. Courageux, grandiose, arrogant et, au final, totalement imbécile. Avant même que l'arbitre ait pu siffler, Hardy relâcha la rondelle et la fit glisser vers Richard, comme pour dire «Tiens, essaye autre chose.»

Henri Richard mit deux ou trois secondes à comprendre la portée du geste, après quoi il fonça sur Hardy en laissant tomber ses gants sur la glace. L'échauffourée se fit générale et, pendant que la foule manifestait bruyamment son excitation, Maurice Richard dit le Rocket patina jusqu'à la cabine de marquage, à côté du banc des punitions, et dit à Pitou :

— Heille. On fera pas rire de nous autres icitte.

Les Habs en mirent un autre après la bataille, alors on rentra au vestiaire à 5 à 4 pour les locaux. Pitou s'excusa encore auprès de Maurice et rejoint les joueurs dans la chambre, très confiant. Il avait son plan.

Le gardien substitut des étoiles d'Arvida était Rémy Bouchard, concierge de la polyvalente et tavernier. Il occupait le poste à titre honoraire parce qu'il rendait de grands services à la ligue et à l'équipe. C'était un gars drôle et apprécié de tous. On dit de lui qu'il pouvait boire une caisse de douze en moins de quarante-cinq minutes et qu'il gardait son équipement de goaler toute l'année durant dans la boîte de son pick-up, lequel équipement sentait en conséquence le moisi et la pisse de chat. De sa vie, cependant, il n'arrêta jamais grand-chose, ni rondelles ni ballons de plage.

Pitou convainquit les joueurs que c'était Rémy qui devait garder les buts en troisième période devant ses idoles de jeunesse. L'idée ne fut pas difficile à vendre parce que tout le monde aimait Rémy et en avait soupé des grands sparages à Claude Hardy.

La troisième période débuta donc avec Rémy Bouchard dans les goals et personne sur le banc à la place du gardien. Resté au vestiaire, Hardy était rentré sous la douche.

Les Habs l'avaient mauvaise et tout le monde se doutait bien que l'exploit des étoiles de la ligue commerciale tirait à sa fin. Dès la mise au jeu, les Canadiens s'emparèrent de la rondelle. Talbot entraîna Bouchard comme un bleu vers sa droite et envoya une belle passe d'un coup vif sur sa gauche à Henri Richard. Celui-ci décocha vers l'enclave déserte un tir pas moins foudroyant que celui qu'il avait télégraphié à Hardy en deuxième.

Une chose étrange se produisit alors.

Avec une grâce de cygne, Rémy Bouchard opéra un déplacement latéral d'une improbable fluidité vers sa gauche, tendit le bras en son extension maximale et intercepta la rondelle du bout de la mitaine. Dans l'amphithéâtre, le silence était total. Bouchard ramena sa jambe droite derrière sa jambe gauche et se redressa bien digne pour faire face à la foule dans une pose qui évoquait plus l'escrimeur que le gardien de but. Les applaudissements se déchaînèrent et Pitou Parent à côté du banc des punitions se frappa la tête sur le comptoir en murmurant « Ah câlice. »

Maurice Richard vint le trouver une dernière fois pour lui crier après :

— Vous nous avez fait venir juste pour nous écœurer, finalement.

Et Pitou, qui rêvait de rencontrer l'homme depuis qu'il était tout petit, presque malgré lui, avec tristesse, s'entendit répondre :

— Au pire, le Rocket, va donc chier.

J'ignore comment, la chose qui brûlait en Hardy

s'embrasa chez Rémy. Lui qui était un gardien au mieux médiocre se mit à arrêter des rondelles avec son masque, avec ses fesses, avec ses mollets, avec son dos et avec ses coudes. Il bloquait les tirs en essayant de les éviter, les bloquait en tombant par terre, les bloquait en regardant au ciel pour prier qu'on les lui épargne. À un moment, Yvon Bouchard s'est tourné vers son frère Laurent et a dit :

— Ostie. On va gagner.

Et ils gagnèrent effectivement. Les Canadiens dirigèrent vingt-trois tirs sur Rémy en troisième période, qui en laissa passer seulement deux. Ses coéquipiers galvanisés en marquèrent trois de plus.

Marque finale : 8 à 6.

Pitou, même fâché avec le Rocket, fit tout ce qu'il put pour aider ses hôtes, en étirant indûment la troisième période, laquelle, selon les estimations les plus modestes, dura cinquante-cinq minutes. À la fin, de toute façon, la bonne humeur avait repris. Avec sa performance burlesque, qui amusa même ses adversaires, qui venaient lui taper amicalement sur les jambières après chacun de ses improbables arrêts, Rémy avait fait beaucoup pour pacifier la joute.

Pitou, lui, avait fait beaucoup pour la transformer en cirque. Nous étions, je le rappelle, à la fin des années soixante-dix, et Pitou comme tout un chacun avait un léger problème de consommation. Annonceur maison et marqueur autoproclamé, il s'était dit que la petite console réservée à cet effet lui ferait une belle cachette pour boire sa bière tranquille et faire une ligne de temps en temps. En réalité, dans une agora où des centaines de spectateurs avaient sur lui une vue en plongée, la console était sans doute la pire cachette imaginable. Mais Pitou n'allait pas s'arrêter pour si peu. Il sniffa à qui mieux mieux au vu et au su de tout le monde, fit moult erreurs au tableau qu'il tardait à corriger et provoqua le départ de plusieurs parents outrés. Dès le milieu de la deuxième période, il était pratiquement inaudible et mâchait le nom des marqueurs avant d'accorder des aides à des joueurs absents, voire décédés. Confus, des vieillards dans les estrades murmuraient à l'oreille de leur voisin :

— Hein, comment ? Elmer Lach est icitte ?

Sur la glace, cependant, Canadiens et Arvidiens s'en amusaient pas mal et se rapprochèrent ainsi durant la troisième période après le départ de Claude Hardy.

On fêta fort jusqu'à très tard, légendes et étoiles ensemble. Rémy Bouchard se vit décerner la première étoile du match. Comme c'est souvent le cas des vrais héros, Hardy célébra l'exploit tout seul chez lui, exilé des célébrations de par son geste homérique et abruti. La gazette locale salua le lendemain l'ensemble de l'événement, excepté les entorses à l'esprit sportif en début de rencontre et la tenue déplorable de l'organisateur.

Une bassesse pour laquelle Pitou en voulait encore au journaliste, au jour de sa mort, le 4 décembre 2010.

*

L'année suivante, mon grand-père alla consulter le docteur pour une douleur au pouce et apprit qu'il était atteint d'une sclérose latérale amyotrophique, maladie dégénérative qui le condamnait à brève échéance. Il pleura beaucoup et passa beaucoup de temps durant les années suivantes assis dans son fauteuil à faire des chapelets. On raconte qu'un petit garçon restait presque en permanence à côté de lui et l'aidait à trouver la bonne position dans laquelle déposer sur le pouf ses jambes ankylosées. Je n'en conserve aucun souvenir, mais le petit garçon, c'était moi.

Il est mort en 1981, sans avoir manqué de rappeler à quiconque voulait l'entendre que sa condition, aux États-Unis, portait un autre nom : la maladie de Lou Gehrig. La chose qui tuait mon grand-père avait aussi tué l'homme de fer des Yankees de New York.

Ma grand-mère hérita seule de la maison et de son fils malade. Elle n'avait jamais bu une goutte de sa vie mais, en cachette, elle se mit à avaler de grandes rasades de n'importe quoi, piochées dans le bar à toute heure du jour. Je le sais parce qu'on se faisait souvent garder chez elle mon frère et moi et qu'elle n'avait plus les yeux assez bons pour me voir caché à la vaste périphérie de son regard. Elle aimait beaucoup nous garder, ma grand-mère. Elle cuisinait comme pour nous rendre obèses mais comme on était dehors tout le temps rien ne nous collait aux os. Les midis pendant l'école, on allait chez elle pour manger un sandwich en vitesse et jouer aux cartes.

Elle appelait mon frère, qui n'a pas les yeux verts, Petit homme aux yeux vert pomme. Moi, elle m'appelait l'Ange cornu.

À l'hiver de 2001, mon père s'est présenté comme échevin d'Arvida aux élections municipales. Il avait établi son bureau de campagne dans le local désaffecté de l'ancienne bijouterie Orlac, sur le carré Davis, juste à côté de la Brasserie d'Arvida. Pitou Parent occupait le poste informel de stratège et d'attaché de presse. La dernière fin de semaine avant le vote, mon oncle Clinton m'a attrapé en descendant d'Ottawa. Nous avons ramassé ensuite à Québec, en passant, mon ami Phil Leblanc. Pour Clinton, le plan, c'était d'aller faire du porte-à-porte avec mon père auprès de vieilles familles d'Arvida. Pour Phil, moi et Marc Laganière qui nous attendait sur place, il s'agissait de téléphoner aux gens de dix-huit à trente ans sur les listes qu'on était susceptibles de connaître.

Ça n'a pas très bien marché et ce n'est pas une histoire que j'aime raconter. Il faisait un temps morne de fin d'hiver, les gazons étaient jaunâtres, et les êtres et les choses étaient balayés en permanence par un crachin pisseux. Mon père avait perdu à peu près trente livres et était nerveux comme un chat. Il m'a pris à part dans un coin pour me confier un petit pot de médicaments, des comprimés de nitro que notre ami septuagénaire Ti-Bi lui avait donnés dans l'illégalité la plus complète. Mon père me dit qu'il faudrait lui mettre vite un cachet sous la langue au cas où il tomberait en syncope, ce qui lui était déjà arrivé une fois ou deux depuis le début de la campagne.

Une seule photo subsiste de ce week-end perdu, où l'on nous voit tous attablés, Clinton, mon père, Marc, Phil et moi. Avec nos teints blanchis par l'hiver et verts de fatigue, nos cernes sous les yeux et nos cheveux en bataille, nous ressemblons à des vampires. Je veux dire des vrais vampires, sortis d'une vieille légende slave d'avant l'imprimerie.

Des strigoï assis autour d'un quarante onces de Chivas Regal.

Le dimanche des élections, le soir, je suis allé scruter les bulletins de vote au bureau du quartier Sainte-Thérèse, dans le gymnase minuscule de l'école Saguenay Valley, à deux pas de l'ancienne maison de ma grand-mère. Les résultats n'étaient pas bons. Je suis parti avant que n'aient été égrainés les derniers ballots. Je savais bien que si c'était mauvais là, au cœur même de notre fief, ça serait désastreux ailleurs. Ça l'était. Mon père dut cumuler deux emplois sur toute l'année pour rembourser les frais de sa campagne.

J'ai ramené ma mauvaise nouvelle vers le quartier général à petits pas pressés, sous la pluie. J'ai traversé le boulevard Saguenay puis emprunté la pelouse de l'école primaire Notre-Dame-du-Sourire, avant de marcher sur la gravelle des cours d'école et le sentier de l'ancienne coulée pour sortir à côté du Palace.

Dans ce paysage de mon enfance, j'ai pensé que plus jamais je ne confondrais l'Arvida mythique sur laquelle ma famille régnait en songe depuis 1947 et la petite municipalité du même nom, au Saguenay.

Ici, je veux dire là-bas, nous étions rois de rien, princes de nos queues.

À bien des égards, l'exil avait commencé longtemps avant.

En 1993, ma grand-mère quitta le Saguenay pour revenir à Beauport, dont ses sœurs ne s'étaient jamais beaucoup éloignées et où vivaient désormais son fils Georges et sa femme Maud.

La dernière fois que je l'ai vue, c'était en 2002. Elle était dans une chambre d'hôpital à Québec et ne portait pas de lunettes. Comme sur une gravure ancienne, elle regardait avec des yeux exorbités le vide au-dessus de son lit comme si un incube y flottait avec ses ailes noires toutes déployées. L'hôpital était une de ces belles vieilles bâtisses de Québec qui vous font voyager dans le temps un peu malgré vous, avec des bonnes sœurs spectrales qui surgissent au détour d'un corridor, et des visiteurs qui se demandent où sont passés leurs chapeaux et leurs guêtres.

C'était l'hiver et je ne me rappelle plus du tout la vue qu'on avait par la fenêtre. Les rideaux étaient peut-être tirés, il me semble qu'il faisait très sombre. Nous avons passé l'après-midi là, avec mes tantes Lise et Hélène.

Médecins toutes les deux, elles devaient se disputer constamment avec leurs collègues masculins pour faire augmenter les doses. Ces hommes-là n'allaient plus à la messe et ne se signaient plus sur les pas du curé, mais ils continuaient confusément à croire qu'il y a une lumière à trouver dans la souffrance.

À un moment, une belle infirmière d'une quarantaine d'années, énergique et sexuelle, est entrée dans la chambre pour replacer ma grand-mère dans son lit et voir si tout allait bien. Elle a essayé de lui faire la conversation en lui demandant qui étaient tous ces gens avec elle. Ma grand-mère a pointé mes tantes en disant avec fierté qu'elles étaient ses deux filles médecins.

L'infirmière a ajouté :

— Pis ces deux beaux garçons-là, c'est qui, madame Archibald ?

Ma grand-mère nous a dévisagés longtemps, comme si elle ne nous avait jamais vus de sa vie, et elle a dit, toute paniquée :

— Je ne sais pas trop, mes petits-neveux, je pense. Ou des petits cousins.

Ma tante Lise a ri nerveusement.

— Mais non, maman. C'est David et Sam, les fils de Dougie.

Ma grand-mère a mis sa main sur son front et a dit qu'elle était fatiguée. Elle a reporté ensuite son regard vers l'exterminateur invisible perché au-dessus de son lit. Elle a poussé un grand soupir.

Ma tante Hélène, une pneumologue que pourtant notre tabagisme affligeait, nous a pris à part et a dit :

— Venez fumer une cigarette, les garçons, on va laisser votre grand-mère dormir.

Dehors, Hélène et Lise nous ont expliqué que notre grand-mère les aurait oubliées elles aussi si elles n'avaient pas été à son chevet depuis deux semaines. Elle ne se souvenait du nom de ses enfants que parce qu'on les lui avait dictés. Elle se souvenait de Beauport du temps de sa jeunesse, de sa propre beauté et de son fiancé Georges-Émile. Elle parlait de ses sœurs Marielle, Nicole, Georgette et Monique et de ses belles-sœurs, qui étaient désormais ses grandes amies, Nyna, Mabel, Maude et Gemma. Elle se souvenait de son enfance et de son adolescence et de toute sa vie jusqu'au mariage, mais elle avait oublié Arvida.

Sur le coup, j'aurais bien dû comprendre qu'il n'y avait au fond rien de plus arvidien que d'oublier Arvida elle-même. J'aurais dû comprendre que j'étais moi-même libre de partir pour toujours, puisque de toute façon je suis incapable d'oublier quoi que ce soit. Mais j'étais trop jeune. Et mon frère et moi étions atterrés.

Lise a dit que notre grand-mère se souvenait des temps où sa vie lui avait appartenu en propre, avant qu'à Arvida elle ne devienne celle des autres. À Arvida, sa vie avait été celle de ses enfants, puis de curés qui venaient manger en famille le dimanche, puis des petits joueurs de hockey atome, pee-wee et bantam, puis de son fils malade et de son mari malade, puis de David et moi quand nos parents avaient divorcé.

Il ne fallait pas se désoler qu'elle nous ait oubliés, dit-elle. Elle ne se rappelait plus aujourd'hui sa vie avec nous à Arvida parce que cette vie-là, elle nous l'avait déjà donnée.

J'ai regardé mon frère. La seule chose intelligente que j'aie trouvé à dire, qui n'était pas vraiment intelligente quand j'y pense, venait encore tout droit de ce vocabulaire des sports, de ces loisirs bruts où les Arvidiens du monde entier étourdissaient leurs corps et abîmaient en même temps dans leurs têtes toutes les choses qu'ils n'arrivaient pas à oublier.

J'ai dit :

— Nice try, but no cigar.

Elle est morte le lendemain, ma grand-mère la mère de mon père.

Ils ont exposé son corps à Beauport au mois de janvier. Après, quand la terre a dégelé au Saguenay, ils l'ont ramenée à Arvida pour l'enterrer à côté de mon grand-père.

Les derniers-nés

DIEU SAIT COMMENT il avait pu s'imaginer que deux mille dollars c'était assez d'argent pour tuer quelqu'un. Qu'est-ce que ça représente, après tout, un montant comme celui-là ? Il aurait pu faire le calcul facilement, Raisin, il dépensait toujours en multiples de vingt. Deux mille dollars c'était jamais plus que deux cents caisses de bière / une centaine de soirées au cinéma si on comptait le pop-corn, le Pepsi et l'autobus / une trentaine de demi-heures dans l'isoloir avec les filles du bar topless qui ne lui chargeaient jamais la même chose, quand elles acceptaient de prendre son argent. Elles arrivaient de partout ces filles-là, par l'autobus de trois heures du matin qui les déposait devant le poste de gaz, surtout les mercredis. De temps en temps, Raisin veillait jusqu'à cette heure-là et allait traîner autour pour voir les nouvelles débarquer. Il y en avait trois-quatre à chaque semaine. Beaucoup de Noires depuis deux ans.

239

Les clients s'en plaignaient pas mal, on n'aime pas tel-lement les Noires par ici. Lui les aimait beaucoup. Les filles avaient de belles grosses fesses, de petits seins avec de gros mamelons noirs, elles s'aspergeaient d'un parfum infect qui mélangeait l'essence de sapin et la gomme balloune, mais Raisin imaginait que ça sentait l'ailleurs, le pas ici. Il s'imaginait que c'était l'odeur de l'Afrique et d'Haïti et, pour lui, ça sentait bon. Bien meilleur en tout cas que l'odeur de l'usine de pâtes et papier, qui restait comme suspendue en l'air dans la chaleur de l'été et que la moindre brise charriait, intacte et viscérale, à des kilomètres à la ronde. Les gens de la place s'habi-tuaient, mais pas lui, l'odeur lui collait aux narines et au palais, une odeur révoltante d'œufs pourris.

Il aurait pu calculer n'importe comment, mais allez savoir comment pensent ces gars-là.

Ils étaient une douzaine, les derniers-nés, tous affu-blés d'un surnom qu'ils détestaient, nés dans des familles d'autrefois, du sein de vieilles femmes qui auraient dû cesser d'avoir des enfants depuis longtemps, mais que leur mari et le curé ne laissaient jamais tranquilles tant qu'il leur restait un œuf dans le ventre. Leurs frères et sœurs avaient quitté la ville et étaient devenus méde-cins et avocats ou bien ils étaient restés et avaient trouvé du travail à l'usine comme leurs pères. Ils approchaient tous de la retraite maintenant. Les derniers-nés n'al-laient jamais bien loin. Quelques-uns avaient récem-ment atteint la quarantaine et ils habitaient la maison de leurs parents jusqu'à ce que leurs parents meurent. Après, leurs frères et sœurs encaissaient l'argent de la vente, et les derniers-nés allaient vivre avec leur pension d'invalidité ou leur chèque de bien-être dans des petits loyers aux quatre coins de la ville, des blocs appartements ou des demi-sous-sols.

Ils arrondissaient leurs fins de mois en faisant des jobines. De temps en temps, pendant l'été, au premier du mois, aux fêtes de quartier ou quand quelques-uns faisaient plus d'argent que prévu sur un petit contrat de rénovation, ils se soûlaient. On les retrouvait au matin, endormis dans les parcs municipaux ou sur la pelouse d'étrangers, tombés au combat sur le chemin du retour, à pied ou en vélo. Raisin était l'un des plus articulés : on le retrouvait la plupart du temps sur la même pelouse, celle des Laberge, dans la même position (un improbable entrelacement de ses membres avec le cadre et les roues de son vieux dix vitesses), à peine amoché ou miraculeusement indemne. Les Laberge étaient des gens affables et gentils, jadis amis de ses parents. Ils ne le réveillaient jamais. C'est la brûlure du soleil de juillet ou la froidure des matins de la fin août qui le ramenaient à la conscience et le renvoyaient chez lui cahin-caha.

Aucun des derniers-nés n'était à proprement parler un crétin ou un débile, malgré ce que leur criaient parfois les enfants rieurs à la sortie des classes. Aucun d'eux n'était un prix Nobel de chimie non plus. Dans ces régions, on disait parfois de quelqu'un qu'il n'était « pas assez malin pour allumer le feu, mais pas assez fin pour l'éteindre ». Ce n'était pas une mauvaise façon de décrire les derniers-nés. Il n'y avait aucun fou furieux parmi leurs rangs, aucun handicapé lourd, mais il leur manquait tous un petit quelque chose.

Bozzo avait été bon dans les dictées et en arithmétique jusqu'en dixième année, mais il aurait été incapable de finir une phrase même si sa vie en avait dépendu. Il savait exactement ce qu'il voulait dire, prenait un grand souffle, se mettait à parler, puis devait s'arrêter après quelques mots. La syntaxe s'asséchait dans sa bouche et les idées s'effilochaient dans son esprit dès qu'il essayait de les faire passer des neurones aux cordes vocales. Il ne s'exprimait que par petits tronçons de phrases insignifiants et préférait généralement rire et grogner. Sacrer aussi. Les sacres étaient pratiques, en leur donnant la bonne inflexion, on pouvait leur faire dire plein de choses et ils n'étaient jamais qu'un seul mot. Il en alignait parfois plusieurs sans perdre le fil. Crisse de tabarnac d'ostie de saint chrême.

Minou avait la peau la plus douce, les yeux les plus bleus et le plus beau visage qu'un homme puisse avoir mais, même quand sa mère était sortie, il n'était pas l'être le plus intelligent de la maisonnée, qui comprenait également trois chats, un caniche et une perruche royale. Parmi les derniers-nés, c'était le plus jeune et peut-être le seul qu'on ne laisserait pas à lui-même quand sa mère mourrait. Minou était un véritable abruti. Le plus drôle, c'est que, pour les grandes fêtes, quand sa mère l'habillait comme il faut avec un beau costume, il avait l'air d'un mannequin. Il était tellement beau que, de temps en temps, les jeunes femmes refusaient de s'avouer qu'il était demeuré, même après en avoir récolté tous les signes. Une fois, c'était au baptême d'un fils Dubé, une dame l'avait entraîné derrière un hangar, avait pris sa main et l'avait glissée sous sa jupe et entre ses jambes, jusqu'à ce que les doigts de Minou touchent son sexe nu. Minou s'était sauvé en criant comme un possédé et on l'avait retrouvé seulement deux jours plus tard, roulé en boule en dessous d'un sapin au terrain de golf, presque dix kilomètres plus loin.

Caboche avait une tête trop grosse pour son corps et devait toujours la tenir appuyée sur quelque chose, quand il s'asseyait, sinon il pouvait dodeliner à s'en péter les vertèbres. L'année d'avant, pendant qu'il faisait le caddie pour la classique de golf des Chevaliers de Colomb, une drive exceptionnellement longue du notaire Lalonde lui était atterrie sur le sommet du crâne. Ça n'avait rien arrangé à l'affaire.

Jambon était un verbomoteur et un épileptique.

Popeye parlait beaucoup lui aussi, sauf que ce qu'il disait était en tout temps inaudible, et plus encore quand il avait bu, où il avait l'air de s'exprimer dans une langue étrangère.

Parmi les derniers-nés, Raisin était le plus futé et il était fort comme un cheval. Ça lui donnait un certain prestige, parce que c'était lui qui travaillait le plus. Le seul problème, c'était ses doigts. Il avait des doigts comme des gros bouts de carottes et tout aussi inutiles. On ne pouvait vraiment pas faire grand-chose avec des doigts comme ceux-là, ni taper à la machine, ni jouer du piano, ni même se fouiller dans le nez. Une fois qu'il avait bien saisi un objet, il pouvait le soulever et le manipuler presque normalement jusqu'à ce qu'il lui tombe des mains. On l'appelait pour des déménagements, pour des tontes de pelouses ou des travaux de rénovation extérieure. On le disait bon pour «la grosse ouvrage».

Pendant dix ans, il s'était occupé de sa mère malade du mieux de ses doigts malhabiles. Pendant tout ce temps, les gens avaient eu de la sympathie pour lui, puis de la pitié. Quand sa mère était morte et que ses frères et sœurs avaient décidé de vendre la maison, monsieur Blackburn lui avait offert d'habiter le petit loyer qu'il avait aménagé dans son sous-sol, pour une somme modique. Raisin avait accepté. Les Blackburn le laissaient veiller l'été sur la galerie d'en avant, avec trois personnes maximum, et, quand ils partaient en vacances, ils le laissaient se baigner dans la piscine. Raisin utilisait ces privilèges avec parcimonie. Il autorisait rarement les derniers-nés à se joindre à lui et préférait traîner avec eux au terrain de baseball. Il invitait plutôt les plus malcommodes de ses clients, ceux qui étaient toujours à la recherche d'un endroit où boire en cachette de leurs femmes. Il invitait aussi Martial, qui n'était pas marié, traînait souvent à la brasserie et aimait parler avec Raisin, qui aimait écouter.

Dans le coin, on ne parlait pas des «motards», de la «pègre», ou du «crime organisé», mais de la «gaffe». Martial n'était pas un vrai gars de la gaffe, mais il gravitait autour depuis longtemps. Il faisait de petits boulots pour les gars de la gaffe, des livraisons, le taxi, ce genre de choses. De temps en temps, on le laissait écouler de petites quantités de drogue et dans ses temps libres il donnait dans toutes sortes de combines et entrait dans des maisons par effraction pour voler le téléviseur ou des bijoux. Il avait aussi fait un peu de prison. Il était petit, maigre et nerveux. Il avait des cheveux blonds, longs et gras, des petits tatouages délavés sur chaque avant-bras et des jointures saillantes comme des tessons de bouteille.

C'est probablement comme ça que c'est arrivé, en fait. Martial avait passé sa vie à s'imaginer qu'il était assez dur pour commander un meurtre, et Raisin, qui avait subi pendant dix ans les regards apitoyés de tout le monde pendant qu'il prenait soin de sa mère, se rinçait l'arrière-goût de pitié qu'il avait dans la bouche en s'imaginant qu'il était capable de tuer quelqu'un. Ils étaient faits pour s'entendre.

Toujours est-il qu'un soir, alors qu'ils parlaient à voix basse sur le perron des Blackburn, Martial laissa échapper :

— Le trou d'cul à Sanguinet, je voudrais qu'il meure.

Raisin répondit :

— Je pourrais t'arranger ça.

Il y eut un silence. Martial se mit à suer. Il ne savait pas trop quoi dire. Sa seule idée fut de demander :

— Tu le ferais pour deux mille ?

Et Raisin répondit :

— Oui. Cinq cents tout de suite et le reste après.

Ils venaient de passer un marché. Un marché débilozoïde, évidemment, mais un marché quand même. Deux personnes normales se seraient ravisées, auraient trouvé une façon de se dédire sans se défiler, mais pas eux. Toute leur relation était fondée sur un faux-semblant. Tous deux se racontaient, par l'intermédiaire de l'autre, qu'ils étaient plus dangereux que les gens ne le pensaient, qu'ils n'étaient pas seulement un malfrat de rien du tout et un simple d'esprit. Ils auraient pu continuer à faire semblant d'être des durs. Se faire accroire que cette conversation n'avait jamais eu lieu et continuer à se raconter qu'ils étaient vraiment des types à tenir ce genre de discours. Ils auraient pu mais, à la vérité, c'était exiger beaucoup de leurs capacités d'abstraction respectives.

Ils se sont quittés en se serrant la main, en s'éloignant l'un de l'autre d'un pas vif, au rythme de deux cœurs affolés dans leur cage thoracique.

Raisin avait déjà longuement soupesé la question. Son père possédait une petite .22 Long Rifle depuis des années, jamais enregistrée. Elle était dans une penderie, au sous-sol, rangée dans son étui avec une vieille boîte de balles. Quand sa mère était morte, Raisin avait réussi à cacher la carabine et à la sauver de la liquidation des biens. Personne de la famille, ni de l'extérieur, ne connaissait l'existence de l'arme. Il pourrait facilement tuer quelqu'un avec et aller l'enterrer quelque part. L'important, il l'avait appris en écoutant des films policiers, c'était qu'on ne retrouve jamais l'arme.

Sanguinet allait donc mourir, parce qu'il avait refusé à Martial de changer sa mise sur un match de football après l'heure limite, lui qui s'obstinait à parier sur ce sport même s'il n'y comprenait absolument rien et à demander à Sanguinet de corriger ses mises même s'il savait que le bookmaker ne pouvait pas.

Sanguinet était preneur aux livres et gambler professionnel. Il tenait les paris sur les événements sportifs internationaux et avait des antennes partout, qui lui permettaient de parier sur les événements locaux. Il vendait aussi des cigarettes de contrebande. C'était le genre de criminel inoffensif que les hommes respectables aiment bien fréquenter pour s'encanailler à peu de frais. Les policiers ne cherchaient jamais de poux dans la tête de Sanguinet, ni dans le coffre de sa Buick ; plusieurs plaçaient des paris auprès de lui et quelques-uns fumaient ses cigarettes.

Il était presque un dernier-né. Il était né fils unique à l'époque où les familles étaient encore nombreuses, de l'union étrange d'un manœuvre d'usine, débarqué de nulle part un mauvais soir de janvier, et d'une femme qu'il présentait comme son épouse, mais qui lui ressemblait étrangement et dont on avait murmuré assez longtemps qu'elle était sa sœur. Son père et sa mère étaient grands et osseux, lui était adipeux et court sur pattes, avec un petit quelque chose d'efféminé. Il avait habité chez ses parents jusqu'à leur mort et n'avait jamais vraiment travaillé.

Il passait ses journées à faire la navette entre les maisons de ses clients et différents bars. Le soir, il s'asseyait sur la galerie, derrière la maison, qui donnait sur le bois qui séparait le terrain de golf de l'usine d'épuration des eaux. Quand un client avait besoin de le trouver, il le rejoignait là ou cognait sur les vitres de la porte patio si Sanguinet regardait la télé à l'intérieur.

Raisin étudia son emploi du temps pendant quelques jours. Un soir, à une heure indue où les bonnes gens dorment, Raisin partit la carabine dans les mains et sillonna les ruelles et les cours de maison en essayant de ne pas faire japper les chiens. Il cogna lui-même sur la vitre. Quand Sanguinet ouvrit, il réussit, malgré sa nervosité et ses mains maladroites, à actionner la carabine et à lui tirer une balle dans le ventre.

À partir de là, Raisin n'avait pas de plan. Il n'avait pas prévu le bruit de la détonation qui déchira le sommeil de tout le voisinage, ni le regard ébahi que Sanguinet lui lança après être tombé sur le derrière à travers les stores verticaux, sur le plancher de la salle à manger. Raisin avait pensé être capable de tuer Sanguinet parce qu'il n'aimait pas beaucoup les hommes, mais il aimait les animaux et n'aurait jamais fait de mal à un chiot ou à un chat. Pour son malheur, c'est exactement ce à quoi ressemblait Sanguinet, les mains couvertes de sang posées sur son ventre percé et les yeux agrandis par la peur.

Raisin jeta la carabine dans le parterre de fleurs, prit Sanguinet dans ses bras comme s'il ne pesait rien et le porta en courant jusqu'à l'hôpital, à vingt minutes de marche, sans faire une seule pause.

La balle de petit calibre n'avait pas causé de dommage majeur. On la retira de l'abdomen et on laissa Sanguinet se reposer jusqu'au lendemain. Raisin demeura, tout le temps de l'opération, dans la salle d'attente, puis passa une partie de la nuit au chevet du blessé. Personne ne fut capable de lui arracher un mot, ni de lui faire comprendre qu'il était temps de s'en aller, ni même de le faire bouger. Personne, jusqu'à ce que la police arrive. Les policiers avaient été alertés par le médecin de garde qui se devait de rapporter les blessures par balle. Incapables d'en tirer quoi que ce soit, ils menottèrent Raisin et le mirent en détention préventive, le temps d'éclaircir cette histoire.

Le constable Leduc ne put parler à Sanguinet avant l'après-midi du lendemain, qui lui demanda tout de suite où se trouvait Raisin.

— On l'a placé en garde à vue, il était en état de choc. Est-ce que c'est lui qui t'a tiré dessus?

— Oui, mais c'était un accident. Va chez nous, il a dû laisser la carabine là. Elle appartenait à mon père. Je me demandais si je ferais mieux de l'enregistrer ou de la jeter, alors j'ai demandé à Raisin de venir m'aider à voir si elle marchait encore. C'est comme ça que c'est arrivé. On était sûrs qu'elle marchait pas. Raisin a dû oublier d'enlever la balle dans la chambre pis, quand on est venus pour la serrer en dedans, le coup est parti.

— Pourquoi t'as demandé à Raisin de t'aider?

— C'est mon ami.

— Toi t'es ami avec Raisin Tremblay? Première nouvelle.

— Bah, tu sais ce que je veux dire. Il m'aide pour ma

rocaille en avant, je lui donne des contrats de peinture, des affaires comme ça. Des fois il vient prendre une bière avec moi. Il connaît bien les armes à feu.

— Raisin Tremblay connaît rien sur rien. Pis veux-tu bien me dire pourquoi tu te ferais aider par un débile léger pour tester des carabines à deux heures du matin ?

— Je sais, je sais. C'était pas une bien bonne idée.

Les deux hommes se dévisagèrent.

— As-tu d'autres questions à me poser ?

Leduc se racla la gorge.

— Es-tu sûr que t'as pas d'autres réponses à me donner ?

Sanguinet s'en tint à cette version et, plus tard dans la journée, après avoir obtenu son congé, il alla chercher Raisin au poste. Ils n'échangèrent aucune parole pendant le trajet. Sanguinet le laissa devant chez les Blackburn, il lui dit au revoir, mais Raisin sortit de la voiture et rentra chez lui sans dire un mot.

Le soir, Raisin prit une partie des cinq cents dollars de Martial et alla s'acheter beaucoup de bière au dépanneur. Il marcha jusqu'au terrain de baseball, où les derniers-nés n'étaient pas réunis ce soir-là, s'assit sur le banc des joueurs et descendit une par une les vingt-quatre bouteilles de la caisse. En zigzaguant pour revenir chez lui, il avait l'air d'un bœuf d'élevage à qui on aurait administré un puissant sédatif. Dans la descente d'escalier chez les Blackburn, son chat, qui s'était encore sauvé, était roulé en boule devant la porte. Raisin saisit le chat par la peau du cou, ouvrit la porte d'un coup de pied et le lança à l'intérieur. Dans les airs, l'animal terrorisé, qui n'était pas son chat mais une mouffette, relâcha ses sphincters de toutes ses forces et arrosa copieusement Raisin et les murs d'un liquide nauséabond, mélange d'ammoniaque et d'excréments.

Raisin avait mal, il pleurait de douleur et de tristesse et ne savait plus quoi faire. Il tituba, puant, sur trois coins de rue jusque chez Sanguinet et cogna à la porte. Lorsque Sanguinet ouvrit, sans lui donner la chance d'échapper à son étreinte et à l'odeur qu'elle charriait, Raisin pleura dans ses bras pendant une bonne demi-heure.

Ils passèrent une partie de la nuit à nettoyer la maison de Sanguinet, dormirent quelques heures, Raisin sur le divan, Sanguinet dans sa chambre, et, à leur réveil, ils allèrent ensemble désinfecter la maison des Blackburn pour qu'ils n'aient pas à subir l'odeur écœurante à leur retour de vacances.

À partir de là, Sanguinet se mit à traîner Raisin dans ses rondes. Sanguinet aimait parler et Raisin aimait écouter. On raconta partout que Sanguinet s'était dit que les gros poings de Raisin pouvaient servir à quelque chose et qu'il en avait fait son collecteur. En réalité, Sanguinet ne demanda jamais à Raisin de tabasser qui que ce soit et encore moins de tuer quelqu'un. En fait, il ne lui demanda même jamais pourquoi il était venu cogner à sa porte ce soir-là avec une carabine dans les mains.

L'année suivante, pendant l'été, sans réfléchir, Martial, qui avait fait de gros efforts pour oublier cette histoire et renoncé définitivement à récupérer ses cinq cents dollars, laissa ses pas le conduire jusque devant la maison des Blackburn. Sanguinet et Raisin étaient là, sur le perron, une bière à la main, à regarder le soleil descendre entre les grilles du terrain de baseball. Raisin lui envoya la main :

— Hé, Martial.

Martial se figea et piqua une suée. Il retourna le salut.

— Comment ça va, les gars ?

Sanguinet proposa :

— Viens donc prendre une bière avec nous autres, mon Martial.

Martial hésita encore puis, ne voyant pas quoi faire d'autre, s'assit avec eux.

La soirée était douce et tranquille et on entendait les estomacs de Raisin et de Martial gargouiller dans l'air du soir. Au début, ils tétèrent tous les trois leur bière en silence, puis la conversation trouva son rythme. Ils parlèrent de la météo, des résultats des matchs et du décolleté émouvant d'une barmaid de la brasserie. Autant de sujets qui semblaient avoir été inventés, ce soir-là, tout spécialement pour eux, tout spécialement pour que les gens comme eux puissent parler de quelque chose.

Chaque maison
double et
duelle

SONT PAS BEAUCOUP qui me croient mais quand j'ai acheté la maison, en 1993, elle s'était tellement affaissée que j'ai enlevé dix-huit pouces de hauteur à chaque mur avant de faire pieuter les fondations. J'ai parti ma scie mécanique en plein milieu du salon pis j'ai charcuté les murs comme un vrai malade, en faisant bien attention de contourner les portances. C'était pas trop grave parce que je l'avais pour moi tout seul, au début, pour rénover. Sont plusieurs qui disent «Ça se peut pas» pis je les comprends parce qu'il y a beaucoup d'histoires dures à croire sur cette maison-là.

Quand je l'ai vue la première fois, c'était pour un client. Armand Sénécal. Il allait l'acheter pis il voulait que je l'inspecte avant. Je suis arrivé par la rue Forster, j'ai tourné dans l'allée avec cinq arbres centenaires de chaque bord pis je me suis stationné dans le rond-point au bout, juste devant la maison immense qui avait l'air toute petite en dessous des arbres. J'ai sifflé tout seul dans l'auto. J'ai aimé la maison tout de suite pis un peu plus à chaque défaut que je lui trouvais qui faisait déchanter Armand. La toiture était finie pis j'aurais gagé un deux que l'entretoit avait l'air du diable aussi. Les murs du deuxième pis du troisième montraient des signes d'infiltration d'eau évidents. Le sous-sol était une cave humide pis on voyait rien qu'à l'odeur que le drain français avait tendance à boucher. Le court de tennis en arrière faisait chic, ça c'est sûr, mais il était à l'abandon depuis au moins dix ans. La cerise sur le sundae : un peu partout sur le terrain, il y avait des affaires que le vendeur essayait de faire passer pour des sculptures mais qui avaient l'air de rebus ramenés d'une cour à scrap. Des tiges d'acier avec du barbelé autour, en plein milieu du parterre de fleurs ; des grands bouts de tôle pis de cuivre soudés pour faire comme des masques africains accrochés à des piquets un peu partout sur la pelouse en avant ; à côté du court de tennis, il y avait un ancien autobus jaune, planté dans la terre sur sa longueur avec cinq grosses roues de tracteur autour. Un autobus jaune dressé en l'air, juré sur la tête de ma fille.

Apparemment, la maison appartenait à la famille Villeneuve, des notables de la ville qui avaient opéré plusieurs entreprises dans la région, en commençant par une carrière de roche située plus bas sur la colline, en descendant vers le Saguenay. Armand disait qu'il y avait un vieux chemin qui partait d'en arrière pour se rendre là à pied. La maison a été la résidence d'été de la famille, des années dix aux années soixante

à peu près. Les derniers résidants ont été Viateur Villeneuve, sa femme Claire pis leurs quatre enfants. Le bonhomme Villeneuve était un artiste local assez connu. Il
a enseigné à l'école du meuble toute sa vie. Les enfants
étaient partis, le bonhomme était mort pis maintenant, la dame Villeneuve voulait vendre la maison trop
grande pour elle.

J'ai demandé à Armand :

— Comment elle en demande, la bonne femme
Villeneuve ?

— Deux cent cinquante mille.

— Bin si tu paies deux cent cinquante mille piastres
pour ça, tu peux être sûr de deux affaires. Première-
ment, que tu vas le regretter, pis deuxièmement, que je
vais me promener partout en ville en disant « Armand
Sénécal est un innocent. »

Traiter quelqu'un d'innocent, par ici, c'est pas un compliment. Armand a sacré dans sa barbe pis il a dit :

— Comment t'en donnerais, toi, au maximum ?

— Quatre-vingt-cinq, peut-être quatre-vingt-dix mille.
Si j'avais deux cent mille de plus à garrocher en rénovations pis dix ans de ma vie à mettre là-dedans.

Il m'a dit merci pis on est repartis chacun de notre
bord. Deux jours plus tard, la bonne femme Villeneuve
en personne m'a appelé au bureau. Elle m'a chanté une
poignée de bêtises. Elle a même rajouté des crisse pis
des tabarnac pis, dans sa bouche, ça sonnait comme des
répons appris par cœur pour la messe. Quand elle a fini
son théâtre, j'ai placé « Madame Villeneuve, je vais vous
dire une affaire. Votre maison, moi, je la veux. Je vais

vous donner cent mille piastres pour, avec une clause d'exclusion de garantie dans l'acte de vente. Comme ça vous allez être certaine que je vous actionnerai jamais pour vice caché. Parlez à du monde qui ont du bon sens si vous en connaissez. Ils vont vous confirmer que vous aurez jamais plus que ça.»

Elle m'a raccroché au nez. La semaine d'après, je suis passé devant la maison, j'ai fait le tour de l'entrée pis j'ai arrêté l'auto. Je la trouvais belle cette maison-là, avec son toit brisé en mansarde avec du bardeau d'asphalte gris qui pelait par-dessus, ses deux lucarnes engagées sur la façade d'en avant, ses grands volets en cèdre pis ses murs chaulés à bout d'âge. C'était plus fort que moi.

J'ai vu madame Villeneuve qui étirait le nez à la fenêtre, entre les rideaux. Je suis reparti vite. Comme coupable. J'ai poussé un grand soupir pis j'ai décidé d'écouter pour une fois la voix qui me dit toujours à l'oreille la chose à faire pis qui me disait cette fois-là «Oublie ça.»

Un an plus tard, j'habitais ailleurs. On venait de finir d'emménager avec ma femme et la petite dans une maison que j'aimais pas à la folie mais qui allait faire pour un bout de temps. Le téléphone a sonné. C'était la bonne femme Villeneuve.

— Vous vous souvenez de moi?

— Oui, madame. Qu'est-ce que je peux faire pour vous?

— Je voudrais savoir si votre offre tient toujours.

La vérité, c'est qu'elle tenait plus. Je venais de tout passer dans la nouvelle maison pis le déménagement de mon bureau. Mais les affaires marchaient bien pis je savais que je serais pas long à me refaire. Je savais aussi que, si la bonne femme Villeneuve me rappelait maintenant, c'est qu'elle avait pas passé une bien belle année à essayer de vendre sa maison.

J'ai dit :

— Oui, madame, elle tient toujours. Sauf que je pourrai pas vous donner l'argent avant au moins trois mois. Le temps que je vende ma maison ici.

— Je comprends. Ça me paraît raisonnable.

— Une autre affaire, par exemple : je vais pas faire emménager ma femme pis ma fille dans votre chiotte sans rénover un minimum.

Elle a toussoté.

— Qu'est-ce que vous voulez dire ?

— J'aimerais ça que vous dégagiez d'ici deux semaines.

— Vous voulez me payer d'ici six mois et me mettre dehors dès aujourd'hui. C'est ça ?

— Exact.

— Je peux y penser ?

— Prenez votre temps, madame.

C'est moi qui ai raccroché, ce coup-là. C'est son fils qui m'a rappelé deux semaines plus tard. Il avait fait préparer les papiers pis il était assez pressé que je les signe. Il était au Saguenay seulement pour une semaine, le temps de déménager sa mère dans une maison de retraite pis de liquider ses biens. Chez le notaire, il m'a offert de garder des meubles ou des objets déjà sur place. J'ai répondu qu'ils pouvaient garder leurs vieilles cochonneries pis qu'ils étaient chanceux que je leur charge rien pour faire enlever les totems pleins de rouille du bonhomme Villeneuve de sur mon terrain. Je lui ai demandé après, pour jaser, si sa mère l'avait chargé de conclure la vente parce qu'elle était malade et il m'a répondu :

— C'est pas pour ça, non. Elle dit que vous êtes l'être le plus grossier qu'elle ait rencontré dans sa vie.

L'après-midi même, je suis allé voir la maison vide. Elle était là pis elle était à moi. Ma grosse cabane à l'abandon. J'avais toujours rêvé d'une maison comme elle pis je l'avais maintenant. Ça me prendrait cinq, dix ou vingt ans pour la remettre à mon goût, mais ça avait aucune importance parce que j'avais rêvé pendant quarante ans de mettre ma famille dans une maison comme celle-là.

Sont pas beaucoup qui me croient, mais j'ai réussi à rien dire à ma femme pis à ma fille tout de suite. J'ai vendu l'autre maison par contacts, en faisant visiter quand ma femme pis ma fille étaient parties. Pendant cinq mois, j'ai fait les travaux en secret en donnant un certain nombre de jobs à contrat. Après un bout de temps, ma femme pensait que j'avais une maîtresse encore. J'ai fait enlever le terrain de tennis en arrière pis creuser une piscine, j'ai fait redresser les fondations pis j'ai replâtré les bandes que j'avais enlevées à la chainsaw. J'ai ravalé les murs extérieurs pis je les ai peinturés jaune, un beau jaune pétant un peu moutarde pour contraster avec le bardeau vert que j'ai posé sur le toit. J'ai démonté les sculptures du bonhomme Villeneuve pis je les ai vendues à des ferrailleurs en pièces détachées. Sont plusieurs qui me traitent de gros colon d'avoir fait ça mais il faut dire que je les ai offertes gracieusement à tous les musées de la région en autant qu'ils viennent me les enlever de là pis y en a pas un qui a dit oui. J'ai peinturé en dedans aussi. Mes amis venaient m'aider de temps en temps pis à la fin je pense que toute la ville savait que j'avais acheté la maison sauf ma femme pis ma fille.

Un dimanche après-midi, j'ai dit «On va aller faire un pique-nique.» Danièle a demandé :

— Où ça ?

— Dans la nouvelle maison à Miville Grenier. Ç'a l'air qu'il faut voir ça.

Ma femme a sifflé quand on a pris l'entrée, pis ma fille a dit :

— Wow, c'est beau ici.

Ma femme a demandé :

— Il est pas là, Miville ? Je vois pas son auto.

— Non, il veut que je fasse un peu d'inspection.

Ma femme a fait le tour de la maison. Le deuxième était encore pas mal en chantier mais le premier était habitable. Je m'étais concentré là-dessus. Elle a fait le tour dehors aussi, en extase. La petite courait partout avec le chien. Danièle a dit :

— Sont chanceux, Miville pis sa femme. Ça va leur faire une maudite belle maison.

Je lui ai lancé les clés pis j'ai dit :

— Ça adonne bien, parce qu'elle est pas à Miville la maison. Elle est à toi.

Elle m'a regardé avec des grands yeux, comme si elle comprenait pas.

— Arrête donc, elle a dit.

— Je suis sérieux.

Après je me souviens de tout mais pas dans l'ordre, de tout en même temps. Ma femme qui me saute dans les bras, ma femme qui va attraper Julie pis qui lui dit « C'est notre maison, c'est notre maison ! », le chien qui jappe, tout le monde qui court dans la maison. Elles pourront dire n'importe quoi, mais jamais elles m'enlèveront ce moment-là, peu importe si mon ex dit aujourd'hui qu'elle trouvait la maison trop grande pis trop vieille pis que ça avait pas de bon sens pis que la petite avait déjà peur la première fois qu'elle l'a vue. C'est pas vrai. Elles étaient heureuses cet après-midi-là. J'étais le meilleur mari du monde pis on était heureux tous les trois. C'est resté comme ça quand même un bout de temps avant que ça se gâte pour vrai.

C'est drôle, parce que je me souviens du sourire de Danièle pis de l'odeur de Danièle pis de son goût, juré, mais je suis plus capable d'en dire un mot de gentil. J'imagine que j'en parlerais pas si mal si je l'avais pas aimée autant. Elle est partie maintenant pis ma fille est partie aussi pis j'habite la maison avec une autre femme. Je l'aime plus comme je l'aimais au début même si aujourd'hui c'est ma maison, ma maison à moi. C'est pas exactement comment je me sentais en la rénovant.

Sont pas beaucoup qui peuvent me comprendre mais il y a quelque chose de bizarre à reprendre une demeure ancestrale. C'était pas ma première maison, mais c'était la première qui me donnait l'impression qu'il fallait que je l'arrache à quelqu'un d'autre. Avant que je profite de la décadence des Villeneuve pour la racheter, trois générations avaient habité la maison en croyant qu'elle leur revenait de droit. Quand un homme achète une pareille bâtisse, il achète le nid pis la coquille d'un autre, le filage d'un autre pis les idées d'un autre pis il faut qu'il décide, d'une certaine manière, à quel point il va devenir cet homme-là, quelle partie de cet homme-là il va laisser devenir une partie de lui-même. Ça peut pas faire autrement. Deux hommes avaient reçu la maison en héritage. Du peu que j'en savais, c'est Herméningilde Villeneuve qui l'avait bâtie au début du siècle comme maison d'été pour la famille, Médéric Villeneuve qui l'avait modernisée pis transformée en résidence principale pis Viateur, l'artiste, qui l'avait laissée se décatir jusque dans l'état où je l'ai rachetée.

C'est à Médéric surtout que je pensais en repassant sur toute leur ouvrage. Sans jamais penser qu'il avait pu donner les jobs à faire à quelqu'un d'autre. Les gars comme moi, ils se font la main sur des chalets pis sur les maisons des hommes de leur famille quand ils sont pas trop vieux. Le temps d'acheter ma première maison, je savais déjà en faire pas mal. Médéric, lui, apparemment, avait tout pratiqué sur cette maison-là. Je pouvais dater tous les travaux juste à la qualité. La plomberie était impressionnante, même si elle commençait à être pas mal bruyante à cause de l'âge. L'électricité était filée n'importe comment. Il avait mis du papier journal pour isoler certains murs que j'ai défaits. J'en ai défroissé des pages pour lire ce qu'il y avait dessus. Sont pas beaucoup qui me croient, mais ça parlait de l'embargo contre Cuba pis de la commission Warren. Toute la menuiserie était belle. La toiture aussi avait dû être du bel ouvrage à l'époque, mais Viateur l'avait laissée aller.

J'ai travaillé tellement avant pis j'ai travaillé tellement après que j'ai rien vu aller. J'ai fini la piscine pis le terrassement en arrière pour que ma femme ait une place pour recevoir mais, petit à petit, je me suis rendu compte que ça la tannait de vivre dans une maison en chantier. Elle chialait sur l'eau trop chaude ou trop frette qui sortait des champlures, elle chialait contre les lumières qui allumaient pas pis les globes qui clignotaient, elle chialait contre les pièces qui étaient moins isolées que dans l'ancienne maison pis les courants d'air, elle chialait contre les planchers qui craquaient pis les tuyaux qui donnaient des coups. Je pense qu'elle avait toujours trouvé ça beau les vieilles maisons sans jamais comprendre c'était quoi en habiter une, ce que ça impliquait de travail pis de manque de confort au moins pendant un bout de temps. Je suppose que c'était pas fort de ma part de pas y avoir pensé avant. C'était toujours de même avec elle. On avait acheté un chalet dans le bois parce qu'elle trouvait ça le fun aller dans le bois, pis là on y allait pus jamais sauf à transporter quatre voyages de stock pour qu'elle puisse être aussi bien qu'en ville pis se protéger des mouches en tout temps. J'avais loué une année à un chum une villa au Venezuela que je pensais acheter, pour pouvoir y aller l'hiver chaque année, apprendre à Julie à faire de la plongée pis à parler en espagnol. Danièle avait trouvé ça la meilleure idée au monde avant de voir le premier lézard pis de se rendre compte que la viande était pas emballée dans du cellophane au marché. Câlice, elle était même pas capable de coucher dans un hôtel quatre étoiles – en Amérique du Nord, je parle – sans apporter ses oreillers, son propre shampoing pis un désinfectant pour la toilette. Juste pour être sûre.

La petite, je pensais qu'elle allait bien. Jusqu'à ce soir-là. J'étais en train de mettre la toile sur la piscine pis je l'ai entendue crier. Il devait être pas loin de minuit, elle dormait depuis deux heures à peu près. Elle criait pis son chien jappait pis jappait pis j'ai couru jusqu'à sa chambre. Danièle était déjà là. La petite était en sueur dans son lit. L'ostie de chien jappait sans discontinuer. Je lui ai envoyé un grand coup de pied dans le flanc pis ça l'a fait japper encore plus pis encore plus pleurer la petite. Danièle m'a regardé fâchée noire pis elle a dit :

— Va-t'en, Gilles, va-t'en.

Je suis parti. Me suis fait un gros Cutty Sark avec beaucoup de glace dedans. Danièle est venue me rejoindre
au bout d'une heure à peu près.

— C'est beau. Elle s'est calmée. Va falloir qu'on fasse
quelque chose, Gilles.

— Quelque chose pour quoi?

— Pour purifier la maison. Je vais demander à Jac-
queline Martel si elle connaîtrait pas quelqu'un.

— Veux-tu bin me dire de quoi tu parles?

— On voit des affaires. Ta fille voit des affaires.

— Vous voyez quoi, Jésus-Christ?!

Elle m'a regardé comme si j'étais un débile léger.

— Des fantômes, Gilles. Ta maudite vieille maison
est pleine de fantômes.

J'ai essayé de me calmer mais j'étais en furie. J'ai dû la
traiter plusieurs fois de folle en mettant des sacres au
travers. Ma femme se comportait avec sa fille comme
si elle était née pour être sa meilleure amie. Y a rien
qu'elle faisait pas avec elle pis y a rien qu'elle lui disait
pas. Une fois, pendant que je faisais une expertise sur
la Côte-Nord, elles avaient regardé *L'exorciste* ensemble.
Saint chrême, Julie devait avoir neuf ans. Danièle avait
jamais lu un livre de sa vie qui parlait pas de vies anté-
rieures, de chakras ou d'enlèvements par des extraterrestres ou de combustion spontanée ou de femmes qui se
faisaient voler leurs enfants par des Arabes pis de toutes
ces osties de niaiseries-là. Toute une bibliothèque de
charlatans pis d'épouvantails à moineaux. Ça traînait

là n'importe comment pis ma fille lisait ça à la journée longue comme des histoires de la Fée Clochette.

— J'ai rien à voir là-dedans, Gilles, je te jure.

— C'est ça. Comme pour Thomas, je suppose.

Une des plus grosses chicanes qu'on avait eues avant ce soir-là, c'était quand la petite avait quatre ans. J'étais rentré du travail et je lui avais donné le bain en lisant le journal pis en la surveillant de temps en temps. Elle parlait à quelqu'un pendant que je regardais pas. Ça faisait déjà deux ou trois fois que je le remarquais.

— Comment il s'appelle ton ami, Julie?

— C'est pas mon ami, c'est mon petit frère. Il s'appelle Thomas.

J'avais failli vomir. Il avait fallu que je me cache de l'autre côté de la porte, dans le couloir, pour pas que la petite me voie comme ça. Thomas, c'était le prénom que ma première femme voulait donner à notre enfant. Elle a toujours été convaincue que c'était un garçon pis ils lui ont confirmé, à l'hôpital. On a eu un accident d'auto en revenant de chez ses parents au Lac-Saint-Jean. Elle était enceinte de vingt-six semaines. C'est moi qui conduisais pis oui, j'avais bu. Mais c'est une autre auto qui nous a emboutis à cause de la pluie verglaçante. C'était une assez grosse collision mais personne a subi de blessures graves sauf Diane qui avait une grosse tache de sang sur sa robe. On a prié jusqu'à l'hôpital mais pour rien. Ils ont enlevé le bébé mort de son ventre pis ils lui ont fait un curetage. Diane était comme morte elle aussi pis moi je l'ai laissée toute seule là-bas pis je suis rentré chez nous. Je me suis soûlé pis j'ai décrissé la chambre du bébé à coups de masse avant de tout mettre, les vêtements, le sac à couches, les toutous pis les éclats du mur, dans cinq grands sacs de vidanges. On s'est séparés six mois après, à peu près en même temps que j'ai rencontré Danièle. Un peu après, si vous voulez savoir la vérité.

Quand j'ai compris qu'il y avait rien de magique là-dedans, je suis allé voir Danièle avec ça pis elle se sentait même pas mal ni rien. Dans ce temps-là elle voulait avoir un autre enfant. Pas moi. Je trouvais que rien qu'une ça l'avait rendue assez folle de même. Elle m'a juste répondu avec son petit ton cassant :

— Fallait bien qu'elle sache qu'elle a déjà eu un petit frère.

J'ai serré les poings pis fermé ma gueule pis attendu qu'elle s'excuse mais elle l'a jamais fait, pas une fois, durant les sept ou huit mois où Julie a appelé son ami imaginaire par le nom de mon fils mort.

C'est pas pour mal parler, mais c'était pas juste avec le paranormal pis ces affaires-là. La première fois que je l'ai sortie de son village pour l'emmener dans mon restaurant préféré du Vieux-Québec, Danièle a commandé du homard avec un verre de lait. Un an après notre mariage, elle m'a appelé en panique au bureau parce qu'il lui manquait une sorte de sel spécial pour la recette qu'elle faisait pour souper. Elle voulait que j'aille en chercher de toute urgence à l'épicerie fine en bas de la ville. J'ai dit OK même si j'avais mille affaires à faire qui pressaient plus que ça. J'ai pris un bloc-notes pis j'ai demandé quelle sorte de sel ça lui prenait.

— Du sel facultatif, elle a dit.

— Tu me niaises-tu, Danièle?

Dans son livre, c'était écrit: «Une c. à thé de sel (facultatif)» pis elle avait passé l'avant-midi à capoter avec ça.

Bon. Tout ça pour dire qu'au niveau du jugement, mon ex-femme était pas plus intelligente qu'une souris. Pis comme pour le prouver, quand je lui ai demandé ce soir-là «T'as pas raconté mes histoires sur la maison à la petite?», elle a regardé par terre d'une façon qui voulait dire «Oui, tu sais bien que oui.»

Il y a eu des vraies affaires bizarres avec la maison quand je suis rentré dedans. Deux affaires qui auraient jamais fait autant de mal si mon ex-femme les avait pas racontées à une petite fille de douze ans qui aimait trop les histoires de peur.

La première semaine, après que j'ai signé l'acte de vente avec le fils Villeneuve, j'ai fait le tour de la maison. Il y avait une odeur épouvantable qui montait de la cave. La bonne femme Villeneuve avait pas l'air d'aller là souvent. J'ai descendu l'escalier pis j'ai suivi la senteur jusqu'à une porte fermée par un cadenas. Je l'ai pété avec un tournevis. C'est dans cette pièce-là qu'il y a mon établi astheure. Quand je suis rentré la première fois, il y avait rien. C'était une grande pièce sur le béton avec même pas une ampoule nue dans le culot de lampe au plafond. L'odeur était étourdissante de dégueulasserie. Je suis allé chercher ma flashlight pis je suis revenu. J'ai promené le rayon dans le noir jusqu'à ce que je trouve. Il y avait un chat à terre. Mort depuis des semaines pis ravagé par la vermine. Je l'ai sorti le lendemain en le décollant du sol avec une pelle ronde pis j'ai eu un hoquet acide quand le corps s'est cassé en deux en laissant un liquide épais couler à terre. J'ai jamais su ce que le chat faisait là. En principe, la pièce était hermétiquement close. Ou bien quelqu'un l'a fait rentrer là pour l'enfermer ou bien, comme font les chats des fois, il est rentré par une ouverture improbable comme une fissure dans le solage, qui était pas mal attaqué à l'époque, pis il a plus été capable de sortir après.

Pas une grosse affaire, en tout cas. La deuxième affaire, je l'ai découverte plus tard quand il a fallu ouvrir les combles au troisième. Je les avais pas inspectés la première fois parce que je savais même pas qu'il y avait une pièce là. Je pensais qu'il y avait juste une perte d'espace dans l'entretoit mais l'architecte que j'ai engagé pour refaire la maison a trouvé les plans originaux aux archives municipales. Il disait qu'il y avait une pièce dans les combles. Son idée, c'était de refaire la chambre des maîtres au deuxième en ouvrant le plancher du troisième pour aller chercher de la hauteur pis le puits de lumière qu'il y avait au plafond d'après le plan. Avant de se mettre à dessiner il voulait que j'aille vérifier.

Dans une pièce du deuxième, au coin, il y avait deux portes que tu pouvais facilement confondre avec des garde-robes. La deuxième en était un, mais la première

ouvrait sur un petit escalier. En haut, il y avait une porte
en chêne massif avec une grosse serrure sur le dehors.
La clé qui l'ouvrait était pas sur le trousseau que le fils
Villeneuve m'avait donné. Ni ailleurs. J'ai sorti la scie
mécanique encore. C'était dommage parce que la porte
était belle, mais elle allait sauter de toute façon d'après
le plan de l'architecte. J'ai fait attention de pas tomber à
la renverse dans l'escalier pis j'ai enlevé un grand carré
dans la porte autour de la serrure qui est tombée par
terre, pis j'ai juste eu à pousser.

La pièce était juste un peu éclairée par la lumière
qui venait du trou dans le toit. C'était humide pis ça
sentait le renfermé. La pisse aussi, on aurait dit. Le plancher était en bois de grange, pas en érable comme dans
le restant de la maison. Il y avait deux lits. Un petit lit
simple avec des tiroirs en dessous, quasiment d'enfant,
pis un lit médicalisé HMS avec les montants en bois. Il
y avait aussi une commode avec une petite télévision
dessus pis une armoire au fond pis, sur le mur à droite,
l'entrée d'un monte-charge qui descendait jusqu'à la cuisine. Sur les parois descendantes du comble brisé, il y
avait des posters. De Judas Priest, d'Iron Maiden pis de
trois filles les boules à l'air. Même à sa pleine hauteur,
au milieu, la pièce était étouffante. T'avais le réflexe
de plier le cou pour pas te cogner sur le plafond, qui
devait pas être à plus que sept pieds à sa pleine hauteur. Au milieu de la pièce, entre les deux lits, il y avait
un fauteuil roulant.

Je pouvais pas comprendre qu'on ait mis la chambre
d'un infirme dans un pareil racoin de la maison, là où

ça devait pas être évident ni de le sortir ni de le rentrer. Les meubles étaient comme emmurés là, en plus. Il a fallu que je démonte les deux lits pour les sortir. Le fauteuil, la commode pis le placard sont sortis de justesse. J'ai gardé l'armoire qui était un beau meuble en merisier pour la revernir, le reste est allé aux vidanges. Sauf le fauteuil roulant que j'ai descendu dans la cave, je sais pas pourquoi.

Sont pas beaucoup qui me croient, mais en dessous du lit normal, quelqu'un avait gravé un signe comme ça, au canif, dans le bois du plancher :

J'ai pas voulu relancer le fils Villeneuve ni la madame dans son foyer de vieux. À la place, je suis allé voir Armand Sénécal.

Je l'avais pas vu depuis une secousse pis on m'a raconté qu'il se promenait un peu partout en ville en disant qu'il était pas tellement content que j'aie acheté la maison Villeneuve. Il se considérait comme floué. C'est pas ce terme-là qu'il employait, mais en tout cas. Je suis allé le voir à son bureau au centre-ville, on s'est engueulés un peu là-dessus, pis je lui ai dit que j'avais pas payé la maison beaucoup plus cher que ce que je lui avais conseillé de mettre dessus pis que j'en avais pour au moins dix ans de rénovations devant moi, drette comme je lui avais dit. Moi j'étais prêt à le faire, lui l'était pas, pis personne avait fourré personne. Il a dit «OK, t'as raison» pis il m'a demandé ce que je venais faire là. Je lui ai raconté pour la chambre dans le grenier pis je lui ai demandé s'il savait c'était quoi l'histoire.

Sénécal a dit :

— Quand Médéric Villeneuve a légué sa maison, il a mis une condition. Fallait que celui ou celle qui hérite garde dedans les deux fils cadets de la famille. La pièce en haut était adaptée pour eux, on les mettait là pendant les vacances pis tout le temps, après, quand Médéric a emménagé dans la maison à l'année. Ils avaient à peu près trois ans de différence. Vallaire le plus vieux était pas infirme, il était juste débile mental. Thibeau le plus jeune avait le syndrome d'Andermann. La maladie de Charlevoix. Il a plus été capable de marcher après ses douze-treize ans. Il avait la colonne toute tordue par la scoliose pis il faisait des crises d'épilepsie par-dessus le marché. D'après ce que j'ai entendu, il avait certains retards, c'est clair, mais grosso modo il était un peu plus fin que son grand frère. C'est Viateur qui les a pris pis c'est Viateur qui a eu la maison. Il payait une infirmière pour s'en occuper mais je pense que sa femme pis ses enfants ont aidé pas mal, vu que l'héritage rapetissait. À la fin, l'infirmière venait juste de jour, quand ils étaient pas là. C'est une grosse charge, pour une petite famille. Est-ce qu'il y en avait, dans la tienne ?

— Non. Qu'est-ce qui est arrivé aux frères ? Ils ont fini par les placer, j'imagine ?

— Ils sont morts.

Il avait l'air mal à l'aise. Il a dû voir à la tête que je faisais que la nouvelle faisait pas mon affaire, parce qu'il a ajouté :

— Pas dans ta maison. Pas loin non plus, remarque. Tu te rappelles vraiment pas de cette histoire-là ? C'était en 1982, 83 peut-être.

— Je travaillais à Montréal dans ce temps-là.

— Oui, c'est vrai. Bon. Un soir que Viateur, sa femme et les enfants étaient partis je sais pas où pis après que l'infirmière soit partie aussi, le plus vieux a pris son petit frère dans ses bras pis il l'a descendu au rez-de-chaussée. Il l'a mis dans son fauteuil roulant, il l'a sorti dehors pis il l'a descendu le long du sentier qui va jusqu'à l'ancienne carrière de roche. Il y a une place où le sentier tourne carré à gauche parce que devant il y a un cran d'à peu près cent pieds de haut qui donne sur la falaise pis sur le lac de pluie qui s'est ramassé au fond de la carrière. Arrivé là, Vallaire a soulevé le fauteuil comme pour décharger une brouette pis il a câlicé son frère en bas. Vallaire a sauté dans le vide aussi. Ils ont retrouvé le fauteuil en haut en revenant, sur le bord, pis la police a sorti les deux frères du trou d'eau la semaine d'après. Ça tombe pas droit cette pente-là. Ils se sont déchiré le corps sur la roche en déboulant. Paraît qu'ils étaient tellement maganés dans l'eau qu'il a fallu les remettre chacun en un seul morceau pour savoir lequel des deux était l'infirme.

Un grand frisson m'est passé dans le dos. Je me suis dit qu'il faudrait absolument aller voir comment le sentier était fait, avant que Julie se blesse en jouant dehors. Sénécal a continué :

— Le pire dans cette histoire-là, c'est ce que tu comprends quand tu y penses un peu. Mario Leroux, le gars de la SQ, m'en a parlé un soir qu'on prenait une bière au bar le Stade. Il m'a dit « Tsé, dans cette affaire-là, il y a deux problèmes. Vallaire Villeneuve, il était pas fin-fin, mais il était pas assez fou pour faire une affaire de même. Thibeau, c'était pas exactement un médaillé d'or olympique, mais il était quand même pas assez paralysé pour se laisser faire ça sans essayer au moins de se crisser à terre ou je sais pas quoi. Notre conclusion, on l'a pas sortie dans le journal pour pas blesser personne. On en est venus là en considérant que les malades atteints du syndrome d'Andermann ont tendance à faire des psychoses. D'après moi, c'est Thibeau l'infirme qui a convaincu son grand frère de faire ça. Te rends-tu compte ? »

Moi, en tout cas, je m'en rendais compte très bien. J'ai dit merci à Armand pour la belle histoire pis merci surtout de pas me l'avoir contée avant. Je suis rentré chez moi, j'ai sorti la chaise roulante du sous-sol pis je suis allé la jeter direct au dépôt sec. Le dimanche d'après, j'ai roulé jusque chez Potvin & Bouchard, à la cour à bois. Revenu chez moi, j'ai réussi à trouver l'ancien sentier sans le rouvrir, je suis descendu jusqu'au cran en surplomb, j'ai essayé de pas regarder le lac de pluie qui me regardait d'en bas comme l'œil d'un mort, pis j'ai passé la journée à construire une barrière de protection qui tient encore aujourd'hui.

275

Ça fait pas de ma maison une maison hantée. Faut pas virer fou. Ç'a l'air terrible de même, mais la vérité c'est que, quand je suis retourné dans la chambre des frères ce soir-là après avoir fait la barricade, je me suis juste senti très triste. J'ai pensé à leur vie, dans cette pièce-là. Une vie de rien du tout, une vie assez minuscule pour te donner le goût d'un grand suicide insignifiant. Je sais pas. Ç'a sûrement fini, à travers le téléphone arabe, par faire une histoire bien épeurante mais, pour moi, la vie de Vallaire pis Thibeau Villeneuve, ça reste d'abord et avant tout une histoire triste. Dans les semaines d'après, j'ai défait la chambre des frères dans les combles pis j'ai envoyé tout le bois au dépôt sec. Je sais pas qui Vallaire pis Thibeau ont voulu maudire en gravant le signe du diable sur le plancher mais c'est la malédiction d'un autre, astheure.

J'ai été assez intelligent pour pas raconter l'histoire au complet à mon ex-femme. Au moment d'emménager, elle savait juste pour l'ancienne chambre pis les marques sur le plancher. C'était assez pour impressionner la petite, mais au moins c'était pas le roman de Stephen King au complet.

J'ai laissé passer deux jours pis je suis allé parler avec Julie, un soir, avant qu'elle se couche. J'ai été doux pis j'ai essayé de la rassurer. Elle m'a demandé si je voulais voir son grand cahier. J'ai répondu «Oui, ma belle.» Dans un cahier Canada, depuis au moins six mois, elle avait noté toutes les affaires pas normales qui se passaient dans la maison :

› Les dates et les heures où sa petite chienne Mélodie jappait *de façon inexplicable* ; elle qui hurlait toute la câlice de journée, depuis qu'on l'avait, bien avant d'emménager ici. Qui hurlait après l'horloge, après les bruits dehors, après les écureuils, après son ombre.

› Les dates et les heures où *des coups mystérieux* étaient frappés dans la maison, *depuis l'intérieur des murs* ; des coups qui n'avaient pas grand-chose de mystérieux considérant que certaines sections de la plomberie dataient d'avant la guerre – la Première, je veux dire.

› Des schémas indiquant la position avant et après d'objets qui avaient été déplacés dans la maison. La liste contenait des affaires comme des clés d'auto sur la table pis des bottes d'hiver dans l'entrée pis je me suis retenu de dire à Julie que je savais pas que la femme de ménage était un fantôme.

› Des entrées datées mais sans heures du style *J'ai senti une présence dans la salle de télévision* ou, comme pour me mettre encore plus le feu au cul, *Maman dit qu'une force l'a poussée et qu'elle a failli débouler l'escalier.* L'entrée était datée du samedi d'avant, où l'esprit frappeur avait pu profiter du fait que Danièle était soûle comme la Pologne après qu'Alain Laganière pis sa femme étaient venus souper pis jouer aux cartes.

Ainsi de suite. Sur des pages et des pages.

Les entrées les plus nombreuses donnaient les dates et les heures où des portes avaient été claquées en plein milieu de la nuit. Je me souviens que j'ai eu peur pour elle pis pitié d'elle. Pauvre Julie. Pauvre nous. Je me rappelle l'avoir prise dans mes bras comme quand elle était plus petite pis l'avoir bercée longtemps. J'aurais dû serrer la vis peut-être mais j'ai décidé de laisser faire.

Il y avait tellement de portes claquées dans ce temps-là que ça pouvait pas faire de mal d'en mettre deux ou trois sur le dos des fantômes.

Après ça, c'est allé mieux, c'est allé pire, mais ç'a plus jamais été bien. Ma femme et sa chum Louise ont engagé un clown à moustache pour *purifier la maison* : il s'est promené partout en murmurant dans une langue bizarre pis en faisant brûler de l'encens cheap. Ma fille continuait de remplir son cahier, mais elle avait plus de terreurs nocturnes pis je la soupçonnais d'avoir commencé à faire son intéressante avec ça à l'école. Ma femme, comme elle le faisait avec tout et n'importe quoi, a pris les énergies négatives qui régnaient dans notre demeure comme raison pour dépenser de l'argent. Il fallait qu'elle se réapproprie la maison, elle disait, qu'elle se la réapproprie pour sa famille. Concrètement, ça voulait dire donner des fortunes à son amie décoratrice, acheter des montagnes de gogosses pis de cossins à tous les jours, commander des lampes pis des meubles de l'autre bout du monde, pis dépenser pas loin de quinze mille piastres pour faire fabriquer sur mesure un lit feng shui pour notre chambre, un lit grand comme deux lits king, tellement grand qu'il y avait plus aucune chance qu'on se rencontre dedans sans faire exprès.

La petite pense que la maison a détruit notre mariage à sa mère pis à moi. Danièle doit le penser aussi parce qu'elle a jamais découragé personne d'avoir des idées niaiseuses. Mais la vérité c'est que c'était gâché bien avant qu'on arrive ici. Je lui dirai jamais, mais on était condamnés quand Julie est née. Tout ce qui allait pas avec nous deux s'est mis à aller encore plus mal après ça. Danièle était folle pis moi je buvais. Elle aimait prendre une tasse aussi, remarque, pis j'avais pas toute ma tête non plus. Je suppose qu'on serait capables de l'avouer chacun de notre bord aujourd'hui, mais sûrement pas un en face de l'autre.

Après la naissance de la petite, c'est devenu un projet à long terme de coucher avec ma femme. Un projet qui me coûtait jamais moins qu'une couple de cent piastres. Danièle s'est mise à avoir peur de tout, pour elle pis pour la petite, constamment. Rien de ce que je faisais avait du bon sens. On avait aussi une façon différente de gérer le fait que le bureau marchait bien pis que je faisais de l'argent. Elle venait d'un petit village où elle s'était toujours tiré un rang à cause de sa beauté, pis astheure elle aimait ça faire la parvenue, faire chier ses frères pis ses sœurs qui me détestaient tous parce que j'avais fait une snob avec elle. Moi je venais de la basse-ville, où on te pète la gueule pour bien des raisons, mais jamais plus fort que si tu te prends pour un autre. J'aimais ça payer la tournée pis acheter des gros chars, mais jamais en cent ans je serais allé faire mon frais, parler avec la bouche en trou de cul de poule comme ma femme, qui avait l'air d'une vraie dinde à articuler comme une comtesse avec son vocabulaire de trois cents mots.

Je suppose que c'était en partie de ma faute parce que je la gâtais. J'ai toujours aimé ça la laisser dépenser pour que le monde voie que j'en avais sans que j'aie à faire le smatte moi-même. Quand Julie est née, j'ai eu un réflexe de fils d'ouvrier comme en ont plusieurs : j'ai voulu fermer les vannes pour que ma fille soit pas le bébé le plus gâté de l'univers. Qu'elle devienne pas une gosse de riche avec qui je pourrais même plus parler. C'est une angoisse légitime, me semble, de pas vouloir que tes enfants aient une enfance tellement différente de la tienne que tu puisses plus parler avec. Je sais pas. Tout ce que je sais, c'est que c'était pas possible d'élever ma fille à l'ancienne avec sa mère qui se prenait pour l'impératrice Sissi juste à côté. Ça, ç'a réussi. Au moins. Elle est dure, ma fille, aujourd'hui. Elle gagne son argent toute seule pis elle a peur de personne mais je suis pas assez menteur pour dire que c'est grâce à moi.

Quand on est rentrés dans la maison, il y avait déjà plus grand-chose qui marchait entre sa mère pis moi. On faisait l'amour à peu près dix fois par année. J'essayais de faire un nœud dedans parce qu'on avait quasiment divorcé en 1987 après mon aventure avec une secrétaire. Ça fait que je buvais pas mal pis que, oui, je l'avais crissement mauvaise la plupart du temps. Comme Danièle avait peur de tout pis refusait d'aller consulter pis disait que c'était moi l'imprudent pis moi le fou, il y avait plus moyen de dépenser notre argent ailleurs qu'au centre d'achat. On voyageait plus parce que tous les pays du monde étaient trop dangereux pour la petite – sauf les États pis Walt Disney World, où un homme normal se tanne vite d'aller. On avait une sainte misère à manger au restaurant parce que ma femme mangeait de rien pis avait toujours peur que les gars en cuisine laissent le poulet sur le comptoir plus que cinq minutes ou touchent à sa viande à mains nues. J'ai essayé de me partir une cave à vins mais elle a dit que c'était niaiseux de payer cinquante piastres pour des bouteilles qui sont pas vraiment meilleures que celles à dix piastres pis que de toute façon c'était encore juste des raisons pour se soûler.

Danièle élevait notre fille comme une innocente pis c'était impossible de lui en parler sans qu'elle te saute dessus. Elle la surprotégeait pis la gâtait pis en même temps la surexposait en lui racontant toute sorte de niaiseries sur les hommes en général pis sur moi en particulier. À un moment donné, elle lisait un autre de ses livres de bonne femme : *Les manipulateurs sont parmi nous.* Elle faisait bien exprès de le laisser traîner un peu partout dans la maison avec un gros signet dedans. Un après-midi je l'ai pris, pis je l'ai ouvert sur la page marquée. C'était la liste des «Critères du manipulateur» :

1   Il culpabilise les autres au nom du lien familial, de l'amitié, de l'amour, de la conscience professionnelle ;

2   Il reporte sa responsabilité sur les autres, ou se démet des siennes ;

3   Il ne communique pas clairement ses demandes, ses besoins, ses sentiments et opinions ;

4   Il répond très souvent de façon floue ;

5   Il change ses opinions, ses comportements, ses sentiments selon les personnes ou les situations ;

6   Il invoque des raisons logiques pour déguiser ses demandes ;

7   Il fait croire aux autres qu'ils doivent être parfaits, qu'ils ne doivent jamais changer d'avis, qu'ils doivent tout savoir et répondre immédiatement aux demandes et questions ;

8   Il met en doute les qualités, la compétence, la personnalité des autres : il critique sans en avoir l'air, dévalorise et juge ;

9   Il fait faire ses messages par autrui ;

10   Il sème la zizanie et crée la suspicion, divise pour mieux régner ;

11   Il sait se placer en victime pour qu'on le plaigne ;

12   Il ignore les demandes même s'il dit s'en occuper ;

13   Il utilise les principes moraux des autres pour assouvir ses besoins ;

14   Il menace de façon déguisée, ou pratique un chantage ouvert ;

15   Il change carrément de sujet au cours d'une conversation ;

16   Il évite ou s'échappe de l'entretien, de la réunion ;

17   Il mise sur l'ignorance des autres et fait croire en sa supériorité ;

18   Il ment ;

19   Il prêche le faux pour savoir le vrai ;

20   Il est égocentrique ;

21   Il peut être jaloux ;

22   Il ne supporte pas la critique et nie les évidences ;

23   Il ne tient pas compte des droits, des besoins et des désirs
      des autres ;

24   Il utilise souvent le dernier moment pour ordonner ou
      faire agir autrui ;

25   Son discours paraît logique ou cohérent alors que ses
      attitudes répondent au schéma opposé ;

26   Il flatte pour vous plaire, fait des cadeaux, se met sou-
      dain aux petits soins pour vous ;

27   Il produit un sentiment de malaise ou de non-liberté ;

28   Il est parfaitement efficace pour atteindre ses propres
      buts mais aux dépens d'autrui ;

29   Il nous fait faire des choses que nous n'aurions probable-
      ment pas fait de notre propre gré ;

30   Il fait constamment l'objet des conversations, même
      lorsqu'il n'est pas là.

Elle les avait quasiment tous soulignés. J'ai pas pu lui en parler tout de suite parce qu'on recevait sa chum Monique pis son mari mongol ce soir-là.

Le même soir, je l'ai attendue dans le lit avec son livre pis j'ai demandé :

— Danièle, veux-tu bien me dire qui tu connais qui est un pareil crosseur ?

Elle m'a regardé avec son air pincé de petite snobasse, comme si j'étais le cas le plus désespéré sur la terre.

— Gilles, c'est évident. Ça parle de toi, cette liste-là.

Ça, c'était un pouvoir magique qu'elle avait, Danièle :
me mettre en furie même quand elle disait exactement
ce que je pensais qu'elle allait dire. Je me souviens d'avoir
donné un grand coup de poing dans le mur pis de lui
avoir demandé en criant s'ils allaient faire un tome
deux pour parler des femmes qui étaient des osties de
menteuses pis des osties de profiteuses.

On a entendu Julie pleurer. Danièle m'a traité de
maudit fou pis elle a fait comme d'habitude. Elle a pris
la petite avec elle pis elles sont parties à Québec pour la
fin de semaine. Chez sa sœur. Ça, c'est une autre affaire
que j'ai jamais comprise avec elle. Sa capacité à se faire
accroire qu'elle protégeait sa fille en l'embarquant dans
le char pour lui faire faire deux heures de route avec
elle à moitié soûle.

Je suis resté tout seul dans la maison, tout seul avec
le chien jappeux pis les échos de nos chicanes pis des
drames antiques de la famille Villeneuve. C'est cette
fin de semaine-là qu'est arrivée la seule affaire dans la
maison que j'ai jamais pu expliquer à ma fille.

*

On s'est parlé trois ou quatre fois au téléphone durant
la fin de semaine, Danièle pis moi. Je me rappelle
même pas ce que j'ai dit. C'était juste un rituel, une
pénitence qu'il fallait que je fasse à chaque fois pour
que Danièle débarque de sur ses grands chevaux. J'ai
promis de faire attention. J'ai dit qu'on irait peut-être

consulter quelqu'un. Surtout, j'ai pas haussé le ton une fois tout le temps des appels. Les filles sont revenues le lundi après-midi pendant que je travaillais. Quand je suis revenu, Danièle pis Julie étaient dehors. Danièle est restée sur le parterre, Julie est venue m'embrasser pis elle m'a demandé :

— Papa, t'as-tu vu Mélodie ?

— Mélodie ? Je l'ai attachée dehors ce matin. Je l'ai peut-être rentrée aussi. Elle est pas dans la maison ?

— Non.

On a fouillé un peu aux alentours en criant son nom. Pendant que Julie regardait pas, par-dessus son épaule, j'ai mimé à sa mère le geste de prendre une gorgée dans une bouteille pis j'ai haussé les épaules. Pour vrai, j'avais pas vu le chien depuis dimanche. La petite était inquiète. En soupant, on l'a rassurée, en lui disant que la chienne s'était peut-être sauvée. Que papa avait peut-être oublié de fermer la porte patio à un moment donné, il faisait chaud en fin de semaine. Après trois jours, ma femme a commencé à se demander si la chienne s'était pas fait frapper.

J'ai fait imprimer des feuilles au bureau, avec la photo du chien pis notre numéro de téléphone dessus. On est allés en poser un peu partout, quand Julie est rentrée de l'école. On a reçu aucun appel. On a commencé à dire à la petite que Mélodie était sûrement morte. Elle avait dix ans, quand même. Elle était peut-être malade. Elle avait peut-être décidé d'aller se cacher dans le bois pour mourir.

Le samedi, j'étais dans mon établi, dans le sous-sol, quand Julie est venue me trouver. Elle a dit :

— Papa, je voudrais te montrer quelque chose pendant que maman est pas là.

— Tout de suite ?

— Oui. Je pense que j'ai trouvé Mélodie.

J'ai enlevé mes lunettes de sécurité pis je les ai posées sur le banc de scie. «Je te suis, ma belle », j'ai dit, pis on est sortis dehors. On a marché jusqu'en arrière de la piscine, à l'orée du bois. Julie a farfouillé un peu dans les branchages avant de dire «C'est ici.» Un grand frisson m'est passé dans le dos quand j'ai compris qu'elle avait retrouvé le sentier qui allait jusqu'à l'ancienne carrière de roche des Villeneuve. On a marché jusqu'à la barrière de sécurité que j'avais construite presque deux ans plus tôt. La petite s'est penchée dessus. «Attention », j'ai dit. «Inquiète-toi pas, elle a répondu. Inquiète-toi pas pis regarde.»

Tout en bas, il y avait quelque chose dans le lac de pluie. Le corps d'une petite bête démanchée qui flottait dans l'eau noire, noire elle aussi mais d'un autre noir, plus mat. J'ai pris une grande respiration pis j'ai demandé :

— Julie, je te promets qu'on va aller voir si c'est Mélodie. Par l'autre côté, par contre, parce que la piste est dangereuse à partir de là. Avant, je veux que tu me dises pourquoi tu es venue ici.

— Non, je veux pas.

— Julie. Dis-le-moi.

— Parce que c'est le lac où Thibeau pis Vallaire Villeneuve sont morts.

J'ai fermé les yeux pis serré les poings pis j'ai senti Julie qui s'accrochait après moi.

— Papa, écoute-moi. C'est pas maman qui me l'a dit, je te jure. C'est la grande Christine à l'école. Fâche-toi pas, papa. Fâche-toi pas.

On est revenus à la maison ramasser des gants pis une pelle pis une grosse poche de jute. On a pris mon auto pis on a fait le tour par le bas de la ville. L'entrée condamnée de la carrière donnait sur une petite route le long du Saguenay, lugubre comme d'habitude par temps couvert. J'ai pété le cadenas de la grille avec une pince-monseigneur pis on est rentrés. On a tiré des roches dans l'eau jusqu'à ce que Mélodie s'échoue sur la rive. J'ai dit à Julie de regarder ailleurs.

On l'a enterrée en arrière du cabanon de la piscine le soir même. La petite a été triste pendant environ une semaine. Après elle s'est calmée pis toute la maison s'est calmée aussi.

Comme si elle avait accepté un sacrifice.

Ç'a filé comme ça un bout de temps. Ma femme décorait pis décorait. Bien vite la maison a été une espèce de labyrinthe de guéridons pis de tablettes pis de petites tables avec des tits-bibelots pis des tites-lampes par-dessus pis des pattes par en dessous. Des dizaines d'osties de pattes pour s'écrapoutir le petit orteil dans la noirceur à quatre heures du matin. Ma fille notait n'importe quel grincement de porte pis n'importe quel vagissement de tuyau dans son cahier aux mystères. Elle prenait des polaroïds par douzaines. Des photos de rien. Elle les prenait à contre-jour ou dans l'obscurité totale jusqu'à ce qu'elle en ait une bizarre à coller dans son cahier. Elle se teignait les cheveux noir pis se mettait du rouge à lèvres noir pis elle avait l'air bien partie pour acheter tout le linge noir qui existait à sa grandeur dans l'univers. Je me souviens de m'être dit «Crisse, si elle pouvait s'intéresser aux garçons un peu.» Je me souviens de l'avoir regretté beaucoup quand les matous ont commencé à lui tourner autour, plus tard.

Ma femme avait décidé de pas installer notre chambre au deuxième finalement. Elle disait qu'elle était pas à l'aise de dormir sur un autre palier que sa fille perturbée. Ça fait que j'ai décidé de rénover pour bâtir des appartements à l'étage avec Denis Harvey, Alain Laganière pis Yvon Bouchard. Ç'a occupé mon temps quelques mois. On travaillait fort, le soir pis les fins de semaine. Des fois, on se faisait venir du Saint-Hubert barbecue au lieu de redescendre en bas. Ma femme avait jamais l'air contente de nous préparer à souper de toute façon. Des fois aussi on finissait la journée un peu soûls pis je laissais les gars partir en disant «Je vais ramasser un peu» pis je les regardais s'en aller en auto par les grandes vitres en avant pis je me couchais là, à même le sol, avec ma propre chemise en tapon comme oreiller. J'étais jamais pressé de laisser le chantier, la bonne senteur de bière pis de sciure de bois, pour aller rejoindre ma femme frigide dans son lit géant.

Un mardi, il fallait que je parte au Lac-Saint-Jean pour une inspection d'usine à Chambord. J'ai demandé à Danièle si elle voulait que j'annule. « Non, c'est beau, pars, elle a dit. Je vais m'arranger avec la petite. »

J'ai senti qu'il y avait quelque chose de pas correct.

Quand je suis revenu trois jours plus tard, les filles étaient parties.

Ç'a pris quinze jours pour que Danièle me dise où elles étaient. Chez sa sœur à Québec évidemment. Elles reviendraient mais pas dans la maison. Elle se prendrait un appartement parce qu'elle avait besoin de réfléchir. Cet appartement-là, j'ai aidé à le trouver, je l'ai peinturé pis je l'ai payé pendant six mois. Je dis ça juste pour dire. J'allais chercher Julie deux fois par semaine pour aller au restaurant pis au cinéma. Elle voulait plus dormir à la maison. Aucune des deux m'a beaucoup parlé de la chienne par après. Ou bien elles en avaient fait leur deuil normalement ou bien elles savaient que je serais pas un bon public pour leurs théories paranormales. Entre-temps, j'ai fini les logements du deuxième pis j'ai rentré des locataires dedans. Pis jamais personne s'est plaint de quoi que ce soit, y compris la mère pis sa fille qui ont habité dans l'appartement où il y avait avant la chambre de Thibeau pis Vallaire.

J'ai enduré la petite crise d'indépendance de ma femme durant quasiment un an. Jusqu'à ce que le monde en ville commence à me dire qu'il y avait un autre homme dans le décor. Je lui ai demandé des comptes au téléphone.

— Je sais pas si c'est sérieux avec cet homme-là, mais t'as tellement pas l'air de vouloir changer, Gilles.

— Qu'est-ce que tu veux ? j'ai demandé. J'aimerais ça qu'on s'entende mais je sais pas ce que tu veux.

— Je pense que le point de départ, ça serait que tu reconnaisses ton problème de boisson pis que tu vendes ta maudite maison.

— Oui, mais toi, qu'est-ce que t'es prête à faire pour qu'on se remette sur les rails ?

— Qu'est-ce que tu veux que je fasse, moi, Gilles ? C'est pas moi qui est malade.

J'ai vu rouge. La petite voix dans ma tête m'a dit de me taire mais j'ai parlé pareil :

— Je vais te dire une affaire, ma belle, pis tu peux mettre ça dans ta pipe. Je vais toujours boire parce que j'aime ça boire pis de toute façon il y a aucun homme au monde qui pourrait endurer une crisse de folle comme toi à jeun. Pis je partirai jamais de ma maison. Jamais.

J'ai raccroché. Peut-être qu'elle a rappelé mais je pouvais pas savoir parce que j'avais complètement scrappé le téléphone en remettant le combiné dessus. Ç'a pris dix ans avant qu'on se revoie sans qu'il y ait des avocats à côté.

*

Aujourd'hui, Julie a presque trente ans. Elle a deux petites filles pis un mari. Ils sont à Montréal. J'aurais mieux aimé qu'elle reste dans la région, mais qu'est-ce que tu veux. Depuis qu'elle est partie à Montréal à dix-neuf ans, elle est venue me voir chaque fois qu'elle descendait au Saguenay mais elle veut jamais rester long-temps dans la maison pis pas une fois elle a dormi deux nuits de suite dedans. Hier, ils sont arrivés toute la famille ensemble. J'ai parlé avec mon gendre que je connais pas beaucoup, la plus grande des filles s'est baignée toute la journée dans la piscine, la plus petite qui a même pas un an s'est amusée dans sa soucoupe à l'ombre en dessous d'un grand parasol. Le soir on a couché les filles pis on a soupé dehors tous les quatre, ma femme, ma fille, mon gendre pis moi, de pattes de crabe pincées sur le barbecue.

Une super belle journée.

On a mangé comme des cochons pis on a ri pis ma fille a même raconté quelques histoires de son adolescence ici pis, en la laissant faire, mine de rien, je suis rentré dans la maison pis je suis allé chercher son cahier aux mystères. Elle a crié quand je le lui ai montré, toute gênée. On a parlé des coups dans le mur donnés par la plomberie, des planchers qui grinçaient pis de ses photos floues. À un moment, elle a quand même dit :

— Tu ris bien, mais t'as jamais trouvé d'explication pour le chien.

— Ah, ta Mélodie… elle a dû tomber, qu'est-ce que tu veux que je te dise ?

Ma femme connaissait pas l'histoire, ça fait que Julie lui a raconté. Après j'ai changé de sujet, comme d'habitude. J'ai dit « Tu le savais pas, hein, Roxanne, que tu restais dans une maison hantée ? » Je me suis forcé à rire pis à leur raconter que Roxanne pensait qu'il y avait un vampire dans la cave, une créature maline mais pas vraiment méchante, une espèce d'esprit qui vole de la vie aux veines du monde par petites mordées. J'ai même un ami qui enseigne à l'Université du Québec qui veut l'interviewer là-dessus, parce qu'il a jamais entendu parler d'une pareille croyance aux vampires ailleurs qu'en Europe de l'Est et dans les Balkans.

*

La fois que Danièle était partie avec ma fille à Québec, quand Mélodie est disparue, j'avais pas dessoûlé beaucoup de la fin de semaine. Je me rappelle pas tout, mais je me rappelle avoir marché de long en large dans la maison en ayant des engueulades imaginaires avec ma femme pis je me rappelle avoir arraché plusieurs tablettes du mur pis sacré bien des affaires par terre que j'ai été obligé de ramasser le dimanche. Le samedi soir, je me suis couché de bonne heure avec un gros mal de tête.

Vers dix heures, la chienne s'est mise à japper. Je suis sorti de la chambre pis je l'ai trouvée dans le salon, assise en plein milieu de la pièce, en train de japper la tête en l'air après rien. Elle s'est couchée en me voyant arriver. Je l'ai flattée un peu en lui parlant doux pis elle m'a suivi dans le lit. Elle est pas restée longtemps. Je l'ai sentie partir pis, entre deux eaux, je l'ai entendue pousser de temps à autre des grands jappes imbéciles.

De sa naissance à ses onze ans, à peu près, ma fille avait eu Jack. C'était un berger allemand mélangé avec plein d'affaires. Je l'avais choisi dans la portée de la chienne d'un fermier, à Saint-Cœur-de-Marie. Ma fille était encore dans le ventre de sa mère. Julie et Jack, ça avait été le grand amour. On a souvent vécu à la campagne quand ma fille était petite, ça fait que Jack a été son compagnon de toujours. Même après, quand on a habité des rues en ville avec plus d'enfants, elle préférait souvent rester toute seule avec son Jack.

Deux semaines après la mort de Jack, ma femme nous était arrivée avec son petit schnauzer nain. «La meilleure petite chienne du monde», qu'elle disait. Une amie lui avait donnée en oubliant bien de dire qu'elle jappait de toutes ses forces pour un oui ou pour un non. Elle aimait pas les chiens plus qu'il faut mon ex-femme pis en quinze ans de vie commune je pense pas l'avoir vue ramasser cinq crottes. Mais elle croyait dur comme fer qu'une vie d'enfant sans chien c'était pas une vie pis que ça prenait un autre cabot pour consoler Julie. Je suis pas sûr que ç'a marché pis j'aurais bien aimé ça qu'elle me consulte avant au moins. C'est moi qui l'avais dressé, Jack, c'est moi qui l'avais mis propre pis c'est moi qui l'avais fait piquer pis, honnêtement, moi j'aurais eu besoin d'un petit break de chien avant d'en avoir un autre.

Mélodie a pas vraiment eu sa chance avec moi. J'aimais pas beaucoup ce chien-là. Son jappage a pas aidé, c'est sûr, surtout pas après que ma femme pis ma fille se sont mises à s'en servir comme preuve que notre maison était pas normale.

Bref, j'aimais pas ce chien-là pis elle m'a tombé sur les nerfs de plus en plus dans la nuit jusqu'à trois heures du matin, à peu près, quand elle s'est mise à hurler à la mort. Je suis descendu dans le salon en beau tabarnac pis je lui ai envoyé un grand coup de pied dans le flanc. J'ai jamais aimé frapper les chiens, mais ça faisait longtemps que j'étais plus tout le temps capable de me retenir avec elle. Elle s'est relevée pis elle m'a filé entre les pattes en continuant à crier à tue-tête. Je lui ai couru après dans toute la maison pis elle a fini par faire une erreur en passant devant la descente d'escaliers de la cave. Là, j'étais juste derrière elle pis j'ai pu lui envoyer un autre coup de pied dans le flanc qui l'a envoyée débouler en bas des marches.

Je suis descendu bien lentement. Le chien poussait des cris aigus. Elle a essayé de ramper encore mais je l'ai cueillie avec le pied une troisième fois, fort, pis ç'a fait un bruit d'os qui craquent. Elle a pissé de peur sur le béton pis elle s'est couchée en soumission. Je l'ai attrapée par le cou. Je pourrais dire que j'étais fou ou pris du diable ou possédé par le démon gémeau de Vallaire pis Thibeau Villeneuve mais je le dirai pas. Parce que c'est pas vrai. J'ai pas vu rouge pis j'ai pas vu noir. Ma colère était blanche pis tout était vraiment clair dans ma tête. J'étais même plus soûl. Ç'a été ça, le moment le plus terrible, quand j'ai compris dans la même seconde que je pouvais arrêter mais que je le ferais pas parce que chaque fibre de moi était d'accord avec ce que je faisais. La chienne m'échappait à force de gigoter. Je l'ai secouée d'un bord pis de l'autre pis, quand j'ai eu une bonne grip, j'ai serré de toutes mes forces. Les hommes d'antan inventaient des fantômes, des vampires pis des loups-garous pour les accuser des crimes qu'ils faisaient eux autres mêmes pis moi j'étais pas meilleur qu'eux autres, j'étais pas meilleur que personne. C'est pas un fantôme ou un démon qui a tué Mélodie, c'est juste moi. Moi, ma folie pis mes mains.

J'ai laissé le chien là avec sa langue sortie de trois pouces pis ses yeux quasiment arrachés des orbites. Je suis allé me coucher pis, le lendemain, quand je me suis réveillé à peu près en même temps que le soleil dans les effluves de boisson, j'ai réussi à pas y penser pendant au moins dix minutes. Après, c'est revenu, pis je me suis dit que l'ancienne carrière serait une bonne place pour se débarrasser du corps. J'ai marché jusque-là avec la chienne dans les bras en laissant les branches pis les ronces m'écorcher les bras nus pis la face pis je l'ai garrochée en bas sans même la regarder une dernière fois.

Je l'ai jamais dit à personne pis je vais toujours le

nier. Ma femme pis ma fille m'en ont pas reparlé souvent, mais à chaque fois j'ai dit « La chienne est tombée dans le trou, lâchez-moi avec ça. » Vous pensez peut-être que je suis en train d'avouer en racontant l'histoire, mais c'est pas vrai. J'ai changé l'histoire juste assez pour que personne me reconnaisse, pis si par malheur ma fille me reconnaissait quand même, je dirais « Es-tu folle? »

Je vais toujours nier avoir fait ça pis je donnerais le même conseil à n'importe quel homme qui commettrait pareille abomination. Nie jusqu'à la mort. Jure sur la tête de tes parents, jure sur la tête de ta femme, jure sur la tête de n'importe qui sauf de tes enfants pis jure sur leur tête aussi si t'as pas le choix. Invente une histoire, conte une menterie, maudis ton âme éternelle, mais pour l'amour du ciel ferme ta gueule.

*

Il s'est passé une drôle d'affaire hier. Julie a dormi dans la maison pis, au matin, elle a rien trouvé de bizarre. La plus vieille s'est réveillée dans la nuit après un cauchemar pis elle a fait tout un chiard pis son père a été obligé de la rendormir mais, ce matin, ma fille a pas dit que c'était la faute à la maison, à Thibeau pis Vallaire ou à je sais pas quoi. On a déjeuné tous ensemble dehors, il faisait beau. Roxanne pis moi on part en vacances après-demain ça fait que, comme ça, j'ai dit « Heille, si vous voulez, vous pouvez prendre la maison pour la semaine avec les filles. Ça nous ferait plaisir. »

Chaque maison double et duelle

Je m'attendais à ce que Julie parte à rire. Mais elle pis son chum se sont regardés, normalement, pis elle a dit :

— On va y penser, papa. C'est vrai que ça nous ferait une maudite belle place pour rester le temps qu'on est au Saguenay.

J'en revenais pas. J'étais assez content. Juste au cas, l'après-midi, j'ai montré à mon gendre comment mettre la toile solaire sur la piscine, comment marchent la thermopompe pis l'auvent rétractable sur la terrasse pis le système de son extérieur s'ils voulaient mettre de la musique. Je lui ai montré ma cave à vins pis mon congélateur à viande dans le sous-sol en disant «Gênez-vous pas, hein, ça nous ferait plaisir.»

Pis j'ai ajouté :

— En tout cas, si tu réussis à faire dormir ma fille ici une semaine, je te lève mon chapeau. Même aujourd'hui, elle est encore sûre qu'il se passe des affaires surnaturelles dans la maison.

Il m'a regardé, mon gendre, pis il a dit avec un drôle de petit sourire, comme mystérieux :

— Oh, je pense que vous aussi, vous avez vu des choses bizarres dans le temps.

Il m'a pris de court, j'avoue. Je me suis pas avancé ni rien. J'ai même dit, pour lui fermer la trappe :

— Oui, c'est vrai. J'ai vu des affaires. Mais ça venait pas de la maison.

J'ai failli ajouter quelque chose mais j'ai décidé de laisser ça comme ça. On s'est regardés sans rien dire pis on s'est compris. Je lui ai donné le dernier mot, même si ça me ressemble pas.

— Inquiétez-vous pas. Tout est plus tranquille astheure. Julie est plus tranquille astheure. Pis, de toute façon, les maisons comme la vôtre, elles rendent juste ce qu'on leur donne.

Je l'aime bien, ce gars-là. Je trouve que ma fille est bien avec lui pis que leurs filles sont bien élevées. Je trouve qu'il est pas fou, pis que c'est probablement la chose la plus intelligente qu'on peut dire, de ma maison comme de bien des affaires.

Elles rendent ce qu'on leur donne.

Madeleines

ARVIDA III

UNE FOIS, une seule fois, ma grand-mère la mère de mon père a dit :

— Y a pas de voleurs à Arvida, Georges. Il faut bien qu'elle soit quelque part.

J'avais neuf ou dix ans et je ne savais pas de quoi ils parlaient. À côté de la salle de télévision, dans le sous-sol, il y avait une pièce de débarras, un antique fouillis avec une fournaise à l'huile qui fuyait, un établi et une toilette où on avait une peur bleue de faire nos besoins, mon frère et moi. Sans doute pour couper court à tout onanisme adolescent futur, ma grand-mère disait que, si on restait trop longtemps dessus, l'odeur de chair fraîche et de crotte pouvait faire remonter un rat vorace dans le tuyau.

Georges bardassait là-dedans depuis deux jours quand il a crié «Eurêka.» Ma grand-mère et lui m'ont convoqué tout seul dans le bazar. Sur une table petite comme un meuble de machine à coudre, Georges avait posé un autre type de machine. Noire, avec un clavier devant, une page blanche enfoncée dedans avec un rouleau et une sorte de cible, au milieu de la feuille tendue sur une tige de métal, montée sur un mécanisme entre les deux extrémités d'un rouleau noir et rouge. Au-dessus du clavier, en dessous de la bouche énorme de la machine où s'alignaient les tiges de caractères comme des tuyaux d'orgue, était inscrit en grosses lettres :

UNDERWOOD

Mon grand-père avait acheté cette machine à écrire aux lendemains de la guerre, à un moment où, l'économie européenne se relevant lentement, le Québec était devenu pour Underwood le meilleur marché où écouler, à rabais, ses stocks de machines à clavier français.

Pour arrondir leurs fins de mois, mon grand-père et ma grand-mère avaient écrit dessus des articles pour le *Progrès-Dimanche* et plus tard pour *La Source*. Sur cette machine, tous mes oncles et mes tantes s'étaient usé les ongles et les jointures durant leurs études. Sur cette machine, mon grand-père avait écrit toute sa vie des rapports de dépistage pour les Blackhawks de Chicago, les Rangers de New York et, dans le junior, les Remparts de Québec. Sur cette machine, d'ailleurs, il avait été dit pour la première fois que Michel Goulet, un jeune ailier gauche de Péribonka, serait une affaire en or pour n'importe quel club qui mettrait la main dessus.

Georges l'avait huilée et graissée, et elle était comme neuve.

On était en 1988 ou 1989, cependant, et je ne savais pas trop ce qu'ils voulaient que je fasse avec cette antiquité. Ma grand-mère a expliqué :

— C'est pour tes histoires.

— Quelles histoires ?

— Celles que tu racontes tout le temps. Celles que tu inventes aussi.

Il est vrai qu'à cet âge-là, j'étais légèrement menteur. Depuis mon plus jeune âge, par ailleurs, j'avais tendance à exaspérer mon frère et nos amis en imposant à nos petits bonhommes (G. I. Joe, He-Man et figurants Playmobil) d'interminables mélodrames avant de les laisser s'échanger le moindre coup de poing.

— Ces histoires-là, justement. Tu pourrais les écrire là-dessus et ça ne dérangerait personne. En plus, tu pratiquerais ton français. Et peut-être qu'un jour, elles vont être assez bonnes pour les faire lire à ta mère, à ton père ou à moi.

C'était une bonne idée, j'ai trouvé. Alors je me suis familiarisé avec les touches et le mécanisme et les caractères lourds qui parfois restaient collés sur la page. J'ai commencé à raconter n'importe quoi dessus, surtout des histoires volées à Will Eisner (dont on avait les *Spirit* en traduction dans les vieux *Pilote* de mes oncles que ma grand-mère avait conservés) et à Stephen King, l'écrivain le plus cool du monde à l'époque. J'écrivais des histoires dégueulasses situées dans un Arvida pas totalement inventé où le shérif s'appelait Jim, sa femme Deborah et leur fils Timothy.

(C'est aussi à cette époque que je suis devenu pour de bon insomniaque. L'enfant commence à écrire au moment où dormir devient difficile. Dans sa chambre, sous ses draps, il lutte contre ce qui bientôt lui échappera à jamais. Une vie entière à courir après son sommeil et à le sentir glisser entre ses doigts. Mais ça commence comme ça : un enfant, dans son lit, qui le fuit. Ne pas dormir, ne pas rêver, ne pas fermer les yeux jamais. Les darder partout dans le noir, se souvenir de la journée, s'imprimer l'esprit de toutes les choses laides et de toutes les choses belles.)

Plus tard, j'ai voulu écrire mes propres trucs.

Sur un petit calepin, j'ai pris des notes que je retranscrivais ensuite à la machine. J'enquêtais sur les véritables apparitions à Arvida et je tentais d'établir une espèce de tératologie ouvrière. Les phénomènes étranges étaient peu nombreux, parce que la ville était jeune et son passif surnaturel plutôt léger. J'ai tendu l'oreille aux histoires des grandes sœurs et grands frères qui n'étaient pas des histoires idiotes de Ouija ou de baby-sitter folle qui faisait cuire les bébés au four comme une dinde.

Je n'ai pas trouvé grand-chose.

Ma mère disait que ma marraine avait habité un jour la maison d'un suicidé à Saint-Mathias et l'avait quittée au bout de quelques mois en refusant à jamais d'en parler.

Dans une maison de la rue Faraday, au deuxième étage, devant une grande fenêtre étroite donnant sur l'église, on peut voir à l'heure où le soleil descend, l'été, et où la nuit s'opacifie, l'hiver, une femme qui regarde distraitement le dehors en fredonnant une berceuse à son enfant. Dans le lit, le bébé est mort. C'est un fantôme, bien sûr, mais un fantôme de bébé mort. Il n'est pas son propre fantôme, il fait partie de la trace laissée par sa mère morte. Le bébé ne pleure plus, ne respire plus, ni dans ce monde ni dans l'autre. C'est le fantôme d'une autre chose, une chose blême, avec le tour des yeux et des lèvres noirâtre, que sa mère essaye d'endormir. Je ne sais pas si le bébé change. C'est quelqu'un qui m'a dit que le bébé dans le lit est mort. J'ai promis de ne pas dire qui. Moi, du trottoir, j'ai juste vu la mère, penchée au-dessus du berceau. Je ne suis même pas sûr qu'elle était morte.

Sur la rue Oersted, un ancien locataire m'a parlé d'un phénomène étrange. Il n'y a pas de fantômes à cette adresse. Seulement, dans la grande maison vide, on entend, deux ou trois fois par année, l'écho de conversations anciennes. Le locataire, seul, intrigué, se réveille en plein milieu de la nuit et examine les pièces une à une, dans le noir. Il finit par s'avouer que ces voix viennent de nulle part.

Dans le bois qui s'étend du chemin de l'usine d'épuration des eaux jusqu'au terrain de golf vivait un monstre. Lorsqu'on empruntait ce chemin pour aller jusqu'au terrain de golf nous faire payer un Pepsi et un chips par les amis de mon père qui éclusaient au clubhouse, on l'entendait souvent, massif, remuer entre les branches. On s'enfuyait en hurlant, jusqu'à ce que le souffle nous manque et que le feuillage touffu s'ouvre sur le parking du terrain de golf. J'ai toujours cru que c'était un tyrannosaure. Mon frère disait que c'était un loup-garou. Stéphane Blais disait que c'était un ours, Jean-Nicolas Frigon un requin volant et mes cousins Bergeron un dragon. Bien plus tard, après que j'ai oublié la terreur absolue et la silhouette imaginaire qui bruissait sous les feuilles, une amie m'a dit qu'il y avait vraiment un monstre qui habitait le chemin du golf, qu'elle l'avait vu, qu'il lui avait dit des choses.

C'était un homme.

J'ai essayé d'écrire une histoire complète, une fois, sur notre maison au bout de la rue Gay-Lussac. C'était une immense maison blanche en bois avec des volets noirs, une annexe, un garage double et une piscine creusée, la maison de rêve que mes parents avaient achetée quand ils étaient riches.

Mon histoire était celle d'un homme qui rachetait adulte une maison qu'il avait habitée enfant. Il s'y installait avec sa femme et son fils, et se rendait compte que la maison était hantée par lui-même. L'homme était cliniquement mort, à douze ans, en se noyant dans la piscine. Je n'ai jamais réussi à la finir parce que je ne savais pas si c'était une histoire triste ou une histoire d'horreur. Nous avons dû quitter la maison en 1987. À la fin, mes parents dormaient chacun dans leur chambre au bout du couloir et la piscine brisée était devenue un vrai marécage. Des grenouilles nageaient dans son eau croupissante et on y retrouvait chaque semaine des animaux morts.

Elle avait eu une bonne idée en m'asseyant devant l'Underwood, ma grand-mère la mère de mon père. Malheureusement pour elle, et surtout pour moi, il y a toujours un moment où j'accroche à des histoires qui n'en sont pas, qui commencent sans finir ou qui n'arrivent jamais vraiment. Des possibilités, des rêves et des rendez-vous manqués. Des fantômes et des omissions.

Mon histoire préférée est arrivée à un ami de mon frère, dont je tairai le nom ici en le désignant par la lettre D.

D. habitait seul avec son frère et sa mère. Il racontait comme on le lui avait appris que son père était mort d'un cancer quand il avait sept ans. C'était faux, on le savait, et D. lui-même l'apprit plus tard.

Son père s'était suicidé en sautant du pont de Shipshaw.

Bijou du génie civil financé par Arthur Vining Davis, achevé en 1950, inauguré par Maurice Duplessis et encore aujourd'hui le seul pont en aluminium au monde, le pont de Shipshaw, construit en arc, s'élève au-dessus d'un bras de la rivière Saguenay à presque quarante mètres au-dessus d'une gorge vertigineuse, d'un courant brutal et de roches acérées. J'ignore si beaucoup de gens se sont bel et bien tués là mais, dans l'imagination débridée de mon père, ils sont légion.

C'est d'ailleurs sa façon de me dire qu'il n'a pas le moral. Des fois j'appelle, je demande comment ça va et mon père répond :

— Ils servent le numéro 6 au pont de Shipshaw. J'ai le 72.

Nombreux ou pas, le père de D. faisait partie du lot. La mère de D. avait quitté Arvida pour une ville voisine et préféré par la suite, au récit d'un suicide, la version expurgée d'un cancer.

À seize ans, D. se mit à fréquenter une jeune femme dont la famille venait de se réinstaller dans la région, après que le père, qui travaillait pour Hydro-Québec, avait été affecté deux décennies durant un peu partout dans la province. Par l'intermédiaire de sa copine, D. apprit que son nouveau beau-père avait été jadis un grand ami de son père.

Vint donc le jour où elle le présenta à ses parents. Conversations habituelles, silences, gêne et rires forcés, jusqu'à ce que D. finisse la bière qui lui avait été offerte et trouve une certaine aisance. Le père demeura seul avec lui et prit des nouvelles de sa mère, de son frère et de lui. Après un moment, lui-même plus à l'aise, il demanda :

— Avez-vous des nouvelles de votre père de temps en temps ?

Et D. répondit, troublé :

— Monsieur, mon père est mort ça fait dix ans.

Le beau-père s'étouffa dans sa bière et s'excusa de sa distraction impardonnable. Ils passèrent à table, mais D. avait bien vu comment le père avait pâli en disant ça et comment il fuyait son regard depuis. Il ne fit rien devant sa copine et attendit le lendemain pour aller relancer l'homme au travail.

— Monsieur, hier, vous m'avez demandé des nouvelles de mon père et vous avez failli tomber dans les pommes quand je vous ai appris qu'il était mort. J'aimerais comprendre pourquoi. J'aimerais ça que vous me disiez la vérité pis que vous essayiez pas de me faire accroire que c'était rien parce que je l'ai vu dans votre face que c'était pas rien.

Son beau-père a soupiré.

— Comme tu veux, mon garçon. Je savais pas que ton père était mort parce que j'étais loin d'ici dans ce temps-là. Je me suis dit que tes parents étaient divorcés. Mais je pense que tu devrais poser des questions un peu de ton bord, parce que j'ai rencontré ton père dans la rue à Rouyn. L'année passée.

Même si je suis encore aujourd'hui plein de compassion pour D., je suis surtout amoureux du gouffre ouvert par cette réponse-là.

Était-il possible que le père de D. ne soit pas mort?

Avaient-ils seulement retrouvé son corps sous le pont de Shipshaw?

Je suis reparti à Montréal avant que mon frère ait pu me raconter la suite, s'il y a eu une suite. J'ai souvent contemplé de loin cette énigme, comme un détective obèse dans les pages d'un roman policier jauni.

La solution la plus plausible que j'ai trouvée est qu'il y avait erreur sur la personne avant le repas. D. n'est pas un patronyme ultra commun au Saguenay comme Tremblay, Girard ou Bouchard, mais ce n'est pas non plus un nom rarissime. Il était fort possible qu'à travers le téléphone arabe et les souvenirs lointains, son beau-père ait imaginé que D. était le fils d'un D. qui n'était pas son père.

Cela expliquait la réapparition. Cela expliquait aussi comment un homme, qui se disait un vieil ami et qui avait gardé des liens assez étroits avec la région pour éventuellement y retourner, aurait ignoré aussi superbement l'annonce du décès.

Bien sûr, cela dissipait le malentendu en assassinant l'histoire. À l'inverse, on pouvait inventer des centaines de récits et autant de pères différents à D. pour alimenter le problème. On pouvait lui inventer un père fraudeur en cavale, un père mafieux devenu témoin de la Couronne, un père espion, un père amnésique, un père enlevé par les extraterrestres, un père dans la légion étrangère, un père homosexuel victime d'un maître chanteur, un père tueur en série, un père alcoolique ou toxicomane, ou, mon préféré, un père, existentialiste du dimanche, qui se serait enfui et aurait fondé ailleurs une nouvelle famille pareille à l'ancienne pour mettre à l'épreuve sa liberté.

D'un côté, je détruis le mystère en lui fournissant un dénouement plat. De l'autre, je l'attire et ultimement l'anéantis dans les pièges de la fiction (et de la fiction facile par-dessus le marché). Raconter cette histoire, c'était déjà en bazarder le pouvoir de fascination. Pour moi, elle finit exactement là où elle commence, sur la révélation du retour d'un mort et la multitude d'hypothèses qui se succèdent sans vraiment s'imposer pour éclairer ce prodige sépulcral.

Rien ne m'a rendu écrire plus difficile que cette impossibilité fondamentale. Comme ces anti-madeleines de mon père dans lesquelles s'engouffre toute mémoire, les histoires que j'aime sont inracontables ou perdent à être racontées ou s'autodétruisent dans l'exercice même de leur formulation.

J'en ai parlé avec mon père, une fois.

Nous étions au camp de pêche sur les monts Valin.

Dans le noir, dehors, il y avait des insectes et des bêtes et des plantes auxquels la lune prêtait une couleur différente de celle qui est la leur le jour venu. Sous le faisceau de la lampe à gaz, dans la lumière, il n'y avait que nous deux, mon père et moi.

Il était tard et on était aux deux tiers d'une bouteille de Johnnie Walker. Comme souvent en pareille circonstance, mon père voulait que je lui explique des trucs que j'étais trop soûl pour expliquer. Cette fois-là, il me posait des questions sur l'écriture. Il voulait savoir pourquoi je débarquais parfois avec des bouts de nouvelles et des débuts de roman plein mes valises et pourquoi parfois, durant de longues années, je n'écrivais pas une ligne. J'ai dit :

— C'est pas si facile que ça.

— Comment ça, c'est difficile? Je connais des milliards d'histoires. Si j'étais capable d'écrire, j'écrirais tout le temps.

— Oui mais tu en saurais pas autant si tu passais ton temps à lire les livres des autres.

— Ceux qui connaissent les histoires sont pas capables de les écrire et ceux qui sont capables d'écrire manquent d'histoires. La vie est bien mal faite.

— J'en connais en masse des histoires. C'est pas ça qui m'arrête.

— Quoi alors?

— C'est de raconter, le problème. Je trouve jamais le moyen de mettre ce que je veux dans les histoires.

— Comprends pas.

— Connais-tu Proust?

— Écrivain français auteur d'*À la recherche du temps perdu.* Six lettres.

— Voilà. Ce truc-là, c'est un Everest. Quelque chose comme quatre mille pages. Là-dedans, le narrateur goûte au début à une madeleine et ça fait revenir à sa mémoire toute son enfance. Tu te rends compte? Le gars a sorti le monde entier d'un biscuit.

— C'est pas vraiment un biscuit, une madeleine.

— Je sais. Mais moi j'ai rien qui se rapproche de ça. J'ai pas de madeleine. Tout ce dont on avait faim, quand on était des enfants, c'était de MacDo.

— Je m'en souviens. Les jeux d'enfants dehors et l'odeur de patates frites dans l'auto.

— Et les MacCroquettes. J'ai l'impression que toutes nos histoires finissent à table plutôt que de commencer là. La seule histoire qui me revient à partir d'une bouchée vient d'une bouchée de MacCroquette. J'avais dix ans et on avait fêté ma fête dans le sous-sol du MacDo, à Jonquière, dans le salon des enfants. J'ai pris une bouchée dans une croquette et Julie Morin m'a demandé de lui donner le reste. À dix ans, lui offrir une moitié mâchouillée de MacCroquette c'était comme lui offrir une bague de fiançailles ou je sais pas quoi. Moi j'étais amoureux d'elle par-dessus la tête. J'ai rougi et j'ai tendu la MacCroquette vers elle et elle m'a souri.

— Est-ce qu'elle l'a mangée?

— Elle a pas eu le temps. Il y avait des échelles au plafond, tu te rappelles? Laurent-Pierre Brassard était comme un singe dessus. Ça avait quelque chose de grisant de marcher comme ça au plafond, mais à force de faire le singe, il s'est fatigué. Il était juste au-dessus de nous quand ses doigts ont glissé sur un barreau d'échelle. Avant que Julie ait pu prendre la croquette, Laurent-Pierre nous est tombé sur la tête et il y a eu du manger partout, des tables renversées et de la liqueur sur le plancher. Julie Morin pleurait et les fiançailles ont été annulées.

— C'est vrai, tout ça?

— Ça m'étonnerait. Honnêtement, je sais plus si c'est une histoire vraie ou une histoire inventée, mais je sais que c'est toute la littérature que je sortirai jamais d'une MacCroquette. Au final, je me retrouve toujours là. Les MacCroquettes ne sont pas des madeleines, l'oubli est plus fort que la mémoire et on peut pas écrire toute sa vie sur l'impossibilité de raconter.

— Pourquoi pas?

J'ai haussé les épaules. Mon père a poussé un grand soupir qui voulait dire «Vous êtes compliqués, vous autres, les jeunes.» Il est allé nous chercher chacun une bière dans le vieux cold à Coke pour faire descendre le scotch. Alors qu'il fermait la porte, son visage s'est éclairé. Il s'est mis à se cogner la tempe avec les phalanges, qui résonnaient sur son crâne comme du bois, manège qu'il répète tout le temps pour signifier qu'il y en a là-dedans.

— T'as oublié de penser à une chose, coco.

— Laquelle?

— Ta grand-mère.

— Éliane?

— Non. Ma mère.

— Quoi?

— Elle s'appelait Madeleine.

Une seconde, j'ai pensé à des gâteaux Sophie que Mado faisait avec son sucre à la crème qui n'avait pas pris, le pain aux bananes et les petits carrés de gâteau blanc sur lesquels elle faisait couler du butterscotch bouillant et un filet de crème. J'ai pensé aux lièvres que mon grand-père écorchait lui-même dans le garage et que ma grand-mère cuisinait comme une Indienne. J'ai pensé à un million d'affaires, mais surtout à Mado elle-même, à son odeur, à sa voix, à son sourire et à ses yeux minuscules sous les verres épais. Avec ces souvenirs sont venus les souvenirs de dizaines d'histoires que je pourrais raconter, d'une façon ou d'une autre, ou n'importe comment s'il le fallait.

Des histoires d'Arvida et d'ailleurs.

Des histoires épouvantables et des histoires drôles et des histoires épouvantables et drôles.

Des histoires de roadtrip, de petits bandits et de débiles légers.

Des histoires de monstres et de maisons hantées.

Des histoires d'hommes mauvais comme le sont souvent les hommes et de femmes énigmatiques et terrifiantes comme le sont toutes les femmes.

Des histoires vraies que j'écrirais sans demander la permission ni changer les noms, en donnant les dates et le nom des rues.

Des histoires abominables que je ne raconterais jamais sauf à les transposer à l'autre bout du monde ou à les déguiser sous une langue étrange.

Tout ça se bousculait sans se presser en faisant place à la fatigue accablante d'une journée au grand air. J'avais le temps. J'ai embrassé mon père, j'ai pissé dehors et je me suis couché de bonne heure pour une fois, heureux de connaître autant d'histoires.

À commencer par celle-là.

Les kanjis de « Jigai » et le pentacle de « Chaque maison double et duelle » sont de la main de JM Ken Niimura.

La liste des « critères du manipulateur » en page 281 est tirée du livre *Les manipulateurs sont parmi nous*, d'Isabelle Nazare-Aga, publié aux Éditions de l'Homme en 2004.

Série QR

OVNI

BOUCHARD, Hervé
Mailloux
BREA, Antoine
Méduses
Fauv
Papillon
FARAH, Alain
Quelque chose se détache du port
Matamore nº 29
FOUCARD, Daniel
Civil
GAGNON, Renée
Des fois que je tombe
LOSZACH, Fabien
Turpitude – le grand complot de la collectivité
POZNER, Daniel
Pft!
RÉGNIEZ, Emmanuel
L'ABC du gothique
ROCHERY, Samuel
Odes du Studio Maida Vale
THOLOMÉ, Vincent
La Pologne et autres récits de l'Est

Achevé d'imprimer au Québec en août 2011
sur les presses de l'imprimerie Gauvin.